Scherz Krimi
Spannung mit Niveau

Von Dorothy Sayers sind lieferbar:

Der Fall Harrison
Feuerwerk
Die Katze im Sack
Lord Peters schwerster Fall
Der Mann, der Bescheid wußte
Eines natürlichen Todes
Der Tote in der Badewanne

Dorothy Sayers

Der Tote in der Badewanne

Scherz
München – Wien – Bern

Einzig berechtigte Übertragung aus dem Englischen
Titel des Originals: »Whose Body?«
Schutzumschlag von Heinz Looser
Foto: Thomas Cugini

6. Auflage 1987, ISBN 3-502-51025-3

Gesamtherstellung: Ebner Ulm

1

»Ei, verflixt!« sagte Lord Peter Wimsey am Piccadilly Circus. »He, Chauffeur!«

Der Taxichauffeur, den es ärgerte, angerufen zu werden, während er gerade das schwierige Werk vollbrachte, an einem Autobus und einem Radfahrer vorbei in die Lower Regent Street einzubiegen, lieh ein unwilliges Ohr.

»Ich habe den Katalog vergessen«, sagte Lord Peter. »Würden Sie mich bitte zurückfahren?«

»Zum Savile Club, Sir?«

»Nein, Piccadilly 110a, gleich dahinter. Besten Dank.«

»Dachte, Sie hätten es eilig«, brummte der Chauffeur.

Das neue Haus mit den vortrefflichen und teuren Wohnungen, wo Lord Peter im zweiten Stock wohnte, stand genau gegenüber dem Green-Park. Als Lord Peter seine Wohnungstür aufschloß, hörte er in der Bibliothek die Stimme seines Dieners; sie erhob sich zu der gepreßten Schärfe, die gutgeschulte Dienstboten bei Telefongesprächen anwenden.

»Ich glaube, da kommt seine Lordschaft eben ... wenn Durchlaucht einen Augenblick am Apparat bleiben wollen ...«

»Was gibt's, Bunter?«

»Ihre Durchlaucht hat gerade aus Denver angerufen, Mylord. Ich sagte, Eure Lordschaft seien zur Auktion gegangen, als ich Eure Lordschaft an der Türe hörte.«

»Danke. Holen Sie mir bitte meinen Katalog? Ich glaube, ich habe ihn im Schlafzimmer liegen gelassen oder auf dem Schreibtisch.«

Er setzte sich mit höflicher Gelassenheit ans Telefon, als sei ein Besuch für ein Plauderstündchen gekommen.

»Hallo, Mutter?«

»Oh, da bist du ja, mein Lieber«, antwortete die Herzoginwitwe. »Ich fürchtete schon, ich hätte dich verfehlt.«

»Ich war auf dem Wege zur Auktion bei Brocklebury, um ein paar Bücher zu erstehen, aber ich mußte zurückkommen, weil ich den Katalog vergessen hatte. Was ist los?«

»Etwas Seltsames ist passiert«, erwiderte die Herzogin. »Ich dachte, ich müßte es dir sagen. Du kennst doch Mr. Thipps?«

»Thipps?« wiederholte Lord Peter. »Ach ja, der Architekt, der das Kirchendach renoviert. Ja. Was ist mit ihm?«

»Mrs. Throgmorton war vorhin bei mir – ganz aufgeregt.«

»Entschuldige, Mutter, ich verstehe nicht. Wer?«
»Mrs. Throgmorton, die Frau des Pfarrers.«
»Oha, Mrs. Throgmorton. Ja, und?«
»Mr. Thipps rief heute morgen bei ihnen an. Er hätte nämlich zu ihnen kommen sollen.«
»Ja, und?«
»Er rief an, um zu sagen, er könne nicht kommen. Er war ganz aus dem Häuschen, der arme Kerl. Er hat in seiner Badewanne eine Leiche gefunden.«
»Was hat er gefunden?«
»Eine Leiche, mein Junge, in seiner Badewanne.«
»Was? Was für eine Leiche?«
»Ein toter Mann, der nichts anhatte außer einem Zwicker. Mrs. Throgmorton wurde tatsächlich rot, als sie es mir erzählte. In ländlichen Pfarrhäusern werden die Menschen leider etwas prüde.«
»War es jemand, den er kannte?«
»Nein, ich glaube nicht. Sie sagte, er sei ganz verstört gewesen. Daß er nun die Polizei im Haus hat und so weiter, macht ihm wirklich Kummer.«
»Sehr peinlich für ihn. Er wohnt in Battersea, nicht?«
»Ja, Queen Caroline Mansions 59, gegenüber dem Park. In dem großen Haus an der Ecke vom Krankenhaus. Ich dachte, du würdest vielleicht gern zu ihm gehen. Ich fand den Mann immer so nett.«
»Oh, sicher«, antwortete Lord Peter und lächelte ins Telefon. Die Herzogin leistete ihm bei seinem Steckenpferd, kriminalistischen Untersuchungen, stets große Hilfe, obwohl sie nie darauf Bezug nahm und sich höflich den Anschein gab, als ob es nicht vorhanden sei.
»Wann war das, Mutter?«
»Ich glaube, er fand die Leiche heute früh. Mrs. Throgmorton kam kurz vor dem Essen zu mir — ärgerlich, ich mußte sie zum Bleiben auffordern. Zum Glück war ich allein. Es macht mir nichts, mich zu langweilen; aber ich schätze es nicht, wenn meine Gäste angeödet werden.«
»Du Ärmste! Tausend Dank, daß du mir Bescheid gesagt hast. Ich glaube, ich werde Bunter zur Auktion schicken und gleich nach Battersea fahren, um zu sehen, ob ich den armen Kerl trösten kann. Auf Wiedersehen.«
»Auf Wiedersehen, mein Junge.«

»Bunter!«
»Bitte sehr, Mylord.«
»Ihre Durchlaucht erzählte mir, daß ein ehrbarer Architekt in Battersea einen Toten in seiner Badewanne entdeckt hat.«
»Wirklich, Mylord? Das ist sehr erfreulich.«
»Sehr, Bunter. Haben Sie den Katalog gefunden?«
»Hier ist er, Mylord.«
»Danke. Ich fahre sofort nach Battersea. Ich möchte, daß Sie für mich zur Auktion gehen. Ich habe die Bücher angestrichen, die ich haben will. Bieten Sie gegen jeden. Zum Abendessen bin ich wieder hier.«
»Sehr wohl, Mylord.«
»Nehmen Sie mein Taxi, und sagen Sie dem Chauffeur, er soll sich beeilen. Kann ich bei Thipps in Frack und Zylinder erscheinen?« Lord Peter musterte sich in dem Spiegel aus dem achtzehnten Jahrhundert, der über dem Kamin hing. »Ich glaube nicht. Ich wette, er wird mich für den Leichenbestatter halten. Ein grauer Anzug, denke ich; adrett, aber nicht zu elegant, und ein Hut, der dazu paßt, das wird besser zu meinem anderen Ich passen. Der Bibliophile geht ab; neues Motiv, intoniert durch ein Solofagott; Sherlock Holmes tritt auf, als spazierengehender Edelmann verkleidet. Da zieht Bunter von hinnen. Ein unschätzbarer Mensch – macht sich nie erbötig, seine Arbeit zu erledigen, wenn man ihn angewiesen hat, etwas anderes zu tun. Hoffentlich bekommt er die Bücher. Sonst findet man sie vielleicht anderswo, wohingegen eine Leiche in einer Badewanne nicht mehr als einmal im Leben vorkommt. Jedenfalls keine, die nur einen Zwicker anhat. Du meine Güte! Es ist ganz verkehrt, zwei Steckenpferde zu reiten.«

Alfred Thipps war ein kleiner, nervöser Mann, dessen Flachshaar allmählich den ungleichen Kampf mit dem Geschick aufgab. Man könnte sagen, daß sein einziges hervorstechendes Merkmal eine große Beule über der linken Braue war. Fast im gleichen Atemzug mit der Begrüßung entschuldigte er sich deswegen verlegen und murmelte etwas davon, er sei im Dunkeln gegen die Eßzimmertür geprallt. Er war fast zu Tränen gerührt, daß Lord Peter auf den Gedanken gekommen war, ihn aufzusuchen.
»Das ist wirklich sehr liebenswürdig von Eurer Lordschaft«, wiederholte er zum zehnten Male. »Ich weiß es sehr zu schät-

zen, und meiner Mutter würde es ebenso ergehen, nur ist sie so schwerhörig, daß ich Sie nicht damit bemühen möchte, es ihr verständlich zu machen. Es war ein schlimmer Tag«, fügte er hinzu, »mit den Polizisten im Hause und all dem Betrieb. Daran sind meine Mutter und ich nicht gewöhnt; wir leben sehr zurückgezogen. Wirklich, Mylord, ich bin froh, daß meine Mutter nichts versteht; denn sie würde sich sicher sehr aufregen, wenn sie Bescheid wüßte. Zuerst war sie entsetzt; aber inzwischen hat sie sich eine eigene Erklärung zurechtgelegt, und das ist bestimmt am besten.«

Die alte Dame, die strickend am Kamin saß, beantwortete einen Blick ihres Sohnes mit einem grimmigen Nicken.

»Ich sagte immer, du solltest dich wegen des Bades beschweren, Alfred«, sagte sie unvermittelt mit der hochgeschraubten Stimme der Schwerhörigen. »Jetzt wird der Hauswirt ja hoffentlich nachsehen. Meiner Meinung nach hättest du das erreichen können, ohne die Polizei zu holen.«

»Da sehen Sie's«, erklärte Mr. Thipps abbittend. »Es ist ganz gut, daß sie die Sache so anschaut; sie weiß nämlich, daß wir das Badezimmer abgeschlossen haben. Aber für mich war es ein arger Schrecken. So etwas ist noch nie geschehen, noch nie habe ich so etwas erlebt. Ich wußte kaum, wie ich aus dem gräßlichen Badezimmer hinaus sollte und wie die Polizei anrufen.«

»Es muß sicher sehr schlimm gewesen sein«, sagte Lord Peter mitfühlend, »zumal wenn man so etwas vor dem Frühstück erlebt. Ich hasse alles Unangenehme vor dem Frühstück. Dann ist man so im Nachteil, nicht wahr?«

»Ganz recht, ganz recht«, pflichtete Thipps eifrig bei. »Als ich die Leiche in meiner Badewanne liegen sah, splitterfasernackt noch dazu, bis auf einen Zwicker, ich versichere Ihnen, Mylord, da drehte sich mir der Magen um, wenn Sie den Ausdruck entschuldigen wollen. Ich bin nicht sehr kräftig, und ich leide manchmal morgens an Übelkeit, und wie so alles zusammenkam, ja, da mußte ich Gladys einen Kognak holen lassen – ich weiß nicht, was sonst geschehen wäre. Ich fühlte mich so elend, obwohl ich im allgemeinen nicht sehr für Alkohol bin. Trotzdem mache ich es mir zur Regel, immer Kognak im Hause zu haben, für den Notfall, verstehen Sie?«

»Sehr klug von Ihnen«, sagte Lord Peter fröhlich.

»Gladys ist ein gutes Mädchen. Und wirklich sehr vernünftig.

Sie erschrak natürlich, das ist ja verständlich. Aber wenn's brenzlig wird, erweist sie sich als ein sehr hilfreicher, energischer Mensch. Ich betrachte es als ein großes Glück, heutzutage ein gutes, anständiges Dienstmädchen zu haben, wenn sie auch in Kleinigkeiten etwas nachlässig und vergeßlich ist; aber das ist ja nur natürlich. Es tat ihr wirklich sehr leid, daß sie das Badezimmerfenster offengelassen hatte, und obwohl ich zuerst böse war, als ich sah, was sich daraus ergeben hatte, war es nicht der Rede wert, nicht unter gewöhnlichen Umständen, wie man sagen könnte. Ich sagte bloß: ›Man hätte einbrechen können. Denken Sie daran, wenn Sie das nächstemal ein Fenster zuzumachen vergessen. Diesmal war es ein Toter, und das ist schon unangenehm genug; aber das nächstemal könnten es Einbrecher sein, und dann werden wir alle im Bett ermordet werden.‹ Der Polizeiinspektor hingegen – Inspektor Sugg heißt er, von Scotland Yard – war sehr streng mit dem armen Mädchen. Er jagte ihr richtig Angst ein und ließ sie annehmen, daß er sie in irgendeinem Verdacht habe. Ich kann mir zwar nicht vorstellen, was für einen Vorteil das arme Mädchen von einer Leiche haben könnte, und das sagte ich auch dem Inspektor. Er war sehr grob zu mir, Mylord – ich muß sagen, sein Benehmen gefiel mir gar nicht.«
»Echt Sugg«, bestätigte Lord Peter, »ich kenne ihn. Wenn er nicht weiter weiß, wird er grob. Es ist ja klar, daß Sie und Ihr Mädchen keine Leichen sammeln. Wer würde sich mit einer Leiche belasten wollen? Gewöhnlich besteht die Schwierigkeit darin, sie loszuwerden. Sind Sie übrigens diese Leiche schon los?«
»Sie ist immer noch im Badezimmer. Inspektor Sugg sagte, nichts dürfe angerührt werden, bis seine Leute sie holen kämen. Wenn es Eure Lordschaft interessiert, einen Blick hineinzuwerfen ...«
»Sehr gern, wenn es Ihnen nicht unangenehm ist.«
»Ganz und gar nicht«, sagte Mr. Thipps. Als er durch den Flur voranging, überzeugte sein Benehmen Lord Peter von zwei Dingen: Erstens genoß er, so schauerlich sein Schaustück auch war, die Bedeutung, die es auf ihn und seine Wohnung ausstrahlte; und zweitens hatte Inspektor Sugg ihm verboten, es irgendeinem Menschen zu zeigen. Die zweite Annahme wurde durch Mr. Thipps' Handlungsweise bekräftigt. Er ging nämlich in sein Schlafzimmer, um den Schlüssel zu holen, und

sagte, er mache es sich zur Regel, zu jeder Tür zwei Schlüssel zu haben – für den Notfall.
Das Badezimmer hatte nichts Auffallendes. Es war lang und schmal; das Fenster befand sich genau über dem Kopfende der Wanne. Die Scheiben bestanden aus Milchglas; der Rahmen war groß genug, daß ein menschlicher Körper hindurch konnte. Lord Peter öffnete das Fenster und blickte hinaus.
Die Wohnung lag im obersten Stock des Hauses, ungefähr in der Mitte der Häuserreihe. Das Badezimmerfenster führte nach hinten auf den Hof hinaus, auf dem es verschiedene kleine Nebengebäude, Kohlenschuppen und Garagen gab. Auf der andern Seite waren die Hinterhöfe einer parallelen Häuserreihe. Zur Rechten erhob sich das große St. Lukas-Krankenhaus auf seinem Grundstück; durch einen überdachten Weg war es mit der Wohnung Sir Julian Frekes verbunden, des berühmten Chirurgen, der die chirurgische Abteilung des neuen Krankenhauses leitete und außerdem in der Harley Street als ausgezeichneter Neurologe mit ganz individuellen Ansichten bekannt war.
All dies erfuhr Lord Peter des langen und breiten von Mr. Thipps, der zu finden schien, daß die Nachbarschaft eines so hervorragenden Mannes gewissermaßen einen Schimmer des Ruhmes über Queen Caroline Mansions ergoß.
»Er war heute morgen hier«, sagte er, »wegen dieser schrecklichen Sache. Inspektor Sugg dachte, vielleicht hätte einer der jungen Ärzte im Krankenhaus die Leiche spaßeshalber hergebracht, da sie dort ja immer Leichen zum Sezieren haben. Deshalb ging Inspektor Sugg zu Sir Julian, um sich zu erkundigen, ob eine Leiche fehlte. Sir Julian war sehr freundlich, obwohl er gerade im Seziersaal arbeitete. Er schaute in den Büchern nach, um die Leichen nachzuzählen, und kam dann liebenswürdigerweise her. Er sagte, leider könne er uns nicht dienlich sein; im Spital fehle keine Leiche und diese hier stimme mit den dortigen Beschreibungen nicht überein.«
»Hoffentlich auch mit keiner Beschreibung eines Patienten«, bemerkte Lord Peter beiläufig.
Diese grausige Andeutung ließ Mr. Thipps erblassen. »Ich hörte Inspektor Sugg nicht fragen«, erwiderte er mit leichter Erregung. »Wie entsetzlich wäre das ... daran dachte ich überhaupt nicht.«
»Nun, wenn dort ein Patient fehlt, wird man es inzwischen

wahrscheinlich entdeckt haben.« Lord Peter klemmte sich das Monokel ins Auge und fügte hinzu: »Ich sehe, Sie haben Ärger mit hereingewehtem Ruß. Unangenehm, nicht? Das hatte ich auch – alle meine Bücher wurden verdorben. Drehen Sie sich um, wenn Sie lieber nicht zuschauen wollen.« Er nahm aus Thipps' widerstrebender Hand das Leintuch, das über die Badewanne gebreitet war, und schlug es zurück.

Der Tote in der Wanne war ein großer, breiter Mann von etwa fünfzig Jahren. Sein dichtes schwarzes, natürlich gelocktes Haar war von Meisterhand geschnitten und gescheitelt und strömte schwaches Veilchenparfüm aus. Der Mann hatte ein breites, fleischiges Gesicht mit ausgeprägten Zügen, vorstehende dunkle Augen, eine lange Nase und ein festes Kinn. Die Lippen waren voll und sinnlich, und der hinuntergesunkene Kiefer enthüllte tabakbefleckte Zähne. Der schöne Goldkneifer spottete des Todes mit grotesker Eleganz; das feine Goldkettchen ringelte sich auf der bloßen Brust. Die Beine lagen steif ausgestreckt nebeneinander. Lord Peter hob den einen Arm in die Höhe und betrachtete die Hand mit leichtem Stirnrunzeln. »Ein bißchen ein Geck, unser Besucher, was?« murmelte er. »Parmaveilchen und Maniküre.« Er bückte sich abermals und griff unter den Kopf. Der absurde Zwicker fiel klirrend in die Wanne, und das Geräusch war für Thipps' Nerven zuviel.

»Wenn Sie mich entschuldigen wollen«, flüsterte er, »ich fühle mich nicht gut.«

Kaum war er hinausgeschlüpft, so drehte Lord Peter den Toten flink und behutsam um und betrachtete ihn mit schräg geneigtem Haupt, wobei er sein Monokel benutzte, als ob er eine seltene Orchidee begutachte. Hierauf holte er seine silberne Zündholzdose hervor, legte den Kopf des Toten über seinen Arm und steckte die Dose vorsichtig in den offenen Mund. Er machte »Tz, tz«, bettete die Leiche in die Wanne, nahm den geheimnisvollen Zwicker, betrachtete ihn, setzte ihn sich auf die Nase und blickte durch die Gläser. Dann brachte er den Zwicker wieder an den Platz, um keine Spuren der Einmischung zum Ärger des Inspektors zurückzulassen, ging wieder zum Fenster, wo er sich hinauslehnte und mit seinem Spazierstock nach oben und seitwärts tastete. Da diese Untersuchungen zu nichts führten, schloß er das Fenster und gesellte sich auf dem Flur zu Mr. Thipps.

Thipps, den diese mitfühlende Anteilnahme seitens eines Herzogssohnes rührte, bot ihm auf dem Rückweg zum Wohnzimmer eine Tasse Tee an. Lord Peter, der zum Fenster geschlendert war und die Aussicht auf den Battersea-Park bewunderte, wollte schon annehmen, als am Ende der Prince of Wales Road eine Ambulanz in Sicht kam. Ihr Erscheinen erinnerte Lord Peter an eine wichtige Verabredung, und mit einem hastigen »Himmel!« verabschiedete er sich von Thipps.

»Meine Mutter läßt grüßen«, sagte er und drückte Thipps herzlich die Hand. Der alten Dame schrie er freundlich »Auf Wiedersehen, Mrs. Thipps« ins Ohr.

Als er aus dem Hause trat, fuhr die Ambulanz vor, und Inspektor Sugg tauchte mit zwei Polizisten auf. Der Inspektor warf einen argwöhnischen Blick auf Lord Peters Rücken.

»Der liebe alte Sugg«, schmunzelte Lord Peter, »wie er mich haßt, der alte Knabe.«

2

»Ausgezeichnet, Bunter«, sagte Lord Peter und sank mit einem Seufzer in einen luxuriösen Sessel. »Ich hätte es selbst nicht besser machen können. Ich bin selig über die beiden Bücher, und dabei haben Sie mir noch sechzig Pfund gespart — das ist großartig. Wofür wollen wir das Geld ausgeben, Bunter? Eigentlich gehört es Ihnen. Was wünschen Sie sich? Etwas für Ihr Wohnung?«

»Oh, Mylord, wenn Eure Lordschaft so gütig sind ...« Der Diener brach ab und schenkte alten Kognak in ein Glas.

»Heraus mit der Sprache!«

»Es gibt einen Vergrößerungsapparat mit Ersatzlinsen, Mylord«, antwortete Bunter fast mit religiösem Eifer. »Wenn es sich nun um eine Fälschung handeln würde oder um Fußspuren, könnte ich die Vergrößerungen auf der Stelle machen. Die breitwinkligen Linsen wären auch nützlich. Es ist, als ob die Kamera hinten Augen hätte. Schauen Sie, Mylord, ich habe es gerade hier.« Er zog einen Katalog aus der Tasche.

Lord Peter las langsam die Beschreibung. Seine Mundwinkel hoben sich in einem schwachen Lächeln. »Das sind für mich böhmische Dörfer«, sagte er. »Fünfzig Pfund scheint mir ein lächerlicher Preis für ein bißchen Glas. Wahrscheinlich finden

Sie, daß 750 Pfund etwas abwegig sind für ein schmutziges altes Buch in einer toten Sprache, nicht wahr?«
»Es steht mir nicht an, so etwas zu sagen, Mylord.«
»Ja, Bunter, ich zahle Ihnen 200 Pfund im Jahr, damit Sie Ihre Gedanken für sich behalten. Sagen Sie mir, Bunter, in diesen demokratischen Zeiten, finden Sie das nicht ungerecht?«
»Nein, Mylord.«
»Möchten Sie mir nicht offen sagen, warum Sie es nicht ungerecht finden?«
»Offen gestanden, Eure Lordschaft haben das Einkommen eines Edelmannes, um mit Lady Worthington essen zu gehen und die unzweifelhafte Schlagfertigkeit Eurer Lordschaft in Zaum zu halten.«
Lord Peter überlegte dies. »Das ist also Ihre Ansicht, Bunter? *Noblesse oblige* – ich glaube, Sie haben recht. Dann sind Sie besser dran als ich, weil ich mich Lady Worthington gegenüber anständig benehmen müßte, auch wenn ich keinen Penny besäße. Bunter, wenn ich Sie jetzt entlassen würde, würden Sie mir dann sagen, was Sie von mir denken?«
»Nein, Mylord.«
»Sie hätten durchaus das Recht, Bunter, und wenn ich Sie entlassen würde, obwohl Sie so wunderbar Kaffee machen, hätte ich verdient, was sie über mich sagen würden. Sie können Ihre schielenden Linsen kaufen.«
»Danke, Mylord.«
»Sind Sie im Eßzimmer fertig?«
»Noch nicht ganz.«
»Kommen Sie wieder, wenn Sie fertig sind. Ich habe Ihnen viel zu erzählen. – Nanu, wer ist denn das?«
Die Türglocke hatte heftig geläutet.
»Wenn es nichts Interessantes ist, bin ich nicht zu Hause.«
»Sehr wohl, Mylord.«
Lord Peters Arbeitszimmer gehörte zu den schönsten Junggesellenzimmern in London. Es war in Schwarz und blassem Gelbgrün gehalten. Die Wände waren mit seltenen Ausgaben bedeckt. In einem Winkel stand ein kleiner schwarzer Flügel. Ein Holzfeuer brannte in einem breiten, altmodischen Kamin, und die Sèvres-Vasen auf dem Sims waren mit rötlichbraunen und goldenen Chrysanthemen gefüllt. Den Augen des jungen Mannes, der aus dem rauhen Novembernebel hereingeführt wurde, erschien das Zimmer nicht nur kostbar und unerreich-

bar, sondern auch gemütlich und anheimelnd.
Lord Peter sprang auf. »Mein Lieber, ich bin entzückt, Sie zu sehen. Ein abscheulicher Nebelabend nicht wahr? Bunter, noch mehr von Ihrem bewundernswerten Kaffee und noch ein Glas und die Zigarren. Parker, hoffentlich sind Sie vollgefüllt mit Verbrechen – nichts weniger als Brandstiftung oder Mord tut's für uns heute abend . . .«
»Aha«, sagte Parker. »Sie waren in Queen Caroline Mansions. Ich war auch dort, und ich traf Sugg, der mir sagte, er habe Sie gesehen. Er war böse. Ungebührliche Einmischung nannte er es.«
»Das dachte ich mir«, antwortete Lord Peter. »Ich bringe den lieben alten Sugg gern in Unruhe, er ist immer so grob. Ich lese es in den Sternen, daß er sich das Mädchen, Gladys Soundso, vorgeknöpft hat. Aber was haben Sie denn dort getrieben?«
»Die Wahrheit zu sagen, ich ging hin, um zu schauen, ob der semitisch aussehende Fremde in Mr. Thipps' Badewanne zufällig Sir Reuben Levy war. Aber er war's nicht.«
»Sir Reuben Levy? Warten Sie, davon las ich etwas. Richtig, ja, eine Schlagzeile: ›Geheimnisvolles Verschwinden eines berühmten Bankiers.‹ Was ist damit los? Ich las es nicht sorgfältig.«
»Nun ja, es ist ein bißchen sonderbar, obgleich es nichts Richtiges ist – der alte Bursche wird wohl aus irgendwelchen Gründen verschwunden sein, die nur er kennt. Es geschah allerdings heute morgen, und niemand hätte sich etwas dabei gedacht, wenn es nicht zufällig der Tag gewesen wäre, an dem er an einer sehr wichtigen Sitzung teilnehmen und ein Millionengeschäft abwickeln sollte – ich weiß nicht alle Einzelheiten. Hingegen weiß ich, daß er Feinde hat, die es gern gesehen hätten, wenn das Geschäft nicht zustande gekommen wäre. Deshalb lief ich, als ich Wind von dem Mann in der Badewanne bekam, gleich hin, um ihn mir anzuschauen. Es dünkte mich nicht wahrscheinlich; aber in unserem Beruf gibt es ja noch unwahrscheinlichere Dinge. Das Merkwürdige ist, daß sich der alte Sugg in die Idee verrannt hat, er sei es wirklich, und er telegrafierte wild Lady Levy herbei, damit sie ihn identifiziere. In Tat und Wahrheit ist der Mann in der Badewanne so wenig Sir Reuben Levy, wie Adolf Beck, der arme Teufel, John Smith war. Immerhin seltsam, er wäre Sir Reuben wirklich

auffallend ähnlich, wenn er einen Bart hätte, und da Lady Levy mit der Tochter im Ausland ist, könnte jemand sagen, er wäre es, und Sugg wird eine hübsche Theorie aufbauen, die wie der Turm von Babel zum Einsturz verurteilt ist.«

»Sugg ist ein Esel«, sagte Lord Peter. »Nun, ich weiß nichts von Levy; aber ich habe die Leiche gesehen, und in Anbetracht dessen finde ich den Gedanken grotesk. Wie schmeckt Ihnen der Kognak?«

»Unglaublich – gehört zu den Dingen, bei denen man sich im Himmel wähnt. Aber ich möchte Ihre Geschichte hören.«

»Haben Sie etwas dagegen, wenn Bunter auch zuhört? Ein unschätzbarer Mensch, der Bunter, erstaunlich mit einer Kamera. Merkwürdigerweise ist er immer zur Stelle, wenn ich mein Bad oder meine Schuhe will. Bunter!«

»Ja. Mylord?«

»Lassen Sie die Herumfummelei dort drinnen, holen Sie sich was zum Trinken, und mischen Sie sich unter die fröhliche Menge.«

»Gern, Mylord.«

»Mr. Parker hat einen neuen Trick: Der verschwindende Bankier. Absolut keine Täuschung. Hereinspaziert, meine Herrschaften!«

»Leider habe ich nicht viel zu erzählen«, sagte Parker. »Sir Reuben Levy aß gestern abend mit drei Freunden im Ritz. Nach dem Essen gingen seine Freunde ins Theater. Er wollte nicht mitgehen, weil er eine Verabredung hatte. Diese Verabredung konnte ich noch nicht verfolgen; jedenfalls aber kam er um zwölf nach Hause – Park Lane 9a.«

»Wer sah ihn?«

»Die Köchin, die gerade zu Bett gehen wollte, sah ihn vor dem Hause und hörte ihn eintreten. Er ging hinauf, ließ seinen Mantel am Haken in der Halle und den Regenschirm im Ständer – Sie wissen ja, gestern abend regnete es. Er zog sich aus und legte sich zu Bett. Am Morgen war er nicht da. Das ist alles«, schloß Parker unvermittelt mit einer Handbewegung.

»Die Geschichte ist noch nicht fertig, erzählen Sie weiter«, bat Lord Peter.

»Doch, sie ist fertig. Als sein Diener ihn wecken wollte, war er nicht da. Das Bett war benutzt. Sein Pyjama und alle seine Kleider waren da; sonderbar war nur, daß sie unordentlich auf die Ottomane am Fuß des Bettes geworfen waren und nicht ordentlich zusammengelegt auf dem Stuhl lagen, wie es Sir Reubens Gewohnheit war – das sah aus, als ob er aufgeregt gewesen wäre oder sich schlecht fühlte. Es fehlte nichts. Die Schuhe, die er getragen hatte, standen wie üblich im Ankleideraum. Er hatte sich gewaschen, die Zähne geputzt und alles wie sonst getan. Das Mädchen machte um halb sieben in der Halle sauber, und es schwört, daß danach niemand kam oder ging. Man muß also annehmen, daß ein ehrbarer jüdischer Bankier mittleren Alters entweder zwischen Mitternacht und sechs Uhr morgens verrückt wurde und in einer Novembernacht im Adamskostüm aus dem Hause ging oder fortgezaubert wurde.«

»War die Haustür von innen verriegelt?«

»Nein, im Gegensatz zur üblichen Gepflogenheit hat die Haustür nur ein Yale-Schloß. Andererseits hatten einige Hausangestellte Ausgang gehabt, und Sir Reuben hat möglicherweise die Tür nicht abgeschlossen, weil er annahm, sie wären noch nicht heimgekommen. So etwas ist schon öfters geschehen.«

»Und das ist wirklich alles?«

»Wirklich alles. Abgesehen von einem ganz harmlosen Umstand.«

»Ich liebe harmlose Umstände«, sagte Lord Peter mit kindlicher Freude. »Viele Menschen sind wegen harmloser Umstände gehängt worden.«

»Sir Reuben und Lady Levy, die eine sehr gute Ehe führen, schlafen immer im gleichen Zimmer. Lady Levy hält sich augenblicklich aus Gesundheitsgründen in Menton auf. Während ihrer Abwesenheit schläft Sir Reuben wie gewöhnlich in dem Ehebett, und zwar auf seiner Seite, auf der äußeren Seite des Bettes. Vorige Nacht legte er die beiden Kissen zusammen und schlief in der Mitte, genauer gesagt, etwas näher zur Wand. Das Zimmermädchen, ein höchst intelligentes Geschöpf, bemerkte das, als es das Bett machen wollte, und unterließ es mit bewundernswertem Instinkt, das Bett anzurühren, obwohl die Polizei erst später benachrichtigt wurde.«

»War niemand im Hause, außer Sir Reuben und den Dienstboten?«

»Nein; Lady Levy war mit ihrer Tochter und ihrer Zofe fort. Diener, Köchin, Zimmermädchen, Wirtschafterin und Küchenmädchen waren die einzigen Menschen im Hause und verloren natürlich ein bis zwei Stunden mit Gerede und Gefasel. Ich traf

gegen zehn dort ein.«
»Was haben Sie seither getan?«
»Ich versuchte, Sir Reubens gestriger Verabredung auf die Spur zu kommen; denn abgesehen von der Köchin ist der Mensch, mit dem Sir Reuben sich gestern abend verabredete, der letzte, der ihn vor seinem Verschwinden gesehen hat. Es mag ja eine einfache Erklärung geben; aber mir fällt beim besten Willen keine ein.«
»Vielleicht hat er sich verkleidet.«
»Daran dachte ich auch schon – es scheint tatsächlich die einzig mögliche Erklärung zu sein. Trotzdem höchst sonderbar. Ein bedeutender Geschäftsmann, der eine wichtige Transaktion vorhat, verschwindet spurlos und läßt seine Uhr, seine Brieftasche, sein Scheckbuch und – was am geheimnisvollsten und schwerwiegendsten ist – seine Brille zurück, ohne die er keinen Schritt tun kann, da er sehr kurzsichtig ist. Er . . .«
»Das ist wirklich bedeutsam«, fiel Lord Peter ein. »Wissen Sie genau, daß er keine Ersatzbrille hatte?«
»Sein Diener steht dafür ein, daß er nur zwei Brillen besaß; die eine wurde auf dem Toilettentisch gefunden, die andere in dem Schubfach, wo Sir Reuben sie immer aufbewahrte.«
Lord Peter pfiff durch die Zähne. »Da stecke ich fest, Parker. Selbst wenn er fortgegangen wäre, um Selbstmord zu verüben, hätte er seine Brille mitgenommen.«
»Das sollte man meinen, oder der Selbstmord hätte sich bei der ersten Straßenüberquerung ergeben. Immerhin habe ich diese Möglichkeit nicht übersehen. Ich ließ mich über alle heutigen Verkehrsunfälle unterrichten. Sir Reuben ist nicht darunter. Außerdem nahm er seinen Hausschlüssel mit.«
»Haben Sie die Herren gesprochen, mit denen er gegessen hat?«
»Zwei traf ich im Klub. Er sei bei bester Gesundheit und sehr vergnügt gewesen, habe sich darauf gefreut, Lady Levy zu treffen – vielleicht an Weihnachten –, und mit großer Befriedigung auf die für heute morgen geplante geschäftliche Transaktion hingewiesen, an der einer von ihnen – er heißt Anderson of Wyndham – ebenfalls beteiligt ist.«
»Folglich hat er bis gegen neun Uhr weder die Absicht gehabt noch erwartet, daß er verschwinden würde.«
»Falls er kein glänzender Schauspieler ist. Das Geschehnis, das seine Sinnesänderung bewirkte, muß durch die geheimnis-

volle Verabredung nach dem Essen eingetreten sein oder zwischen zwölf und halb sechs, als er im Bett lag.«

»Nun, Bunter, was halten Sie davon?« fragte Lord Peter.

»Da bin ich nicht zuständig, Mylord. Ich finde es nur merkwürdig, daß ein Herr, der sich nicht die Zeit nahm oder zu elend war, um seine Kleider wie gewöhnlich ordentlich zusammenzulegen, daran dachte, sich die Zähne zu putzen und seine Schuhe hinauszustellen. Gerade das wird häufig vergessen.«

»Wenn Ihre Worte persönlich gemeint sind, Bunter«, erwiderte Lord Peter, »so sind sie Ihrer nicht würdig. Eine rätselhafte Sache, mein lieber Parker. Hören Sie, ich will mich ja nicht einmischen, aber ich würde sehr gern morgen das Schlafzimmer sehen. Nicht etwa, daß ich Ihnen mißtraue . . .«

»Natürlich können Sie sich's ansehen — wahrscheinlich werden Sie viele Dinge finden, die ich übersehen habe«, antwortete Parker unangefochten.

»Parker, Sie gereichen Scotland Yard zur Ehre. Was hält übrigens Sugg von der Leiche?«

»Sugg sagt«, antwortete Parker betont, »daß der Tod auf einen Schlag auf den Hinterkopf zurückzuführen ist. Der Arzt hat das festgestellt. Der Mann soll seit ein oder zwei Tagen tot sein. Es ist ein wohlhabender Jude von ungefähr fünfzig Jahren. Sugg sagt, es wäre lächerlich, anzunehmen, daß er durchs Fenster in die Wohnung kam, ohne daß jemand etwas gemerkt hätte. Wahrscheinlich sei er zur Haustür hereingekommen und dann ermordet worden. Er hat das Mädchen verhaftet, weil es klein und zart ist und ganz ungeeignet, einen großen, kräftigen Mann mit einem Feuerhaken niederzuschlagen. Er hätte auch Thipps verhaftet; aber Thipps war gestern und vorgestern in Manchester und kam erst gestern abend spät nach Hause — ja, er wollte ihn tatsächlich verhaften, bis ich ihn daran erinnerte, daß Thipps den Mord nicht gestern abend um halb elf begangen haben konnte, wenn der Mann schon seit ein oder zwei Tagen tot war.«

»Na, es freut mich, daß Thipps ein Alibi hat«, gab Lord Peter zurück. »Allerdings darf man sein Vertrauen nicht auf Totenstarre, Leichenverwesung und dergleichen bauen, sonst kann einem der Staatsanwalt einen schönen Strich durch den medizinischen Augenschein machen.« Wimsey ging zu einem Büchergestell und nahm ein gerichtsmedizinisches Werk heraus. Er las: »›Rigor mortis — Totenstarre — Viele Faktoren bestimmen das Ergebnis. Durchschnittlich beginnt die Starre – Hals und Kiefer – fünf bis sechs Stunden nach dem Tod. In den meisten Fällen ist sie nach sechsunddreißig Stunden beendet. Unter gewissen Umständen kann sie aber ungewöhnlich früh eintreten oder ungewöhnlich lang ausgedehnt werden.‹ Nützlich, nicht wahr, Parker? ›Modifizierende Faktoren: Alter, Muskelzustand, Fieberkrankheiten, Temperatur der Umgebung‹ ... und so weiter.« Er stellte das Buch wieder an seinen Platz. »Kehren wir zu den Tatsachen zurück. Was hielten Sie von der Leiche?«

»Offen gestanden, sie war mir ein Rätsel. Ich würde sagen, ein reicher Mann, aber aus eigener Kraft emporgekommen, der sein Vermögen erst kürzlich erworben hat.«

»Aha, die Schwielen an den Händen sind Ihnen aufgefallen. Ich dachte mir schon, daß Sie das nicht übersehen würden.«

»An beiden Füßen hatte er arge Blasen. Er hat zu enge Schuhe getragen.«

»Und ist einen langen Weg damit gegangen. Sonst bekommt man nicht solche Blasen.«

»Auf dem Rücken und an einem Bein hatte er kleine rote Flecke, die ich mir nicht erklären konnte.«

»Ich sah sie auch.«

»Was meinen Sie dazu?«

»Das sage ich Ihnen nachher. Fahren Sie fort.«

»Er war sehr weitsichtig – auffallend weitsichtig für einen Menschen im besten Mannesalter. Die Gläser waren wie für einen Greis. Übrigens hing der Kneifer an einer sehr schönen Kette mit ziselierten flachen Gliedern. Da könnte man vielleicht eine Spur finden.«

»Ich habe schon ein Inserat in der ›Times‹ aufgegeben«, sagte Lord Peter. »Weiter.«

»Er besaß den Kneifer schon längere Zeit – an zwei Stellen war er geflickt.«

»Glänzend, Parker, glänzend! Ist Ihnen die Bedeutung dieser Tatsache klar?«

»Nicht unbedingt, leider – warum?«

»Lassen Sie nur. Weiter.«

»Er war vermutlich mürrisch und böse – seine Nägel waren ganz abgefeilt, als ob er sie immer knabberte, auch die Finger waren abgebissen. Ein starker Raucher, der keine Zigarettenspitze benützte. Auf seine persönliche Erscheinung legte er

besonderen Wert.«
»Haben Sie das Badezimmer untersucht? Ich hatte dazu keine Gelegenheit.«
»Es fiel mir ein deutlicher Fleck am Kopfende der Wanne auf, als ob dort etwas Feuchtes gestanden hätte. Einen Abdruck könnte man das kaum nennen.«
»Es hat gestern die ganze Nacht geregnet.«
»Ja. Sahen Sie auch, daß der Ruß auf dem Fensterbrett verwischt war?«
»Ja«, antwortete Wimsey; »aber ich konnte mir nichts dabei denken, außer daß irgend etwas auf dem Fensterbrett gewesen sein muß. Ich schaute mir die Sache genau mit diesem kleinen Ding an.« Er zog sein Monokel hervor und reichte es Parker.
»Donnerwetter, das ist eine starke Linse.«
»Und sehr nützlich, wenn man sich etwas genau anschauen will.«
»Sugg und ich untersuchten den Hof«, fuhr Parker fort; »aber dort war keine Spur.«
»Das ist interessant. Haben Sie sich auch das Dach vorgenommen?«
»Nein.«
»Wir werden es morgen nachholen. Das Fenster ist knapp einen Meter von der Dachrinne entfernt. Ich habe mit meinem Stock Maß genommen. Er ist in Zentimeter eingeteilt. Manchmal sehr nützlich. Innen ist ein Degen, und im Knauf sitzt ein Kompaß. Ich ließ ihn mir eigens anfertigen. Noch etwas?«
»Leider nicht.«
»Nun, ich glaube, Sie haben die meisten Punkte aufgezählt. Wir haben es nur noch mit ein paar Widersprüchen zu tun. Da ist also ein Mann, der einen kostbaren goldgeränderten Kneifer trägt, und zwar lange genug, daß er zweimal geflickt werden mußte. Seine Zähne sind aber nicht nur verfärbt, sondern auch in einem schlimmen Zustand und sehen aus, als ob er sie nie im Leben geputzt hätte. Auf der einen Seite fehlen vier Backenzähne, auf der anderen drei, und ein Vorderzahn ist abgebrochen. Er legt auf seine äußere Erscheinung Wert, wie Haare und Hände bezeugen. Was sagen Sie dazu?«
»Oh, diese Emporkömmlinge niedriger Herkunft halten nicht viel von Zahnpflege und haben Angst vor dem Zahnarzt.«
»Stimmt; aber der eine Backenzahn hat eine so scharfe abgebrochene Kante, daß sich die Zunge daran gescheuert haben

muß. Nichts ist unangenehmer. Wollen Sie mir einreden, daß ein Mensch sich das gefallen läßt, wenn er es sich leisten kann, sich die Zähne schleifen zu lassen?«
»Je nun, die Menschen sind sonderbar. Ich habe Leute kennengelernt, die lieber Qualen erduldeten, als über die Schwelle eines Zahnarztes zu gehen. Wie haben Sie das festgestellt, Wimsey?«
»Schaute in den Mund – mit einer Taschenlampe«, erklärte Lord Peter. »Ein nützliches kleines Instrument. Sieht aus wie eine Zündholzschachtel. Jedenfalls wollte ich Sie darauf aufmerksam machen. Zweiter Punkt: Ein Herr mit veilchenduftendem Haar und manikürten Händen und allem übrigen wäscht sich nie die Ohren. Voller Ohrenschmalz. Abscheulich.«
»Da haben Sie mich geschnappt, Wimsey. Das ist mir entgangen. Immerhin – alte Gewohnheiten läßt man nicht.«
»Richtig! Dritter Punkt: Ein Herr mit Maniküre und Brillantine und allem übrigen hat Flöhe.«
»Wahrhaftig, Sie haben recht! Flohstiche. Das kam mir überhaupt nicht in den Sinn.«
»Nicht daran zu zweifeln, alter Knabe. Die Stiche waren schwach und alt, aber unverkennbar.«
»Natürlich! Immerhin, das kann jedem passieren. Ich ließ in der vorletzten Woche im besten Hotel von Lincoln einen Floh zurück. Hoffentlich hat er meinen Nachfolger tüchtig gebissen!«
»Oh, all diese Dinge können jedem passieren – gesondert. Vierter Punkt: Ein Herr, der Parmaveilchen fürs Haar verwendet und so weiter, wäscht seinen Körper mit starker Karbolseife – mit so starker, daß der Geruch noch vierundzwanzig Stunden in der Luft hängt.«
»Karbol ist ein Mittel gegen Flöhe.«
»Sie haben auf alles eine Antwort. Sechster und letzter Punkt: Dieser Herr mit den zweifelhaften Gewohnheiten kommt mitten in einer Regennacht an, anscheinend durchs Fenster, nachdem er schon seit vierundzwanzig Stunden tot ist, und legt sich in aller Seelenruhe in Mr. Thipps' Badewanne, der Jahreszeit wenig entsprechend nur mit einem Zwicker bekleidet. Kein Haar auf seinem Kopf ist gekrümmt – die Haare sind erst vor kurzer Zeit geschnitten worden, so daß lauter kleine Härchen auf seinem Nacken und an der Badewanne kleben,

und er wurde erst vor so kurzer Zeit rasiert, daß auf seiner Wange etwas angetrocknete Seife ist ...«
»Wimsey!«
»Warten Sie – und getrocknete Seife in seinem Mund.«
Bunter stand auf und erschien plötzlich neben dem Detektiv, jeder Zoll der respektvolle Diener. »Noch etwas Kognak, Sir?« murmelte er.
»Wimsey«, sagte Parker, »Sie machen mir eine Gänsehaut.« Er leerte sein Glas. »Seife in seinem – Quatsch! Es war etwas anderes ... irgendeine Verfärbung ...«
»Nein«, widersprach Lord Peter, »es waren auch Haare da. Borstige. Er hat einen Bart gehabt.«
Er holte seine Uhr hervor und entnahm ihr zwei längliche, steife Haare, die er zwischen den inneren und den äußeren Deckel gelegt hatte.
Parker drehte und wendete sie ein paarmal zwischen den Fingern. »Soll das etwa heißen, Wimsey, daß ein Mensch sich mit offenem Munde den Bart abnimmt –« er lachte rauh, »– und dann mit dem Mund voller Haare getötet wird? Sie sind nicht bei Trost.«
»Das habe ich nicht behauptet«, erwiderte Wimsey. »Nein, er wurde rasiert, nachdem er tot war. Hübsch, nicht wahr? Ich will Ihnen etwas sagen, Parker. Wir haben es mit einem Verbrecher zu tun, der ein Künstler in seinem Fach ist, mit einem phantasievollen Verbrecher großen Stils. Ich habe meine Freude daran, Parker.«

3

Lord Peter beendete eine Sonate von Scarlatti und blickte nachdenklich auf seine Hände. Seine Finger waren lang und muskulös, mit breiten Gelenken und stumpfen Enden.
»Das ist ein wundervolles Instrument«, sagte Parker.
»Es ist nicht schlecht, aber Scarlatti erfordert ein Spinett. Haben Sie schon irgendwelche Schlußfolgerungen gezogen?«
»Der Mann in der Badewanne«, sagte Parker methodisch, »war *kein* wohlhabender Mann, der sein Äußeres pflegte. Es ist ein stellungsloser Arbeiter, der aber erst vor kurzer Zeit arbeitslos wurde. Er lief herum und suchte Arbeit, als er sein

Ende fand. Jemand tötete ihn, wusch und parfümierte ihn und rasierte ihn, um seine Identität zu verhüllen und ihn in Thipps' Badewanne zu legen, ohne eine Spur zu hinterlassen. Folgerung: Der Mörder ist ein kräftiger Mann, da er ihn mit einem einzigen Schlag auf den Hinterkopf tötete, ein Mann mit kühlem Kopf und meisterhaftem Intellekt, da er bei diesem häßlichen Werk keine Spur hinterließ, ein reicher, kultivierter Mann, da er alle notwendigen Toilettengegenstände zur Hand hatte, ein Mann von bizarrer, geradezu perverser Phantasie, was sich daraus erhellt, daß er den Toten in die Badewanne legte und ihn mit einem Kneifer schmückte.«

»Er ist ein Dichter auf dem Gebiet des Verbrechens«, sagte Wimsey. »Übrigens, das Rätsel mit dem Kneifer ist gelöst. Offensichtlich gehörte der Kneifer dem Toten gar nicht.«

»Daraus ergibt sich nur ein neues Rätsel. Man kann doch nicht annehmen, daß der Mörder uns auf diese Weise mit einem Hinweis dienen wollte.«

»Kaum. Leider besitzt dieser Mann, was den meisten Verbrechern fehlt: Sinn für Humor.«

»Ein ziemlich makabrer Humor.«

»Stimmt. Ein greulicher Kerl. Was mag er mit dem Toten in der Zeit zwischen dem Mord und der Ablage bei Thipps gemacht haben? Es gibt noch mehr Fragen. Wie schaffte er ihn dorthin? Und warum? Wurde der Tote zur Haustür hineingebracht, wie unser lieber Sugg meint? Oder durchs Fenster, wie wir nach den nicht sehr stichhaltigen Spuren auf dem Fensterbrett annehmen? Hatte der Mörder Helfershelfer? Ist Thipps wirklich mit im Spiel oder das Mädchen? Ich möchte die letzte Frage nicht ohne weiteres ablehnen, nur weil Sugg sie bejaht. Sogar Idioten geben manchmal zufällig eine Wahrheit von sich. Wenn nicht, warum wurde gerade Thipps für einen so abscheulichen Streich ausgewählt? Hegt irgend jemand einen Groll gegen Thipps? Wer wohnt sonst noch im Hause? Das müssen wir feststellen. Verflixt noch mal, Parker, es muß ja irgendein Motiv vorliegen. Ein Verbrechen ohne Motiv mag ich nicht, wie Sie wissen.«

»Ein Verrückter ...«

»Der bei aller Verrücktheit sehr methodisch vorgeht. Jedenfalls ist es nicht Levy – darin haben Sie recht. Wir haben wirklich nichts, woran wir uns halten könnten. Wenn ich bloß irgendeinen guten Vorwand hätte, um mich mit diesem Mord-

fall offiziell zu befassen!«
Das Telefon klingelte. Der stumme Bunter, den die beiden andern fast vergessen hatten, ging zum Apparat.
»Es ist eine ältere Dame, Mylord«, meldete er. »Mir scheint, sie ist taub.«
Lord Peter ergriff den Hörer und schrie ein »Hallo!« in die Muschel, das den Apparat hätte sprengen können. Er lauschte ein paar Minuten mit ungläubigem Lächeln, das sich allmählich zu freudigem Grinsen verbreiterte. Schließlich rief er: »Gut! Gut!« und hängte ein.
»Wahrhaftig, ein großartiges Frauenzimmer!« verkündete er strahlend. »Es war die alte Mrs. Thipps. Stocktaub. Hat noch nie vorher telefoniert. Weiß aber, was sie will. Der unvergleichliche Sugg hat etwas entdeckt und Thipps verhaftet. Die alte Dame ist ganz allein in der Wohnung. Thipps' letzter Schrei war: ›Sag Lord Peter Wimsey Bescheid.‹ Oh, Parker, ich könnte sie küssen! Ich werde ihr statt dessen schreiben – oder nein, wir gehen gleich hin, Parker. Bunter, holen Sie Ihre Teufelsmaschine und das Blitzlicht. Wissen Sie was, wir machen ein Kompaniegeschäft – wir legen die beiden Fälle zusammen und arbeiten sie gemeinsam aus . . .«

Als sie in die Dämmerung und den Glanz von Piccadilly eintauchten, blieb Wimsey mit einem kleinen Ausruf stehen.
»Einen Augenblick«, sagte er. »Mir ist etwas eingefallen. Wenn Sugg da ist, wird er uns Schwierigkeiten bereiten. Ich muß ihn überspielen.«
Er lief zurück, und die beiden andern benutzten die paar Minuten seiner Abwesenheit, ein Taxi zu besorgen.
Inspektor Sugg und ein untergeordneter Zerberus waren auf Wacht im Hause Queen Caroline Mansions 59. Parker konnten sie zwar nicht gut abweisen; Lord Peter hingegen machte vergebens geltend, Mrs. Thipps habe ihn wegen ihres Sohnes angestellt.
»Angestellt!« knurrte Inspektor Sugg verächtlich. »Würde mich gar nicht wundern, wenn sie selbst hinter all dem steckt.«
»Hören Sie, Inspektor«, sagte Lord Peter, »was hat es für einen Zweck, mich zu hindern? Sie wissen ja, daß ich zum Schluß doch hineinkomme.«
»Es ist meine Pflicht, alle Unbefugten fernzuhalten«, entgeg-

nete Sugg finster, »und dabei bleibt's.«
»Ich sagte kein Wort davon, daß Sie das unterlassen sollen«, sagte Lord Peter leichthin und setzte sich auf die Treppe, um die Angelegenheit bequemer ins reine zu bringen.
»Ich habe keine Lust, länger mit Ihnen zu reden«, erwiderte Sugg aufgebracht. »Es ist schon schlimm genug ... oh, da läutet das Telefon. He, Cawthorne, gehen Sie hin und schauen Sie, was es ist, wenn der alte Drache Sie ins Zimmer läßt. Schließt sich dort ein und schreit, das genügt, daß man den Polizeiberuf an den Nagel hängen und Landwirtschaft treiben möchte.«
Der Wachtmeister kam zurück. »Ein Anruf vom Yard, Sir«, meldete er mit verlegenem Hüsteln. »Der Chef sagt, Lord Peter Wimsey sollten alle Erleichterungen gewährt werden.« Er räusperte sich.
»Fünf Asse«, sagte Lord Peter fröhlich. »Der Chef ist ein lieber Freund meiner Mutter. Nun los, Sugg, es hat keinen Zweck, sich zu sträuben; Sie haben ein volles Haus. Ich werde es noch etwas voller machen.«
Er ging mit seinem Gefolge hinein.
Die Leiche war vor einigen Stunden fortgeschafft worden, und nachdem das Badezimmer und die ganze Wohnung von Augen und Kamera durchforscht waren, lag es klar zutage, daß Mrs. Thipps das eigentliche Problem bildete. Ihr Sohn und das Mädchen waren fort, und es stellte sich heraus, daß die Thipps in London keine Freunde hatten, abgesehen von einigen Geschäftsverbindungen des Architekten, deren Adresse die alte Dame nicht kannte. Die übrigen Mieter im Hause waren eine siebenköpfige Familie, die sich für den Winter ins Ausland begeben hatte, ein älterer Oberst von heftigem Temperament, der allein mit seinem indischen Diener lebte, und eine höchst ehrbare Familie im dritten Stock, die wegen der Störung über ihren Köpfen wütend war. Das Familienoberhaupt zeigte zwar, als Lord Peter sich an es wandte, eine kleine menschliche Schwäche; aber Mrs. Appledore, die plötzlich in einem warmen Morgenrock erschien, befreite es von den Schwierigkeiten, in die es achtlos getappt war.
»Bedaure«, sagte sie, »wir können uns da leider gar nicht einmischen. Das Ganze ist sehr unangenehm, Mr. ... ich habe Ihren Namen leider nicht verstanden, und wir haben es von jeher besser gefunden, nichts mit der Polizei zu tun zu haben.

Natürlich, wenn die Thipps unschuldig sind, und hoffentlich sind sie's, haben sie großes Pech gehabt; aber ich muß sagen, die Umstände kommen mir recht verdächtig vor ...«

»Das ist Lord Peter Wimsey, meine Liebe«, fiel Theophilus Appledore sanft ein.

Ihr machte das keinen Eindruck. »Ach so, ich glaube, Sie sind mit meinem verstorbenen Vetter, dem Bischof von Carisbrooke, entfernt verwandt. Der Ärmste! Er fiel immer auf Betrüger herein; er starb, ohne aus seinen Erfahrungen eine Lehre zu ziehen.«

»Soviel ich weiß, ist er nur ein angeheirateter Verwandter«, sagte Lord Peter. »Entschuldigen Sie, daß ich mitten in der Nacht bei Ihnen hereingeplatzt bin, obgleich es ja, wie Sie sagen, in der Familie bleibt. Machen Sie sich keine Sorgen. Ich glaube, es wird am besten sein, wenn ich die alte Dame zu meiner Mutter bringe und Ihnen aus dem Wege schaffe, sonst könnten eines schönen Tages Ihre christlichen Gefühle die Oberhand gewinnen, und nichts richtet die häusliche Bequemlichkeit mehr zugrunde als christliche Gefühle.«

Um zwei Uhr nachts kam Lord Peter Wimsey im Auto eines Freundes beim Wohnsitz der Herzoginwitwe, Schloß Denver, an, in Begleitung einer schwerhörigen alten Dame und einer uralten Reisetasche.

»Wie nett, dich zu sehen, Junge«, sagte die Herzoginwitwe friedlich. Sie war eine kleine, rundliche Frau mit weißem Haar und schönen Händen. Äußerlich glich sie ihrem zweiten Sohn ebensowenig wie im Wesen; ihre dunklen Augen zwinkerten fröhlich, und ihr Benehmen und ihre Bewegungen wurden durch klare, knappe Entschiedenheit gekennzeichnet. Sie trug einen entzückenden Umhang von Liberty und sah zu, wie Lord Peter kalten Braten und Käse aß, als ob seine Ankunft unter solch ungereimten Umständen und in solcher Begleitung das Gewöhnlichste von der Welt wäre, was es für ihn ja auch war.

»Hast du die alte Dame zu Bett gebracht?« erkundigte sich Lord Peter.

»O ja, mein Lieber. Sie ist sehr tapfer. Der arme Thipps – wie kommt dein Freund, der Inspektor, nur darauf, er könnte einen Mord begangen haben?«

»Mein Freund, der Inspektor, will unbedingt beweisen, daß

der Eindringling in Mr. Thipps' Badezimmer Sir Reuben Levy ist, der vorige Nacht auf geheimnisvolle Weise aus seinem Hause verschwunden ist. Er begründet das folgendermaßen: Es ist ein Herr mittleren Alters ohne Kleider in Battersea gefunden worden. Darum ist es ein und derselbe, punktum, und so steckte er Thipps ins Loch.«
»Warum mußte Mr. Thipps verhaftet werden, selbst wenn es ein und derselbe ist?«
»Sugg hatte unbedingt jemand zu verhaften«, antwortete Lord Peter. »Aber es hat sich etwas herausgestellt, das viel dazu beiträgt, Suggs Theorie zu unterstützen; nur weiß ich durch das, was ich mit eigenen Augen gesehen habe, daß es nichts nützt. Gestern abend ging eine junge Frau gegen Viertel nach neun auf der Battersea-Park Road spazieren, zu einem Zweck, den sie selbst am besten weiß, und da sah sie einen Herrn im Pelzmantel und mit Zylinder unter einem Regenschirm daherschlendern, und dieser Herr beguckte die Straßenschilder. Da sie kein schüchternes Mädchen ist, verstehst du, trat sie auf ihn zu und sagte: ›Guten Abend.‹ Worauf der geheimnisvolle Fremde fragte: ›Können Sie mir bitte sagen, ob diese Straße zur Prince of Wales Road führt?‹ Sie bejahte und fragte ihn dann neckisch, was er denn so allein treibe und so weiter. Diesen Teil der Unterhaltung schilderte sie nicht sehr ausführlich. Jedenfalls erklärte der alte Knabe, er könne sich ihr gerade nicht widmen, weil er eine Verabredung habe. ›Ich muß einen Mann treffen, mein Kind‹, soll er zu ihr gesagt haben, und damit ging er durch die Alexandra Avenue zur Prince of Wales Road. Sie schaute ihm nach, immer noch ziemlich verdutzt, als eine Freundin von ihr zu ihr kam und sagte: ›Es hat keinen Zweck, mit ihm Zeit zu verschwenden. Das ist Levy – ich kenne ihn von Westend her; dort nannten ihn die Mädchen den meergrünen Unbestechlichen.‹ Die junge Dame vergaß das Ganze, bis der Milchmann ihr heute früh von der Aufregung in Queen Caroline Mansions erzählte. Da ging sie hin, obwohl sie die Polizei im allgemeinen nicht schätzt. Das ist ihre Geschichte. Sugg ist natürlich begeistert, und deshalb verhaftete er Thipps.«
»Du meine Güte«, rief die Herzogin. »Hoffentlich gerät das arme Mädchen nicht in Schwierigkeiten.«
»Glaube ich nicht«, antwortete Lord Peter. »Thipps ist derjenige, der es abbekommen wird. Er hat übrigens etwas Dummes

gemacht. Auch das erfuhr ich von Sugg, obwohl er mit Informationen geizte. Offenbar hat sich Thipps in bezug auf den Zug, mit dem er von Manchester zurückkam, verhaspelt. Zuerst sagte er, er sei um halb elf heimgekommen. Dann wurde Gladys Horrocks ausgepumpt, die verlauten ließ, er sei erst nach Viertel vor zwölf gekommen. Als Thipps daraufhin ersucht wurde, die Unstimmigkeit zu erklären, geriet er ins Stammeln und sagte, er habe den Zug versäumt. Sugg forschte nun im St. Pancras-Bahnhof nach und entdeckte, daß er dort um zehn einen Koffer eingestellt hatte. Als Thipps wieder um eine Erklärung gebeten wurde, stotterte er noch mehr und sagte, er sei ein paar Stunden spazierengegangen. Könne nicht sagen, wann er nach Hause gekommen ist und woher die Beule an seiner Stirn stamme. Kurz, könne gar nichts erklären. Gladys Horrocks wurde nochmals verhört. Diesmal sagte sie, Thipps sei um halb elf heimgekommen. Dann bekannte sie, ihn überhaupt nicht gehört zu haben. Warum sie ihn nicht gehört hatte, vermochte sie nicht zu sagen. Konnte nicht sagen, warum sie zuerst ausgesagt hatte, sie habe ihn gehört. Brach in Tränen aus. Widersprach sich. Alle schöpften Verdacht. So wurden die beiden verhaftet.«

»Wie du es darstellst«, sagte die Herzogin, »klingt alles sehr verwirrend und nicht ganz anständig. Der arme Thipps würde sich über alles, was nicht anständig ist, arg aufregen.«

»Ich möchte wissen, was er angestellt hat. Ich glaube wirklich nicht, daß er einen Mord begangen hat. Außerdem glaube ich, daß dieser Knabe schon ein oder zwei Tage tot war, obwohl ich auf die ärztliche Aussage nicht viel gebe. Es ist ein unterhaltsames kleines Rätsel.«

»Sehr sonderbar, Junge. Aber so traurig – die Sache mit Sir Reuben. Ich muß Lady Levy ein paar Zeilen schreiben; ich kannte sie recht gut, von Hampshire her, weißt du, als sie noch ein junges Mädchen war. Christine Ford hieß sie damals, und ich erinnere mich gut, was für einen Aufruhr es gab, als sie einen Juden heiraten wollte. Das war natürlich, bevor er im amerikanischen Ölgeschäft so viel Geld verdiente. Ihre Eltern wünschten, daß sie Julian Freke heiratete, dem es später so gut ging und der mit der Familie verwandt war; aber sie verliebte sich in diesen Mr. Levy und ging mit ihm durch. Er war damals sehr schön, mußt du wissen, auf eine fremdländische Weise; aber er hatte kein Geld, und die Fords schätzten seine Religion nicht. Natürlich sind wir heutzutage alle judenfreundlich. Kurzum, so war es, und es war viel besser für das Mädchen, ihn zu heiraten, wenn sie ihn wirklich liebte, obwohl ich glaube, daß der junge Freke ihr aufrichtig zugetan war, und sie sind immer noch sehr gute Freunde. Nicht etwa, als ob es jemals zu einer richtigen Verlobung gekommen wäre, nur zu einer gewissen Verständigung mit ihrem Vater; aber er hat nie geheiratet, verstehst du, und lebt ganz allein in dem großen Haus beim Krankenhaus. Jetzt ist er sehr reich und auch distinguiert, und ich kenne viele Leute, die ihn sich gern geangelt hätten – Lady Mainwaring zum Beispiel wollte ihn gern für ihre älteste Tochter, obwohl ich einmal sagen hörte, es wäre sinnlos zu erwarten, daß ein Chirurg von einer ausgestopften Figur eingenommen sein könnte – Ärzte haben ja soviel Gelegenheit, sich ein Urteil zu bilden.«

»Lady Levy hat es offenbar heraus, Herzen zu brechen«, bemerkte Lord Peter. »Siehe den meergrünen Unbestechlichen.«

»Das stimmt, Jungchen. Sie war ein entzückendes Mädchen, und ihre Tochter soll ihr ähnlich sein. Ich verlor sie aus den Augen, als sie heiratete, und du weißt ja, dein Vater machte sich nicht viel aus Kaufleuten; aber ich weiß, daß alle immer sagten, sie seien ein Musterhepaar. Es war sogar sprichwörtlich, Sir Reuben sei im eigenen Hause so beliebt wie verhaßt außerhalb.«

»Ja, man kann wohl behaupten, daß er sich ein paar Feinde gemacht hat.«

Die Herzogin schaute auf die Uhr, die auf fünf Minuten vor drei zeigte.

»Ich schicke dir den Tee um halb sieben hinauf, Jungchen. Hoffentlich ist alles in Ordnung. Ich sagte, man solle dir eine Wärmflasche ins Bett legen. Die Leintücher sind immer so kalt. Du kannst die Wärmflasche ja hinauswerfen, wenn sie dich stört.«

4

»So steht es also, Parker«, sagte Lord Peter, seine Kaffeetasse beiseite schiebend, und zündete sich seine Nachfrühstückspfeife an. »Vielleicht finden Sie, daß es Sie weiterführt, mich führt es mit meinem Badezimmer-Rätsel jedenfalls nicht weiter. Haben Sie noch etwas ausgerichtet, nachdem wir uns trennten«?

»Nein; ich war nur heute morgen auf dem Dach.«

»Haben Sie etwas gefunden?«

»Nicht sehr viel. Ich hielt natürlich nach Fußspuren Ausschau; aber bei all dem Regen gab es natürlich keine. Ich schaute mir die Dächer ringsum an und kam zu dem Schluß, daß alle Leute in der Häuserreihe es getan haben könnten. Alle Treppen gehen auf das Dach, und die Dächer sind flach – man kann darauf spazierengehen wie auf der Shaftesbury Avenue. Immerhin habe ich einen Beweis, daß die Leiche auf diesem Wege ins Badezimmer gekommen ist.«

»Was für einen?«

Parker holte seine Brieftasche hervor und entnahm ihr ein paar Fäden, die er seinem Freund hinlegte.

»Einer hatte sich in der Dachtraufe gerade über Thipps' Badezimmerfenster verfangen, ein anderer in einer Spalte der steinernen Brustwehr darüber, und das übrige stammt von dem Schornstein dahinter, wo es an einer Stütze hing. Was meinen Sie dazu?«

Lord Peter betrachtete die Fäden sehr sorgfältig durch sein Monokel.

»Sehr interessant«, sagte er. »Haben Sie die Platten schon entwickelt, Bunter?« fragte er, als dieser diskrete Gehilfe mit der Post hereinkam.

»Jawohl, Mylord.«

»Etwas gefunden?«

»Ich weiß nicht, ob ich es so bezeichnen soll, Mylord«, antwortete Bunter zweifelnd. »Ich werde die Abzüge bringen.«

»Tun Sie das«, sagte Wimsey. »Hallo! Da ist ja unser Inserat wegen der Goldkette in der ›Times‹ ... sieht sehr nett aus: Schreiben, anrufen oder sich melden bei Piccadilly 110a.«

»Aber Sie glauben doch wohl nicht, daß der Kerl, der die Kette bei der Leiche ließ, sich verrät, indem er herkommt und danach fragt?«

»Das glaube ich nicht«, entgegnete Lord Peter. »Deshalb möchte ich ja den Juwelier ausfindig machen, der die Kette ursprünglich verkauft hat. Begriffen?« Er wies auf das Inserat. »Es ist keine alte Kette – kaum abgenutzt. Oh, vielen Dank, Bunter. Schauen Sie, Parker, da sind die Abdrücke, die Ihnen gestern auf dem Fensterbrett und am Kopfende der Badewan-

ne auffielen. Ich übersah sie; Sie haben das alleinige Verdienst an der Entdeckung.«
Die drei Männer betrachteten die Fotografien.
Lord Peter sagte erbittert: »Der Verbrecher kletterte über das Dach und machte sich natürlich die Finger rußig. Er legte den Toten in die Badewanne und wischte alle Spuren auf bis auf zwei, die er uns netterweise ließ, um uns zu zeigen, wie wir vorgehen sollen. Wir erfahren durch einen Flecken am Boden, daß er Gummisohlen hatte, und durch diese schönen Fingerabdrücke am Rande der Wanne, daß er normal große Hände hat und Gummihandschuhe trug.«
Er schob die Fotos beiseite und kehrte zur Untersuchung der Fäden in seiner Hand zurück. Plötzlich pfiff er leise vor sich hin.
»Können Sie damit etwas anfangen, Parker?«
»Es scheinen Fäden von einem rauhen Baumwollstoff zu sein – ein Bettlaken vielleicht oder ein improvisiertes Seil.«
»Ja«, sagte Lord Peter, »ja ... Es kann ein Fehler sein – es kann *unser* Fehler sein. Ich frage mich. Glauben Sie etwa, daß ein so dünner Stoff stark genug ist, daß ein Mensch daran baumeln kann?«
Er schwieg; seine großen Augen wurden zu Schlitzen hinter dem Rauch seiner Pfeife.
»Was schlagen Sie vor, was heute vormittag getan werden soll?« fragte Parker.
»Mir scheint es an der Zeit, daß ich mich in Ihre Arbeit einschalte«, antwortete Lord Peter. »Gehen wir zum Park Lane und schauen wir, was Sir Reuben Levy vorige Nacht im Bett getrieben hat.«

»Und nun, Mrs. Pemming, wenn Sie so freundlich sein wollen, mir eine Decke zu geben«, sagte Mr. Bunter, als er in die Küche hinunterkam. »Und erlauben Sie mir, ein Leintuch über den unteren Teil dieses Fensters zu hängen und hier die Jalousie herunterzulassen, damit es keine Spiegelung gibt, Sie verstehen ... Dann können wir an die Arbeit gehen.«
Sir Reuben Levys Köchin, der Mr. Bunters herrenmäßige und gutgekleidete Erscheinung nicht entging, beeilte sich, alles Nötige zu holen. Ihr Besucher stellte auf den Tisch einen Korb, der eine Wasserflasche, eine silberne Haarbürste, ein Paar Schuhe, eine kleine Rolle Linoleum und die in Leder gebunde-

nen »Briefe eines Selfmade-Kaufmanns an seinen Sohn« enthielt. Er zog einen Schirm unter dem Arm hervor und fügte ihn der Sammlung hinzu. Dann schleppte er eine mächtige Kamera herbei und stellte sie in der Küche auf. Er breitete eine Zeitung über den fleckenlos geschrubbten Tisch. Nun krempelte er seine Ärmel auf und zog sich Gummihandschuhe an. Sir Reuben Levys Diener, der in diesem Augenblick eintrat und ihn so beschäftigt fand, schob das Küchenmädchen fort, das von einem Parkettplatz aus zugesehen hatte, und betrachtete kritisch den Apparat. Mr. Bunter nickte ihm vergnügt zu und entkorkte ein Fläschchen mit grauem Pulver.

»Eine ulkige Nummer, Ihr Herr, nicht?« sagte der Diener leichthin.

»Ganz eigenartig, ja«, antwortete Mr. Bunter. »Nun, meine Liebe«, sagte er schmeichelnd zu dem Zimmermädchen, »könnten Sie wohl ein bißchen von diesem grauen Pulver über die Flasche schütten, während ich sie halte, und auch über die Schuhe ... hier, an dieser Stelle ... vielen Dank, Miss ... wie heißen Sie? Price? Aber Sie haben doch noch einen andern Namen außer Price, nicht? Mabel, ah? Das ist ein sehr hübscher Name. Sehr schön gemacht – Sie haben eine ruhige Hand, Miss Mabel. Sehen Sie das? Das sind die Fingerabdrücke – hier drei und da zwei und an zwei Stellen verwischt. Nein, nicht anfassen, mein Kind, sonst geht das Beste ab. Wir wollen sie hierher stellen, bis sie zur Porträtaufnahme bereit sind. So, als nächstes kommt die Haarbürste an die Reihe. Vielleicht sind Sie so gut, Mrs. Pemming, und heben Sie sorgfältig an den Borsten hoch.«

»An den Borsten, Mr. Bunter?«

»Wenn ich bitten darf, Mrs. Pemming ... und legen Sie sie hierher. Nun, Miss Mabel, noch eine kleine Vorführung Ihrer Geschicklichkeit, bitte sehr. Nein ... diesmal wollen wir Lampenruß verwenden. Ausgezeichnet. Hätte es selbst nicht besser machen können. Oh, das ist ein prächtiger Abdruck. Diesmal ist nichts verwischt. Das wird seine Lordschaft interessieren. Jetzt das kleine Buch – ich nehme es selbst – mit diesen Handschuhen, sehen Sie, und nur am Rande. Ich bin ein sehr vorsichtiger Verbrecher, Mrs. Pemming, ich will keine Spuren hinterlassen. Bestäuben Sie den ganzen Deckel, Miss Mabel. Jetzt die andere Seite ... so macht man es. Viele Abdrücke und alle klar. Wie es sich gehört. O bitte, Mr. Graves, Sie dürfen das Buch nicht anfassen ... es ist um mich geschehen, wenn es angerührt wird.«

»Haben Sie oft derlei zu tun?« erkundigte sich Mr. Graves von einem überlegenen Standpunkt aus.

»Sehr oft«, antwortete Mr. Bunter mit einem Stöhnen, das darauf abzielte, Mr. Graves' Herz zum Schmelzen zu bringen und sein Vertrauen zu erringen. »Wenn Sie so freundlich sein wollen und dieses Stückchen Linoleum am einen Ende halten, Mrs. Pemming. Ich halte es am anderen Ende, während Miss Mabel sich betätigt. Ja, Mr. Graves, es ist ein hartes Leben, tagsüber Diener und nachts Fotograf – Morgentee jederzeit von halb sieben bis elf, und kriminelle Untersuchungen zu allen Stunden. Es ist phantastisch, was für Ideen sich diese reichen Herren in den Kopf setzen, die nichts zu tun haben.«

»Es wundert mich, wie Sie das aushalten«, sagte Mr. Graves. »So etwas gibt es hier nicht. Ein ruhiges, geordnetes, häusliches Leben hat viel für sich, Mr. Bunter. Regelmäßige Mahlzeiten, anständige, achtbare Familien zu Gast – keins von den bemalten Weibern – und keine Nachtarbeit, das hat sehr viel für sich. Ich halte im allgemeinen nichts von Neureichen, und natürlich verstehe ich es, Mr. Bunter, daß Sie es vorteilhaft finden, in einer adligen Familie zu dienen; aber heutzutage findet man das als nichts Besonderes mehr, und ich muß sagen, daß niemand Sir Reuben vulgär nennen könnte, obwohl er sich aus eigenem emporgearbeitet hat, und meine Dame ist auf jeden Fall von vornehmem Geblüt. Eine Miss Ford war sie früher, von den Fords aus Hampshire, und beide sind immer sehr rücksichtsvoll.«

»Ich bin ganz Ihrer Meinung, Mr. Graves. Seine Lordschaft und ich waren nie dafür, engherzig und kleinlich zu sein ... O ja, mein Kind, natürlich ist es eine Fußspur, das ist ja ein Stück vom Linoleum unter dem Waschbecken. Sir Reuben ist in seinem Geschmack sehr einfach, nicht wahr? Für einen so reichen Mann, meine ich.«

»Ja, sehr einfach«, sagte die Köchin. »Das Essen, das er und die gnädige Frau bestellen, wenn sie mit Miss Rachel allein sind ... na, wenn nicht die Gesellschaften wären, wo es immer sehr gutes Essen gibt, so wären meine Begabung und meine Ausbildung hier für die Katz.«

Mr. Bunter fügte den Griff des Regenschirms seiner Sammlung hinzu und machte sich daran, unterstützt von dem Zim-

mermädchen, ein Leintuch vors Fenster zu spannen.
»Großartig«, sagte er. »So, wenn ich nun um die Decke dort auf dem Tisch bitten dürfte und um ein Handtuchgestell oder etwas Ähnliches für den Hintergrund ... sehr freundlich von Ihnen, Mrs. Pemming. Ach, ich wünschte, seine Lordschaft verlangte keine Nachtarbeit. Oft sitze ich bis drei oder vier Uhr auf, und dann muß ich in aller Frühe wieder hinaus, um ihn zu wecken, weil er ans andere Ende des Landes fahren will. Und der Schmutz, den er sich an Kleidern und Schuhen holt!«
»Das ist sicher bitter, Mr. Bunter«, sagte Mrs. Pemming herzlich. »So etwas finde ich gemein. Meiner Ansicht nach ist Polizeiarbeit keine geeignete Beschäftigung für einen vornehmen Herrn, ganz zu schweigen von einem Lord.«
»Alles wird auch erschwert«, sagte Mr. Bunter, der edelmütig den Charakter seines Arbeitgebers und seine eigenen Gefühle um einer guten Sache willen opferte. »Die Schuhe in den Winkel geworfen, die Kleider am Boden ...«
»Das trifft man oft bei Menschen, die von vornehmer Herkunft sind«, bestätigte Mr. Graves. »Da ist Sir Reuben ganz anders; er hat seine guten altmodischen Gewohnheiten nie aufgegeben. Die Kleider werden ordentlich zusammengelegt, die Schuhe ins Ankleidezimmer gestellt, so daß man sie morgens holen kann, und alles wird einem leichtgemacht.«
»Vorgestern abend hat er sie aber vergessen.«
»Die Kleider, nicht die Schuhe. Sir Reuben denkt immer an andere. Ach, hoffentlich ist ihm nichts zugestoßen!«
»Nein, hoffentlich nicht, der arme gnädige Herr«, stimmte die Köchin ein. »Und was das Gerede betrifft, er habe sich aus dem Hause gestohlen, um etwas Verbotenes zu tun, oh, das würde ich niemals von ihm glauben, Mr. Bunter, und wenn ich auf dem Totenbett darauf schwören müßte.«
»Ah!« rief Mr. Bunter, indem er seinen Scheinwerfer aufstellte und mit dem nächsten elektrischen Schalter verband, »das ist mehr, als die meisten von uns von den Leuten sagen können, die uns bezahlen.«

»Ein Meter zweiundsechzig«, sagte Lord Peter, »und kein Zentimeter darüber.« Er betrachtete zweifelnd den Eindruck im Bett und maß ihn zum zweitenmal mit seinem Allerweltsstock.
Parker trug diese Feststellung in ein adrettes Notizbuch ein.

»Ich nehme an«, bemerkte er, »daß ein Mann, der eins siebenundachtzig groß ist, einen Eindruck von ein Meter zweiundsechzig hervorrufen kann, wenn er sich zusammenrollt.«
»Da schwitze ich mir das Gehirn aus, um einen wirklich sensationellen Beigeschmack in Ihre langweilige und schimpfliche kleine polizeiliche Untersuchung zu bringen, und Sie zeigen keinen Funken von Begeisterung.«
»Es hat keinen Zweck, zu schnell Schlußfolgerungen zu ziehen.«
»Zu schnell? Sie geben nicht einmal angesichts einer Schlußfolgerung Ihr Schneckentempo auf. Ich glaube, wenn Sie eine Katze mit dem Kopf im Rahmtopf erwischen würden, dann würden Sie sagen, man könnte ja auch annehmen, der Rahmtopf sei leer gewesen, als sie den Kopf hineinsteckte.«
»Nun, das wäre immerhin annehmbar, nicht wahr?«
»Zum Kuckuck mit Ihnen«, sagte Lord Peter. Er klemmte sich das Monokel ins Auge und beugte sich, den Atem anhaltend, über das Kopfkissen. »Geben Sie mir bitte die Pinzette«, bat er plötzlich. Dann zwickte er etwas beinahe Unsichtbares von dem Leinen auf.
»Was haben Sie da?« fragte Parker.
»Ein Haar«, antwortete Wimsey, dessen harte Augen noch härter geworden waren. »Gehen wir und schauen wir uns Levys Hüte an, ja? Und klingeln Sie bitte nach dem Diener – Graves heißt er.«
Als der herbeigerufene Graves das Ankleidezimmer betrat, hockte Lord Peter Wimsey auf dem Fußboden vor einer Reihe Hüte, die er umgekehrt vor sich angeordnet hatte.
»Da sind Sie ja«, sagte Lord Peter fröhlich. »Passen Sie auf, Graves, dies ist ein Rätsel-Wettbewerb. Hier sind neun Hüte, einschließlich drei Zylinder. Gehören alle diese Kopfbedeckungen Sir Reuben Levy? Ja? Sehr gut. Jetzt darf ich dreimal raten, was er an dem Abend, an dem er verschwand, aufgehabt hat, und wenn ich richtig rate, habe ich gewonnen; wenn nicht, haben Sie gewonnen. Verstanden? Bereit? Übrigens nehme ich an, daß Sie die Antwort schon wissen?«
»Wenn ich Eure Lordschaft richtig verstehe, so fragen mich Eure Lordschaft, welchen Hut Sir Reuben trug, als er am Montagabend ausging?«
»Nein, Sie verstehen es ganz falsch«, entgegnete Lord Peter. »Ich frage, ob Sie es wissen – Sie sollen es mir nicht sagen, ich will raten.«

»Ich weiß es«, sagte Mr. Graves vorwurfsvoll.

»Schön. Als er zum Essen ins Ritz ging, trug er einen Zylinder. Hier sind drei Zylinder. Bei dreimaligem Raten muß ich ja den richtigen treffen, nicht wahr? Das wäre also sehr ungerecht. Ich werde so nur einmal raten. Es war dieser.« Er wies auf den Zylinder, der dem Fenster am nächsten war. »Stimmt's, Graves? Habe ich gewonnen?«

»Das ist der richtige Hut, Mylord«, antwortete Mr. Graves ungerührt.

»Danke«, sagte Lord Peter. »Mehr wollte ich nicht wissen. Bitten Sie Bunter, herzukommen, ja?«

Mr. Bunter kam mit bekümmerter Miene herein; sein sonst so ordentliches Haar war von dem Kameratuch zerzaust.

»Oh, da sind Sie ja, Bunter«, sagte Lord Peter. »Schauen Sie . . .«

»Ja, da bin ich, Mylord«, fiel Mr. Bunter mit respektvollem Vorwurf ein. »Aber mit Verlaub zu sagen, ich sollte unten sein, wo all die jungen Frauenzimmer sind – sie werden an den Beweisstücken herumfummeln, Mylord.«

»Ich bitte um Gnade«, erwiderte Lord Peter, »aber ich habe mit Mr. Parker hoffnungslos gestritten und den geschätzten Graves verwirrt, und ich möchte von Ihnen hören, was für Fingerabdrücke Sie gefunden haben. Vorher kann ich nicht glücklich sein – seien Sie also nicht hart mit mir, Bunter.«

»Eure Lordschaft wissen wohl, daß ich sie noch nicht fotografiert habe; doch ich will nicht leugnen, daß sie interessant aussehen. Das kleine Buch auf dem Nachttisch trägt nur Abdrücke von einem Menschen – am rechten Daumen ist eine kleine Narbe, so daß sie leicht zu erkennen sind. Auch die Haarbürste hat nur dieselben Abdrücke. Der Schirm, das Zahnputzglas und die Schuhe haben alle zweierlei Abdrücke: Die Hand mit der Daumennarbe – das ist vermutlich Sir Reubens Hand – und darüber verwischte Abdrücke, die, wenn ich so sagen darf, von derselben Hand in Gummihandschuhen stammen könnten oder auch nicht. Ich kann es genauer sagen, wenn ich die Aufnahmen gemacht und nachgemessen habe, Mylord. Das Linoleum vor dem Waschbecken ist sehr ergiebig. Außer den Spuren von Sir Reubens Schuhen, die Eure Lordschaft festgestellt haben, trägt es den Abdruck eines nackten Männerfußes – viel kleiner, Mylord, nicht größer als fünfundzwanzig Zentimeter, würde ich sagen, wenn Sie mich fragen.«

Lord Peters Gesicht erstrahlte geradezu in Verzückung. »Ein Fehler«, hauchte er, »ein kleiner Fehler; aber er kann ihn sich nicht leisten. Wann wurde der Linoleumboden das letztemal aufgewaschen, Bunter?«

»Montagmorgen, Mylord. Das Zimmermädchen wusch auf und dachte daran, es zu erwähnen. Die einzige Bemerkung, die sie bis jetzt gemacht hat, und sie ist treffend. Die andern Angestellten . . .« Bunters Züge drückten Verachtung aus.

»Was habe ich gesagt, Parker? Ein Meter zweiundsechzig und kein Zentimeter größer. Und er wagte die Haarbürste nicht zu benutzen. Wunderschön. Aber er mußte es mit dem Zylinder wagen. Ein Herr kann spät nachts im Regen nicht ohne Kopfbedeckung herumlaufen, verstehen Sie, Parker. Was halten Sie nun davon? Zweierlei Fingerabdrücke auf allem außer auf dem Buch und der Bürste, zweierlei Fußabdrücke auf dem Linoleum und zweierlei Haare in dem Hut!« Lord Peter hob den Zylinder ans Licht und holte die Beweisstücke mit der Pinzette heraus. »Stellen Sie sich vor, Parker, an die Haarbürste zu denken und den Hut zu vergessen – die ganze Zeit an die Hände zu denken und den einen gedankenlosen Schritt auf das Linoleum zu machen. . . Da sind sie, sehen Sie, schwarze Haare und rote Haare – schwarze Haare in der Melone und im Strohhut, schwarze und rote im Zylinder von gestern abend. Und dann, nur damit wir sicher sind, daß wir auf der richtigen Fährte sind, auf dem Kopfkissen ein einziges rotes Haar, das nicht dorthin gehört. Das bringt mir beinahe Tränen in die Augen.«

»Wollen Sie damit sagen . . .«, begann der Detektiv langsam.

»Ich will damit sagen«, unterbrach ihn Lord Peter, »daß der Mann, den die Köchin gestern nacht an der Haustür sah, nicht Sir Reuben Levy war. Es war ein anderer, vielleicht einen Kopf kleiner, der in Levys Kleidern herkam und sich mit Levys Hausschlüssel Einlaß verschaffte. Oh, es war ein kühner, schlauer Teufel, Parker. Er hatte Levys Schuhe an und trug Gummihandschuhe, die er überhaupt nicht auszog, und er tat alles, um den Anschein zu erwecken, daß Levy vorige Nacht hier schlief. Er ließ es auf ein Wagnis ankommen und gewann. Er ging hinauf, zog sich um, wusch sich sogar und putzte sich die Zähne, benutzte hingegen nicht die Haarbürste, um ja keine roten Haare zu hinterlassen. Er mußte erraten, was Levy mit seinen Kleidern und Schuhen anfing; in einem Punkt riet er daneben. Das Bett mußte aussehen, als ob Levy darin geschlafen hätte; deshalb legte er sich im Pyjama seines Opfers hinein. In aller Frühe, wahrscheinlich in der stillsten Stunde zwischen zwei und drei, stand er auf, zog seine eigenen Sachen an, die er in einem Koffer mitgebracht hatte, und schlich hinunter. Wenn jemand aufwachte, wäre er verloren gewesen; aber er war kühn und ließ es darauf ankommen. Er öffnete die Haustür, die er beim Hereinkommen nicht versperrt hatte, lauschte auf Schritte und schlüpfte hinaus. Auf seinen Gummisohlen ging er schnell davon.« Nach einer Pause fügte Lord Peter hinzu: »Entweder hat er Sir Reuben Levy wegen eines albernen Spaßes fortgezaubert, oder der Mann mit dem rotbraunen Haar hat einen Mord auf sein Gewissen geladen.«

»Himmel!« rief der Detektiv. »Sie sehen das Ganze sehr dramatisch an.«

Lord Peter strich sich mit einer etwas müden Gebärde übers Haar. »Das ist die richtige Einstellung, mein Freund. Es ist um so sonderbarer, als der gute alte Levy sicher keiner Fliege etwas zuleide getan hätte. Wissen Sie, Parker, im Grunde kümmert mich dieser Fall nicht sehr.«

»Welcher, dieser oder Ihrer?«

»Beide. Sagen Sie, Parker, wollen wir ruhig nach Hause wandern und essen und dann ins Coliseum gehen?«

»Tun Sie's, wenn Sie wollen«, erwiderte der Detektiv; »aber Sie vergessen, daß ich mich wegen des täglichen Brotes mit diesen Dingen befasse.«

»Und ich habe nicht einmal diese Entschuldigung«, sagte Lord Peter. »Also, wie ist der nächste Zug? Was würden Sie an meiner Stelle tun?«

»Ich würde aller Arbeit, die Sugg jemals geleistet hat, mißtrauen und bei allen Bewohnern der Queen Caroline Mansions Familienforschung betreiben. Ich würde ihre sämtlichen Abstellkammern und Dachluken untersuchen, würde mit ihnen eine Unterhaltung anknüpfen und plötzlich die Wörter ›Leiche‹ und ›Zwicker‹ einfließen lassen und schauen, wie sie darauf reagieren, genau wie es die modernen Psychiater machen.«

»Das würden Sie tun?« Lord Peter lächelte. »Ziehen Sie also los und tun Sie's. Ich werde mir's bei Wyndham gutgehen lassen.«

Parker schnitt eine Grimasse. »Sie werden nie ein Berufsdetektiv werden, solange Sie die Kleinarbeit ablehnen, Wimsey. Wie steht's mit dem Mittagessen?«
»Ich bin auswärts eingeladen«, erwiderte Lord Peter großartig. »Ich laufe schnell und ziehe mich im Klub um. In diesen Lumpen kann ich mit Freddy Arbuthnot nicht essen gehen.«

Lord Peter und der ehrenwerte Freddy Arbuthnot, die zusammen wie eine Reklame für Herrenkleidung aussahen, betraten den Speisesaal bei Wyndham.
»Hab' dich seit einem Jahrhundert nicht mehr gesehen«, sagte der ehrenwerte Freddy. »Was hast du gemacht?«
»Och, mich herumgetrieben«, antwortete Lord Peter matt.
»A la crème oder klar?« fragte der Kellner den ehrenwerten Freddy.
»Was möchtest du, Peter?« Damit wälzte Freddy die Last des Wählens auf seinen Gast ab. »Beides ist gleich giftig.«
»Je nun, klare Suppe ist leichter aus dem Löffel zu lecken«, entschied Lord Peter.
»Klar«, bestellte der ehrenwerte Freddy.
»Consommé polonais«, nickte der Kellner. »Ist ausgezeichnet, Sir.«
Die Unterhaltung erlahmte, bis der ehrenwerte Freddy in dem Seezungenfilet eine Gräte fand und den Oberkellner kommen ließ, um das Vorhandensein der Gräte zu erklären. Als diese Angelegenheit erledigt war, brachte Lord Peter die Energie auf, zu sagen: »Tut mir leid, was ich von deinem Vater hörte, alter Freund.«
»Ja, der Ärmste«, antwortete Freddy. »Es heißt, er wird es nicht lange überleben. Was? Oh, der Montrachet Jahrgang 1908. In diesem Lokal gibt es nichts Passendes zu trinken«, fügte er düster hinzu.
Nach dieser Beleidigung eines edlen Jahrgangs gab es wieder eine Pause, bis Lord Peter sagte: »Wie steht die Börse?«
»Mies«, lautete die Antwort. Freddy bediente sich mit Wildragout.
»Kann ich irgend etwas tun?« erkundigte sich Lord Peter.
»O nein, danke. Sehr anständig von dir; aber es wird mit der Zeit alles gut werden.«
»Das ist kein schlechtes Ragout«, bemerkte Lord Peter.
»Ich habe schon schlechtere gegessen«, stimmte sein Freund zu.

»Was ist mit diesen Argentiniern?« fragte Lord Peter. »He, Kellner, da ist ein Stückchen Kork in meinem Glas.«
»Kork?« rief der ehrenwerte Freddy mit einer Gemütsbewegung, die einem Temperamentsbeweis nahekam. »Das werden Sie noch zu hören bekommen, Kellner. Erstaunlich, daß ein Mensch, der dafür bezahlt wird, nicht einmal imstande ist, eine Flasche zu entkorken. Was sagtest du? Argentinier? Alle zum Teufel gegangen. Da der alte Levy plötzlich von der Bildfläche verschwunden ist, hat die Börse den Boden unter den Füßen verloren.«
»Was du nicht sagst«, antwortete Lord Peter. »Was glaubst du, was ist dem Alten zugestoßen?«
»Tja, wenn ich das wüßte. Hat von den Baissiers eins auf den Kopf bekommen, würde ich meinen.«
»Vielleicht ist er verduftet. Doppelleben, weißt du. Manche Geschäftsleute sind verteufelte Lebemänner.«
»O nein«, entgegnete der ehrenwerte Freddy leicht entrüstet. »Nein, Peter, das darfst du nicht sagen. Er ist ein anständiges altes Haus, und seine Tochter ist ein entzückendes Mädchen. Außerdem sitzt er fest genug im Sattel. Der alte Anderson ist nun bös daran.«
»Wer ist Anderson?«
»Ein Mann, der da draußen einen Besitz hat. Er wollte Levy am Dienstag treffen. Er befürchtet, daß die Eisenbahnleute jetzt einsteigen werden, und dann ist alles aus.«
»Wer leitet denn die Eisenbahngesellschaft hier?« fragte Lord Peter.
»Ein Amerikaner namens John P. Milligan. Er hat eine Option oder behauptet es wenigstens. Diesen Gesellen kann man nie trauen.«
»Kann sich Anderson nicht halten?«
»Anderson ist nicht Levy. Hat nicht genug Geld. Zudem steht er allein. Levy beherrscht die Lage – er könnte Milligans eklige Eisenbahn boykottieren, wenn er wollte. Da hat er den Druck ausgeübt, verstehst du.«
»Ich glaube, ich habe Milligan irgendwo einmal kennengelernt«, sagte Lord Peter nachdenklich. »Ist er nicht ein Hüne mit schwarzem Haar und Bart?«
»Du verwechselst ihn«, versetzte Freddy. »Milligan ist nicht größer als ich – und hat eine Glatze.«
Lord Peter überlegte dies beim Gorgonzola. Dann sagte er:

»Ich wußte gar nicht, daß Levy eine entzückende Tochter hat.«
»O doch«, erwiderte Freddy mit auffallender Gelöstheit. »Ich lernte sie und die Mama voriges Jahr im Ausland kennen. Dadurch kam ich mit dem Alten zusammen. Er war sehr anständig. Er machte es mit möglich, bei diesem argentinischen Geschäft einzusteigen, wußtest du das nicht?«
»Na ja«, sagte Lord Peter, »du könntest noch schlimmer daran sein. Geld ist Geld, nicht? Und Lady Levy ist ein recht wertvoller Punkt. Wenigstens kannte meine Mutter ihre Familie.«
»Oh, sie ist in Ordnung«, stimmte Freddy zu. »Und der Alte ist kein Mensch, dessen man sich heutzutage schämen müßte. Er gibt nicht vor, etwas anderes als ein Selfmademan zu sein. In keiner Weise. Rachel – das ist die Tochter – lacht immer über die Sparsamkeit ihres Alten.«
»Ich nehme an, man hat Lady Levy kommen lassen«, bemerkte Lord Peter.
»Vermutlich«, pflichtete sein Freund bei. »Ich gehe wohl am besten hin. Sähe nicht gut aus, wenn ich's unterließe, was meinst du? Aber es ist verflucht peinlich. Was sagt man in einem solchen Fall?«
»Ich glaube, es spielt keine große Rolle, was du sagst«, antwortete Lord Peter hilfsbereit. »Ich würde fragen, ob du irgend etwas tun könntest.«
»Danke«, sagte der Verliebte. »Das werde ich machen. Als tatkräftiger junger Mann auftreten.«

Mr. John P. Milligan, der Londoner Vertreter der großen Milligan-Eisenbahn- und Schiffsgesellschaft, diktierte gerade in seinem Büro an der Lombard Street seinem Sekretär, als ihm eine Visitenkarte gebracht wurde.
Mr. Milligan ärgerte sich über die Störung; aber wie viele seiner Landsleute hatte er einen schwachen Punkt, und das war die englische Aristokratie. Er verschob die Ausmerzung einer bescheidenen, aber vielversprechenden Farm auf der Karte um einige Minuten und befahl, den Besucher hereinzuführen.
»Guten Tag«, sagte Lord Peter, ungezwungen eintretend. »Es ist sehr freundlich von Ihnen, mir Ihre Zeit zu opfern und mich ohne weiteres zu empfangen. Ich will mich möglichst kurz fassen, obwohl es nicht meine Begabung ist, zur Sache zu kommen. Mein Bruder wollte nie zulassen, daß ich für die Grafschaft aufgestellt wurde – er sagte, ich machte immer sol-

che Umschweife, daß niemand weiß, wovon ich eigentlich rede.«

»Freut mich, Sie kennenzulernen, Lord Wimsey«, sagte Mr. Milligan. »Wollen Sie nicht Platz nehmen?«

»Danke«, antwortete Lord Peter. »Aber ich bin kein Pair, müssen Sie wissen – das ist mein Bruder Denver. Mein Name ist Peter. Ein alberner Name, finde ich, so brav und tugendhaft. Aber wir haben immer einen Peter, nach dem dritten Herzog, der irgendwann um die Zeit der Kriege zwischen den Rosen fünf Könige verriet; es besteht also bei näherem Zusehen kein Grund, darauf stolz zu sein. Immerhin, man muß das Beste daraus machen.«

Mr. Milligan, der auf diese Weise den Nachteil hatte, welcher mit Unwissenheit verbunden ist, kämpfte um eine bessere Stellung und bot dem Störenfried eine Corona an.

»Herzlichen Dank«, sagte Lord Peter; »aber Sie dürfen mich wirklich nicht verführen, den ganzen Nachmittag hier zu vertrödeln. Wahrhaftig, Mr. Milligan, wenn Sie den Leuten derartige Sessel und solche Zigarren anbieten, wundert es mich, daß Sie nicht in Ihrem Büro Hütten bauen.« Im stillen fügte er hinzu: ›Ich wünschte, ich könnte dir deine Schuhe ausziehen. Wie soll ein Mensch die Größe deiner Füße feststellen? Und ein Kopf wie eine Kartoffel.‹

»Sagen Sie nun, Lord Peter«, begann Mr. Milligan, »womit kann ich Ihnen dienen?«

»Es handelt sich um meine Mutter. Eine wunderbare Frau; doch es ist ihr nicht klar, was es heißt, einem vielbeschäftigten Manne wie Ihnen die Zeit wegzunehmen. Wir haben es hier nicht so eilig, müssen Sie wissen, Mr. Milligan.«

»Nicht der Rede wert«, sagte Mr. Milligan. »Es würde mich freuen, der Herzogin einen Gefallen zu tun.«

»Tausend Dank – sehr liebenswürdig. Meine Mutter, eine höchst tatkräftige, selbstlose Frau, geht mit dem Gedanken um, diesen Winter in Denver eine Art Wohltätigkeitsbasar zu eröffnen, zugunsten des Kirchendachs, verstehen Sie. Eine sehr traurige Sache, Mr. Milligan, schöne antike Fenster, frühenglisch, und ein mit Engeln ausgeschmücktes Dach, alles verfällt, und es regnet hinein und so weiter . . . Man hat einen Mann angestellt, der es machen soll – ein kleines Kerlchen namens Thipps – lebt mit einer alten Mutter in Battersea, ein ordinärer kleiner Geselle, soll sich aber auf Engeldächer und dergleichen verstehen.«

Bei diesem Punkt beobachtete Lord Peter seinen Gesprächspartner scharf; da er aber feststellte, daß dieses Geschwätz keine erschütternde Reaktion auslöste als höfliches, mit schwacher Verwirrung gefärbtes Interesse, ließ er von diesem Untersuchungsverfahren ab und fuhr fort: »Entschuldigen Sie, ich bin leider entsetzlich weitschweifig. Kurzum, meine Mutter will diesen Basar eröffnen, und sie meinte, es würde wohl sehr interessant sein, wenn sie nebenher Vorträge veranstalten würde, kleine Plaudereien, verstehen Sie, die von hervorragenden Geschäftsleuten aus aller Herren Länder gehalten werden sollen. Von der Art ›Wie es mir gelang‹, verstehen Sie. ›Ein Tropfen Öl von einem Petroleumkönig‹ – ›Geld, Gewissen und Gewinn‹ und so weiter. Das würde die Leute dort ungeheuer interessieren. Sehen Sie, alle Bekannten meiner Mutter werden kommen, und keiner von uns hat Geld – ich meine, was Sie Geld nennen würden –, vermutlich könnten wir mit unserem Vermögen nicht einmal Ihre Telefonrechnungen bezahlen, nicht wahr? Aber wir hören für unser Leben gern von Leuten, die wirklich Geld machen können. Das hebt gewissermaßen unsere Gefühle, verstehen Sie. Nun, jedenfalls meine ich, meine Mutter würde sich riesig freuen und wäre Ihnen sehr dankbar, Mr. Milligan, wenn Sie kommen und ein paar Worte als Vertreter Amerikas sprechen würden. Es braucht nicht länger als ungefähr zehn Minuten zu dauern, weil die Bevölkerung dort übers Schießen und Jagen hinaus nicht viel begreift, und die Bekannten meiner Mutter können sich nicht länger als zehn Minuten auf etwas konzentrieren; aber wir wüßten es sehr zu schätzen, wenn Sie ein bis zwei Tage zu uns kommen würden und ein paar treffende Worte über den allmächtigen Dollar vom Stapel lassen.«
»Gewiß«, antwortete Mr. Milligan, »das werde ich gern tun, Lord Peter. Sehr freundlich von der Herzogin, mich vorzuschlagen. Es ist sehr traurig, wenn diese schönen Antiquitäten in die Brüche gehen. Ich komme mit großem Vergnügen. Und vielleicht sind Sie so freundlich und nehmen einen kleinen Zuschuß zum Restaurierungsfonds an.«
Diese unerwartete Entwicklung brachte Lord Peter beinahe aus der Fassung. Einen liebenswürdigen Herrn, den man eines besonders abgefeimten Mordes zu bezichtigen geneigt ist, auszuhorchen und von ihm im Verlauf der Maßnahmen einen großen Scheck für ein wohltätiges Unternehmen entgegenzu-

nehmen, das hat für jeden außer dem abgehärteten Kriminalbeamten etwas Unangenehmes. Lord Peter paßte sich den Umständen an:
»Das ist sehr großzügig von Ihnen«, erwiderte er. »Man wird Ihnen bestimmt sehr dankbar sein. Aber besser geben Sie den Scheck nicht mir. Ich könnte ihn ausgeben oder verlieren. Ich bin leider nicht allzu zuverlässig. Der Pfarrer ist die geeignete Person – Pfarrer Constantine Throgmorton, St. Johns-Pfarrhaus bei Schloß Denver, wenn Sie ihn dorthin senden wollen.«
»Werde ich«, sagte Mr. Milligan. »Stellen Sie den Scheck bitte gleich auf tausend Pfund aus, Scoot, sonst vergesse ich es später.«
Der Sekretär, ein rothaariger junger Mann mit langem Kinn und ohne Augenbrauen, tat schweigend, wie ihm geheißen. Lord Peter blickte von dem kahlen Schädel Mr. Milligans zu dem roten Kopf des Sekretärs, verhärtete sein Herz und versuchte es nochmals.
»Oh, ich bin Ihnen unendlich dankbar, Mr. Milligan, und meine Mutter wird es ebenfalls sein, wenn ich es ihr erzähle. Ich werde Ihnen Bescheid geben, wann der Basar eröffnet wird – das Datum steht noch nicht fest, und ich muß mich noch mit einigen anderen Geschäftsleuten in Verbindung setzen. Ich dachte daran, einen Chef der Inseratenabteilung einer großen Zeitung aufzufordern, als Vertreter der britischen Reklame-Begabung, was meinen Sie dazu? Und ein Freund von mir hat mir einen führenden deutschen Bankier versprochen, und ich muß noch jemand finden, der den jüdischen Standpunkt vertritt. Ich wollte Levy bitten; aber er ist dummerweise verschwunden.«
»Ja«, nickte Mr. Milligan, »das ist eine merkwürdige Sache. Allerdings gebe ich zu, daß es mir in den Kram paßt. Er hatte etwas gegen meine Eisenbahnfirma; aber ich hatte persönlich nichts gegen ihn, und wenn er wieder auftaucht, nachdem ich mein Geschäft zum Abschluß gebracht habe, werde ich ihn mit Freuden begrüßen.«
Ein Bild erstand vor Lord Peters geistigem Auge: Sir Reuben, der irgendwo gefangengehalten wurde, bis eine Finanzkrise vorüber war. Das wäre durchaus möglich und weitaus angenehmer als seine frühere Mutmaßung; es stimmte auch besser mit dem Eindruck überein, den er von Mr. Milligan gewonnen hatte.

»Tja, es ist rätselhaft«, sagte er; »aber er hatte wohl seine Gründe. Viel besser, nach den Gründen der Leute nicht zu fragen, nicht wahr? Zumal ein Freund von mir, der bei der Polizei ist und mit dem Fall zu tun hat, behauptet, er habe sich die Haare gefärbt, bevor er fortging.«
»Er hat sich die Haare gefärbt?« wiederhote Mr. Milligan.
»Rot gefärbt«, erklärte Lord Peter.
Der Sekretär blickte auf.
»Das Sonderbare ist«, fuhr Lord Peter fort, »daß man die Flasche mit dem Haarfärbemittel nicht finden kann. Da stimmt doch etwas nicht, meinen Sie nicht auch?«
Das Interesse des Sekretärs schien verdampft zu sein. Er legte ein neues Blatt in seinen Ordner ein und übertrug darauf einige Ziffern von der vorhergehenden Seite.
»Ich glaube, es ist nichts daran«, sagte Lord Peter und stand auf, um zu gehen. »Also, es war sehr liebenswürdig von Ihnen, sich so von mir belästigen zu lassen, Mr. Milligan. Meine Mutter wird sich riesig freuen. Sie wird Ihnen noch wegen des Datums schreiben.«
»Es war mir ein Vergnügen, Ihre Bekanntschaft zu machen,« sagte Mr. Milligan.
Mr. Scoot stand schweigend auf, um die Türe zu öffnen. Dabei enthüllte er erstamlich lange und dünne Beine, die bisher unter dem Schreibtisch verborgen gewesen waren. Mit einem stillen Seufzer schätzte Lord Peter ihn auf einen Meter zweiundneunzig.
›Schade, daß ich Scoots Kopf nicht auf Milligans Schultern setzen kann‹, sagte sich Lord Peter, als er in den Wirbel der City eintauchte. ›Und was wird Mutter sagen?‹

5

Mr. Parker war Junggeselle und hauste in einer georgianischen, aber ungemütlichen Wohnung an der Great Ormond Street Nr. 12a, für die er wöchentlich ein Pfund zahlte.
Er erwachte vom Geruch nach verbranntem Haferbrei. Durch sein Schlafzimmerfenster, das hygienischerweise geöffnet war, wallte langsam ein rauher Nebel herein, und der Anblick einer wollenen Unterhose, die er am vorigen Abend hastig über

einen Stuhl geworfen hatte, verdroß ihn, weil er ihn an die Lächerlichkeit der menschlichen Gestalt erinnerte. Das Telefon läutete, und er kroch ärgerlich aus dem Bett und lief ins Wohnzimmer, wo Mrs. Munns, die tagsüber bei ihm tätig war, gerade den Tisch deckte. Schnaubend ging sie hinaus.

Mr. Bunter meldete sich.

»Seine Lordschaft läßt sagen, daß er sich sehr freuen würde, wenn Sie zum Frühstück kommen könnten, Sir.«

Wenn der Duft nach Nieren und Speck durch den Draht getrieben wäre, hätte Mr. Parker kein stärkeres Gefühl des Trostes empfinden können.

»Richten Sie seiner Lordschaft bitte aus, daß ich in einer halben Stunde bei ihm sein werde«, antwortete er dankbar. Er stürzte ins Badezimmer, das auch die Küche war, und teilte Mrs. Munns, die soeben Tee mit nicht mehr kochendem Wasser aufgoß, mit, daß er auswärts frühstücken werde.

»Sie können den Haferbrei mit heimnehmen«, fügte er boshaft hinzu und warf seinen Schlafrock mit solcher Entschiedenheit ab, daß Mrs. Munns nur mit einem Schnaufer davonschlurfen konnte.

Ein Autobus setzte ihn bloß eine Viertelstunde später, als sein sanguinischer Impuls ihm eingegeben hatte, am Piccadilly ab, und Mr. Bunter tischte ihm vor einem flammenden Holz- und Kohlenfeuer köstliches Essen, unvergleichlichen Kaffee und die »Daily Mail« auf. Eine ferne Stimme, die das »Et iterum venturus est« aus Bachs b-Moll-Messe sang, verkündete, daß der Wohnungsbesitzer mindestens einmal im Tag Sauberkeit und Frömmigkeit verband, und plötzlich brauste Lord Peter herein, feucht und verbenenduftend, in einem Bademantel, der mit unnatürlich bunten Pfauen gemustert war.

»Morgen, alter Knabe«, grüßte er. »Scheußliches Wetter, nicht? Sehr lieb von Ihnen, sich herzubemühen. Ich habe nämlich einen Brief erhalten, den ich Ihnen zeigen wollte, und ich brachte die Energie nicht auf, mich zu Ihnen aufzumachen. Bunter und ich haben die ganze Nacht geschwelgt.«

»Was steht denn in dem Brief?« fragte Parker.

»Nehmen Sie sich von der Marmelade – und dann zeige ich Ihnen meinen Dante; er wurde mir gestern abend gebracht. Was muß ich heute morgen lesen, Bunter?«

»Lord Eriths Sammlung wird versteigert, Mylord. Es steht eine Notiz darüber in der ›Morning Post‹. Ich denke, Eure

Lordschaft sollte sich die Rezension von Sir Julian Frekes neuem Buch ›Die physiologischen Grundlagen des Gewissens‹ in der literarischen Beilage der ›Times‹ anschauen. Dann gibt es einen sehr sonderbaren kleinen Einbruch im ›Chronicle‹, Mylord, und einen Angriff auf adlige Personen im ›Herald‹ – ziemlich schlecht geschrieben, mit Verlaub zu sagen, aber nicht ohne ungewollten Humor, den Eure Lordschaft schätzen wird.«

»Gut, geben Sie mir das und den Einbruch«, sagte seine Lordschaft.

»Ich habe die andern Zeitungen durchgesehen«, fuhr Mr. Bunter fort und wies auf einen ansehnlichen Haufen, »und die Lektüre für Eure Lordschaft nach dem Frühstück angestrichen.«

Stille trat ein; man hörte nur Toast knacken und Papier rascheln.

»Wie ich sehe, hat man die gerichtliche Untersuchung verschoben«, bemerkte Parker unvermittelt.

»Es blieb nichts anderes übrig«, erwiderte Lord Peter. »Aber Lady Levy ist gestern abend spät angekommen. Sie wird wohl heute vormittag hingehen und zu Suggs Gunsten den Toten nicht identifizieren.«

»Wird auch Zeit«, sagte Parker kurz.

Wieder herrschte Schweigen.

»Von Ihrem Einbruch halte ich nicht viel, Bunter«, sagte Lord Peter nach einer Weile. »Gekonnt, aber ohne Phantasie. Von einem Verbrechen verlange ich Phantasie. Wo ist die ›Morning Post‹?«

Nach einer weiteren Pause sagte Lord Peter: »Lassen Sie doch bitte den Auktionskatalog kommen, Bunter. Dieser Apollonios Rhodios könnte sich lohnen. Nein, ich denke nicht daran, mich durch die Buchbesprechung hindurchzuarbeiten; aber Sie können das Buch auf der Liste der Buchhandlung anstreichen, wenn Sie wollen. Sein Buch über Verbrechen war an sich recht unterhaltend; aber der Mann hat einen Floh im Ohr. Er denkt, Gott sei eine Sekretion der Leber – zur Abwechslung gut und schön; doch es ist nicht nötig, darauf herumzureiten. Man kann alles beweisen, wenn der Horizont begrenzt ist. Siehe Sugg.«

»Entschuldigung«, sagte Parker, »ich habe nicht recht zugehört. Die Argentinier werden etwas fester, wie ich sehe.«

»Milligan«, erklärte Lord Peter.
»Öl steht schlecht. Da hat Levy etwas ausgemacht. Der sonderbare kleine Boom in Peruanern, den es kurz vor seinem Verschwinden gab, ist verebbt. Möchte wissen, ob er da beteiligt war. Wissen Sie das zufällig?«
»Ich werde es feststellen«, antwortete Lord Peter. »Was war das?«
»Ach, ein ganz nebensächliches Unternehmen, von dem man jahrelang nichts gehört hatte. Vorige Woche belebte es sich plötzlich etwas. Ich bemerkte es zufällig, weil meine Mutter vor langer Zeit zweihundert Aktien kaufte. Sie warfen nie Dividenden ab. Jetzt ist die Sache wieder versandet.«
Wimsey schob seinen Teller fort und zündete sich die Pfeife an. »Da wir fertig sind, habe ich nichts dagegen, ein bißchen zu arbeiten. Sind Sie gestern vorwärtsgekommen?«
»Nein«, antwortete Parker. »Ich schnüffelte in den Wohnungen herum, in meiner eigenen Gestalt und in zwei verschiedenen Verkleidungen. Ich war ein Gasmann und ein Bittgänger für dein Hundeheim, und ich erfuhr gar nichts. Nur ein Dienstmädchen in der obersten Wohnung am Ende der Häuserreihe an der Battersea Bridge Road sagte, sie glaube, eines Nachts ein Bumsen auf dem Dach gehört zu haben. Als ich sie fragte, in welcher Nacht, konnte sie keine näheren Angaben machen. Ich sah auch Ihre Freunde, Mr. und Mrs. Appledore, die mich kalt empfingen, aber über Thipps nicht wirklich klagen konnten. Der angloindische Oberst im ersten Stock polterte, war aber unerwartet freundlich. Er setzte mir indischen Curryreis zum Abendbrot vor und guten Whisky; aber er ist eine Einsiedlernatur und wußte mir nichts anderes zu erzählen, als daß er Mrs. Appledore nicht ertrage.«
»Haben Sie bei Levy nichts gefunden?«
»Nur sein Privattagebuch. Ich habe es mitgebracht. Hier ist es. Man erfährt nicht viel daraus. Lauter Eintragungen wie: ›Tom und Annie zum Essen bei uns‹, und: ›Geburtstag meiner lieben Frau; schenkte ihr einen alten Opalring‹; ›Mr. Arbuthnot kam zum Tee; er möchte Rachel heiraten, aber ich hätte gern einen standhafteren Mann für mein Kleinod.‹ Immerhin können Sie daraus ersehen, wer im Haus verkehrte und dergleichen. Offenbar machte er jeden Abend seine Eintragungen. Am Montag ist keine Eintragung gemacht worden.«

»Ich glaube, es wird nützlich sein«, sagte Lord Peter und blätterte in der Agenda. »Der arme Kerl. Wissen Sie, ich bin jetzt nicht mehr so sicher, daß er umgebracht worden ist.« Er berichtete Parker die Einzelheiten des Tagewerks.

»Arbuthnot?« fragte Parker. »Ist das der gleiche Arbuthnot im Tagebuch?«

»Ich nehme es an. Ich traf mich mit ihm, weil ich wußte, daß er sich gern an der Börse herumtreibt. Was Milligan betrifft, so macht er einen guten Eindruck; aber ich glaube, er kann als Geschäftsmann ziemlich rücksichtslos sein, und man weiß ja nie. Dann ist da der rothaarige Sekretär – ein Rechengenie mit einem Gesicht wie ein Fisch, hüllt sich eisern in Schweigen. Milligan hätte jedenfalls ein recht gutes Motiv, Levy für ein paar Tage aus dem Wege zu schaffen. Und dann hätten wir den neuen Mann.«

»Was für einen neuen Mann?«

»Von dem ich den Brief erhielt, den ich vorhin erwähnte. Wo habe ich ihn hingesteckt? – Da ist er ja. Gutes holzfreies Papier, Briefkopf einer Anwaltsfirma in Salisbury und beigelegte Briefmarke. Handschrift eines älteren Geschäftsmannes mit altmodischen Gepflogenheiten.«

Parker nahm den Brief und las:

»Crimplesham und Wicks, Rechtsanwälte
Milford Hill, Salisbury
17. November 192 . . .

Sehr geehrter Herr,
bezugnehmend auf Ihr heutiges Inserat in der ›Times‹, erlaube ich mir, Ihnen mitzuteilen, daß der fragliche Kneifer mit Kette der gleiche sein könnte, den ich vorigen Montag verloren habe, als ich in London zu Besuch weilte. Ich fuhr mit dem Zug 17 Uhr 45 vom Victoria-Bahnhof ab und bemerkte den Verlust erst bei meiner Ankunft in Balham. Dieser Hinweis und das Rezept des Augenarztes, das ich beilege, sollten genügen, um die Augengläser zu identifizieren und meine Glaubwürdigkeit zu verbürgen. Sollte es sich erweisen, daß es sich um meinen Kneifer handelt, so wäre ich Ihnen sehr verbunden, wenn Sie ihn mir eingeschrieben senden würden, da die Kette ein Geschenk von meiner Tochter ist und zu meinen liebsten Besitztümern gehört.

Mit dem besten Dank für Ihre Liebenswürdigkeit zum voraus und dem Bedauern, daß ich Sie bemühen muß, zeichne ich

mit vorzüglicher Hochachtung
Thos. Crimplesham.«

»Du meine Güte«, sagte Parker, »das hätte ich wirklich nicht erwartet.«

»Entweder ist es ein außergewöhnliches Mißverständnis«, meinte Lord Peter, »oder Mr. Crimplesham ist ein sehr kühner und schlauer Bösewicht. Oder es handelt sich natürlich um einen anderen Kneifer. Wir sollten diesen Punkt gleich untersuchen. Ich vermute, daß der Kneifer jetzt in Scotland Yard ist. Rufen Sie doch bitte dort an und sagen Sie, man möchte sofort den Bescheid eines Optikers einholen. Sie können auch gleichzeitig fragen, ob es ein ganz gewöhnliches Rezept ist.«

»Recht haben Sie«, antwortete Parker und nahm den Hörer ab.

»Und nun«, sagte sein Freund, als das Telefongespräch beendet war, »kommen Sie mit mir in die Bibliothek.«

Auf dem Tisch in der Bibliothek hatte Lord Peter mehrere Abzüge ausgebreitet.

»Die kleinen hier sind die Originale unserer Aufnahmen«, erklärte Lord Peter, »und die großen dort Vergrößerungen in genau gleichem Maßstab. Das ist die Fußspur auf dem Linoleum; wir lassen sie vorläufig noch beiseite. Diese Fingerabdrücke hier können in fünf Serien eingeteilt werden. Ich habe die Abzüge numeriert, sehen Sie? – und eine Liste gemacht:

A. Fingerabdrücke von Levy; an dem Buch auf dem Nachttisch und an der Haarbürste. Hier und hier – die kleine Narbe am Daumen ist nicht zu verkennen.

B. Die verwischten Abdrücke von den behandschuhten Fingern des Mannes, der Montagnacht in Levys Zimmer geschlafen hat. Man sieht sie deutlich auf der Wasserflasche und den Schuhen – über Levys Fingerabdrücken. Auf den Schuhen sind sie besonders klar – erstaunlich für behandschuhte Hände, und ich leite daraus ab, daß es Gummihandschuhe waren, die vor kurzem erst in Wasser gelegen haben.

Hier ist noch ein interessanter Punkt. Wie wir wissen, war Levy am Montagabend im Regen draußen, und diese dunklen Flecken sind Schmutzspritzer. Sie sehen, sie liegen auf jeden

Fall *über* Levys Fingerabdrücken. Nun schauen Sie: Auf dem linken Schuh finden wir den Daumenabdruck des Fremden *über* dem Schmutzfleck oberhalb des Absatzes. Eine merkwürdige Stelle für einen Daumenabdruck auf einem Schuh, nicht? Das heißt, wenn Levy sich die Schuhe selbst auszog. Aber es ist die Stelle, wo man sie zu finden erwartet, wenn ihm ein anderer die Schuhe ausgezogen hätte. Wieder liegen die meisten Fingerabdrücke des Fremden *über* den Schmutzflecken; aber hier ist ein Schmutzspritzer, der zuoberst liegt. Was mich zu dem Schluß bringt, daß der Fremde sich nach Park Lane mit Levys Schuhen an den Füßen zurückbegab, in einem Taxi oder im eigenen Wagen; aber irgendwo ging er ein paar Schritte zu Fuß, gerade genug, um in eine Pfütze zu treten und einen Spritzer abzubekommen. Was sagen Sie dazu?«
»Sehr hübsch«, antwortete Parker. »Ein bißchen verwickelt, und die Spuren sind nicht alle so, wie ich mir Fingerabdrücke wünschte.«
»Nun, es stimmt mit unseren früheren Annahmen überein. Nun kommen wir zu:
C. Die Abdrücke, die mein eigener, besonderer Bösewicht auf dem oberen Ende von Thipps' Badewanne gefälligerweise hinterlassen hat, wo Sie sie entdeckt haben. Ich sollte geprügelt werden, daß ich sie übersehen habe. Die linke Hand, wie Sie sehen, der untere Teil des Handtellers und die Finger, aber nicht die Fingerspitzen. Das sieht aus, als hätte er sich auf den Rand der Wanne gestützt, während er sich bückte, um unten irgend etwas zu befestigen, den Kneifer vielleicht. Handschuhe, wie Sie sehen, aber ohne Saum und ohne Naht. Ich sage, Gummihandschuhe. Weiter:
D und E stammen von meiner Visitenkarte. Da in der Ecke steht ein F, das sie nicht zu beachten brauchen. Auf dem Original ist es ein klebriger Daumenabdruck von dem Jüngling, der mir die Karte abnahm, nachdem er sich mit den Fingern Kaugummi aus den Zähnen gebohrt hatte, um mir mitzuteilen, daß Mr. Milligan vielleicht in einer Sitzung sei. D und E sind die Daumenabdrücke von Mr. Milligan und seinem rothaarigen Sekretär. Ich weiß nicht, wer welcher ist; aber ich sah den Jüngling mit dem Kaugummi die Karte dem Sekretär geben, und als ich ins Allerheiligste kam, hielt John P. Milligan sie in der Hand, so daß es der eine oder der andere ist, und vorläufig spielt es keine Rolle, wer welcher ist. Ich nahm

die Karte vom Tisch, als ich fortging.
Ja, Parker, das hat Bunter und mich bis in den Morgen hinein in Atem gehalten. Ich habe immerzu abgemessen, bis sich mir der Kopf drehte, und die Fotos angestarrt, bis ich beinahe blind war; aber ich kann mir keinen Vers machen. Erste Frage: Ist C mit B identisch? Zweite Frage: Ist D oder E mit B identisch? Man kann sich an nichts halten außer an Größe und Form, und die Abdrücke sind so schwach. Was meinen Sie?«
Parker schüttelte zweifelnd den Kopf. »Ich glaube, E könnte ausgeschaltet werden. Es ist ein so außergewöhnlich langer und schmaler Daumen. Aber zwischen der Spanne von B auf der Wasserflasche und C auf der Badewanne scheint mir eine ausgesprochene Ähnlichkeit zu bestehen. Und ich sehe keinen Grund, warum D nicht derselbe Abdruck wie B sein sollte; nur ist so wenig vorhanden, wonach es sich beurteilen ließe.«
»Ihre rohe Schätzung und meine Messungen haben uns zur gleichen Schlußfolgerung gebracht – falls man es eine Schlußfolgerung nennen kann«, sagte Lord Peter bitter.
»Noch etwas«, fiel Parker ein. »Warum müssen wir überhaupt B mit C verbinden? Die Tatsache, daß wir beide befreundet sind, macht es doch nicht notwendig, anzunehmen, daß die zwei Fälle, für die wir uns zufällig interessieren, eine organische Verbindung miteinander haben. Warum sollten sie? Der einzige Mensch, der das glaubt, ist Sugg, und nach ihm kann man sich nicht richten. Die Sache sähe anders aus, wenn der Mann in der Badewanne Levy wäre; aber wir wissen ja, daß das nicht zutrifft. Es ist lächerlich, vorauszusetzen, daß ein und dieselbe Person am gleichen Abend zwei Verbrechen begangen hat, eins in Battersea und eins am Park Lane.«
»Wir dürfen aber nicht vergessen, daß Levy zu dem Zeitpunkt in Battersea war, und da wir jetzt wissen, daß er nicht um Mitternacht heimkam, wie es zuerst hieß, brauchen wir nicht anzunehmen, daß er Battersea überhaupt verließ.«
»Stimmt. Aber in Battersea gibt es noch mehr Orte außer Thipps' Badezimmer. Das ist übrigens der einzige Ort im Weltall, wo Levy bestimmt nicht gewesen ist. Was hat also Thipps' Badewanne damit zu tun?«
»Ich weiß nicht«, sagte Lord Peter. »Na, vielleicht bekommen wir heute einen besseren Fingerzeig.« Er lehnte sich in seinem Stuhl zurück und las rauchend die Zeitungsartikel, die Bunter ihm angestrichen hatte. »Man hat Sie ins Scheinwerferlicht ge-

rückt«, bemerkte er nach einer Weile. »Gottlob haßt mich Sugg zu sehr, um für mich Reklame zu machen. Oh, da läutet's. Fein, es ist die Antwort von Scotland Yard.«

Der Bericht von Scotland Yard besagte, daß das Rezept des Augenarztes mit der Bestimmung des Optikers übereinstimmte. Außerdem hieß es, es seien besonders starke Augengläser, und zwischen der Sehkraft des rechten und des linken Auges bestehe ein auffallender Unterschied.

»Das genügt«, sagte Parker.

»Ja«, nickte Wimsey. »Die dritte Möglichkeit ist also ausgeschaltet. Es bleibt die erste: Zufall oder Mißverständnis, und die zweite: Absichtliche Spitzbüberei eines beachtlich kühnen und berechnenden Menschen. Betrachten wir einmal ernsthaft die zweite Möglichkeit. Man kann sie wiederum in zwei oder mehr Hypothesen unterteilen. Erste Hypothese: Der Verbrecher, den wir als X bezeichnen wollen, ist mit Crimplesham nicht identisch, sondern benutzt dessen Namen als Schild. Diese Hypothese kann in zwei weitere Alternativen gegliedert werden. Alternative A: Crimplesham ist ein ahnungsloser und unschuldiger Helfershelfer, und X ist bei ihm beschäftigt. X schreibt unter Crimpleshams Namen auf dessen Briefpapier und verlangt, daß der fragliche Gegenstand, das heißt der Kneifer, an Crimpleshams Adresse geschickt werden soll. Er ist in der Lage, das Päckchen in Empfang zu nehmen. Um festzustellen, ob es sich um Crimpleshams Putzfrau, Kanzleigehilfen, Sekretärin oder Hauswart handelt, müßte man mit Crimplesham reden und herausfinden, ob er den Brief abgesandt hat, und wenn nicht, wer Zugang zu seinen Briefschaften hat. Alternative B: Crimplesham steht unter X' Einfluß oder in dessen Macht und ist gezwungen worden, den Brief zu schreiben. In diesem Falle kann X ein gewichtiger Verwandter oder Freund sein, ein Gläubiger, ein Erpresser oder ein Meuchelmörder. Crimplesham seinerseits ist entweder bestechlich oder dumm, dann bestünde die Untersuchung ebenfalls in einer Unterredung mit Crimplesham, bei der man ihm die Tatsache vor Augen hält und ihm mit den einschüchterndsten Ausdrücken versichert, daß er ein höchst unangenehmes Strafgericht zu gewärtigen hat. Nachdem Sie mir soweit gefolgt sind, wollen wir zur zweiten Hypothese übergehen, zu der ich persönlich mehr neige, und nach der X mit Crimplesham identisch ist.

In diesem Falle hat Crimplesham wohlüberlegt angenommen, daß wir keinesfalls erwarten werden, daß der Verbrecher selbst sich auf das Inserat melden wird. Demgemäß blufft er kühn. Er erfindet eine Geschichte, wie er den Kneifer verloren hat, und erbittet ihn zurück. Wenn er den Sachverhalt erfährt, wird niemand erstaunter sein als er. Er wird Zeugen anführen, die beweisen, daß er mit dem angegebenen Zug nach Balham gefahren ist und am Montagabend mit einem angesehenen Bürger in Balham Schach gespielt hat.
Zum Schluß will ich offen auf den schwachen Punkt all dieser Hypothesen hinweisen: Daß nämlich keine erklärt, warum der besagte Gegenstand auf der Nase des Toten saß.«
Parker hatte den Vortrag mit lobenswerter Geduld angehört. »Könnte nicht X ein Feind von Crimplesham sein, der den Anwalt in Verdacht bringen will?« regte er an.
»Möglich. In diesem Falle wäre er leicht zu entdecken, da er in nächster Nachbarschaft von Crimplesham und dem Kneifer leben müßte und Crimplesham aus Angst um sein Leben ein Verbündeter für die Nachforschungen wäre.«
»Wie steht es denn mit der ersten Möglichkeit: Mißverständnis oder Zufall?«
»Ach, das ist nichts für eine Diskussion.«
»Jedenfalls scheint es auf der Hand zu liegen, daß man nach Salisbury fahren muß«, sagte Parker.
»Das muß wohl sein«, nickte Lord Peter.
»Na, schön«, sagte der Detektiv. »Sie oder ich oder beide zusammen?«
»Ich!« sagte Lord Peter. »Ich bin beauftragt – von der alten Mrs. Thipps, vor der ich den größten Respekt habe –, mich mit diesem Fall zu befassen, und ich lasse nur aus Liebenswürdigkeit zu, daß Sie auch damit zu tun haben.«
Mr. Parker stöhnte. »Werden Sie wenigstens Bunter mitnehmen?« fragte er.
»Aus Rücksicht auf Ihre Gefühle werde ich Bunter mitnehmen, obwohl er viel nützlicher wäre, wenn er hier Aufnahmen machen oder meine Garderobe nachsehen würde. Wann geht ein guter Zug nach Salisbury, Bunter?«
»Ein ausgezeichneter Zug geht um zehn Uhr fünfzig, Mylord.«

Als leichte Reiselektüre nahm Lord Peter Sir Reuben Levys Tagebuch mit. Es war ein einfaches und im Licht der neueren Tatsachen ziemlich rührendes Dokument. Der gefürchtete Börsenkämpfer, der mit einem Nicken eine Baisse oder eine Hausse bewirken konnte, dessen Atem ganze Gebiete mit Hungersnot verseuchte oder Geldpotentate von ihrem Sitz fegte, enthüllte sich in seinem Privatleben als freundlich, häuslich, unschuldig stolz auf sich selbst und seine Besitztümer, vertrauensvoll, großzügig und ein bißchen langweilig. Seine eigenen kleinen Ausgaben waren pflichtschuldigst eingetragen neben extravaganten Geschenken an seine Frau und seine Tochter. Geringfügige Haushaltungsangelegenheiten erschienen wie: »Heute wurde das Dach repariert« oder: »Der neue Diener (Simpson), den mir die Goldbergs empfohlen haben, ist heute gekommen. Ich glaube, er wird gut sein.« Alle Besucher und gesellschaftlichen Unternehmungen waren aufgezählt, von einem großartigen Essen für Lord Dewsbury, den Außenminister, und für Dr. Jabez K. Wort, dem amerikanischen Gesandten, über eine Folge diplomatischer Gastmahle für hervorragende Bankiers bis zu intimen Familienfesten, deren Teilnehmer mit dem Vornamen oder mit einem Spitznamen aufgeführt waren. Vom Mai ab wurden Lady Levys Nerven erwähnt. Im September stand da: »Freke kam, um meine liebe Frau zu untersuchen, und riet zu vollständiger Ruhe und Luftveränderung. Sie denkt daran, mit Rachel ins Ausland zu gehen.« Der Name des berühmten Nervenspezialisten tauchte ungefähr einmal im Monat bei einem Essen auf, und es kam Lord Peter in den Sinn, daß Freke der geeignete Mensch wäre, den man nach Levy selbst fragen könnte. ›Manche Leute vertrauen sich ihrem Arzt an‹, murmelte er vor sich hin. ›Und wahrhaftig!, wenn Levy am Montagabend einfach nur zu Freke ging, dann hätte er ja mit dem Battersea-Fall gar nichts zu tun.« Er nahm sich vor, Sir Julian aufzusuchen, und blätterte weiter. Am achtzehnten September war Lady Levy mit ihrer Tochter nach Südfrankreich gefahren. Dann plötzlich, unter dem Datum vom fünften Oktober, fand Lord Peter, was er gesucht hatte: »Goldberg, Skriner und Milligan zum Abendessen.«

Da war der Beweis, daß Milligan in Levys Haus gewesen war. Es war ein formelles, gesellschaftliches Zusammenkommen gewesen – eine Begegnung, als ob zwei Duellanten vor dem Zweikampf einander die Hand drückten. Skriner war ein bekannter Kunsthändler. Lord Peter stellte sich vor, daß man nach dem Essen hinaufgegangen war, um die beiden Corot im Salon anzuschauen, auch das Porträt der ältesten Tochter Levys, die mit sechzehn Jahren gestorben war. Augustus John hatte es gemalt, und es hing im Schlafzimmer. Der Name des rothaarigen Sekretärs war nirgends erwähnt, es sei denn, das Initial S., das bei einer anderen Eintragung vorkam, bezog sich auf ihn. Im September und Oktober war Anderson (der junge Wyndham) ein häufiger Gast gewesen.

Lord Peter schüttelte den Kopf und lenkte seine Gedanken auf das Geheimnis von Battersea-Park. Während es im Fall Levy ganz leicht war, ein Motiv für das Verbrechen zu finden, falls ein Verbrechen vorlag, und die Schwierigkeit darin bestand, die Ausführungsmethode und den Aufenthaltsort des Opfers zu entdecken, lag die Hauptschwierigkeit bei den Nachforschungen im andern Fall darin, daß kein denkbares Motiv vorhanden war. Obwohl sämtliche Zeitungen des Landes die Nachricht gebracht hatten und an alle Polizeistationen eine Beschreibung des Toten ergangen war, hatte sich merkwürdigerweise niemand gemeldet, um den geheimnisvollen Benutzer von Thipps' Badewanne zu identifizieren. Allerdings war die Beschreibung, die die glattrasierte Haut, den eleganten Haarschnitt und den Kneifer erwähnte, ziemlich irreführend; doch andererseits war es der Polizei gelungen, die Zahl der fehlenden Backenzähne anzugeben, und Größe, Hautfarbe und andere Einzelheiten waren durchaus richtig angeführt, auch der mutmaßliche Zeitpunkt des Todes. Es schien jedoch, als ob der Mann von der Bildfläche abgetreten wäre, ohne eine Lücke oder das geringste Wellengekräusel zu hinterlassen. Das Motiv für einen Mord an einem Menschen nachzuweisen, der weder Verwandte noch Bekannte hatte, ja nicht einmal Kleider, das war, als wollte man sich die vierte Dimension vergegenwärtigen – eine wunderbare Übung für die Vorstellungskraft, aber schwierig und zu nichts führend. Selbst wenn die Unterredung mit Crimplesham dunkle Flecken in seiner Vergangenheit oder seinem jetzigen Leben ergab, wie sollten sie mit einem Menschen in Verbindung gebracht werden, der anscheinend keine Vergangenheit hatte und dessen Gegenwart sich auf ein Badezimmer und das Leichenschauhaus beschränkte?

»Bunter«, sagte Lord Peter, »ich bitte Sie, mich in Zukunft davon zurückzuhalten, zwei Hasen gleichzeitig laufen zu lassen.

Diese Fälle zehren an meiner Gesundheit. Der eine Hase hat keinen Ausgangspunkt, der andere kein Ziel. Wenn es überstanden ist, werde ich den polizeilichen Nachrichten abschwören und mich nur noch beschwichtigender Lektüre widmen.«

Die Nähe von Milford Hill bewog Lord Peter, im Hotel zum Münster zu Mittag zu essen, statt im Roten Ochsen oder einem andern malerisch gelegenen Gasthof. Das Essen war nicht danach angetan, seine Laune zu bessern; wie in allen Städten mit einer Kathedrale schien die Nahrung mit Gebetbüchern gewürzt zu sein. Während er betrübt die langweilige blasse Substanz verzehrte, die ohne nähere Angabe als »Käse« bezeichnet wird (denn es gibt Käsesorten, die offen zu ihrer Herkunft stehen, wie Camembert, Gruyère, Edamer, Emmentaler oder Gorgonzola, wohingegen »Käse« Käse ist und überall dasselbe), fragte er den Kellner nach Mr. Crimpleshams Büro.

Der Kellner wies ihn zu einem etwas weiter entfernten Haus und setzte hinzu: »Jeder kann Ihnen da Bescheid geben, Sir; Mr. Crimplesham ist hier sehr bekannt.«

»Er ist wohl ein guter Anwalt?« erkundigte sich Lord Peter.

»O ja, Sir«, antwortete der Kellner, »Sie könnten keinen besseren finden als Mr. Crimplesham. Manche Leute nennen ihn altmodisch; aber ich würde meine Angelegenheiten lieber Mr. Crimplesham anvertrauen als einem dieser schneidigen jungen Männer. Mr. Crimplesham wird sich zwar bald zur Ruhe setzen, glaube ich; denn er muß nahe an die Achtzig sein; aber dann führt eben der junge Mr. Wicks das Büro weiter, und das ist ein sehr netter, seriöser junger Herr.«

»Ist Mr. Crimplesham wirklich schon so alt? Du meine Güte! Er muß noch sehr rüstig sein für seine Jahre. Ein Freund von mir hatte erst vorige Woche in London mit ihm geschäftlich zu tun.«

»Wunderbar rüstig, Sir«, pflichtete der Kellner bei, »noch dazu mit seinem steifen Bein – Sie würden staunen. Aber ich denke oft, wenn man erst einmal über ein gewisses Alter hinaus ist, dann wird man um so zäher, je älter man wird, und bei den Frauen ist das ebenso oder sogar noch ausgeprägter.«

»Ja, das stimmt«, sagte Lord Peter und verabschiedete das geistige Bild eines Achtzigjährigen mit einem steifen Bein, der zu mitternächtlicher Stunde einen Toten über das Dach einer

Wohnung in Battersea trug. »›Er ist zäh, Sir, zäh ist der alte Joey Bagstock, zäh und teuflisch schlau‹«, fügte er gedankenlos hinzu.

»Wirklich, Sir?« gab der alte Kellner zurück. »Das würde ich gewiß nicht sagen.«

»Entschuldigung«, sagte Lord Peter. »Ich zitierte Dickens. Sehr dumm von mir. Ich gewöhnte mir das auf dem Mutterschoß an und kann es nicht lassen.«

»Danke bestens, Sir«, sagte der Kellner und steckte ein großzügig bemessenes Trinkgeld ein. »Sie werden das Haus leicht finden. Kurz bevor Sie zur Pennyfarthing Street kommen, nach zwei Querstraßen, rechts auf der andern Seite.«

»Leider scheidet Crimplesham-X damit aus«, bemerkte Lord Peter. »Das tut mir eigentlich leid; er war eine so schöne düstere Figur, wie ich ihn mir vorstellte. Immerhin, er könnte das Hirn hinter der Hand sein – die bejahrte Spinne, die unsichtbar mitten in dem zitternden Netz sitzt, verstehen Sie, Bunter.«

»Jawohl, Mylord«, antwortete Bunter.

Sie gingen zusammen über die Straße.

»Dort ist das Büro«, stellte Lord Peter fest. »Ich glaube, Bunter, Sie gehen am besten in diesen kleinen Laden und kaufen eine Sportzeitung, und wenn ich nicht aus der Höhle des Löwen in . . . sagen wir, dreiviertel Stunden zurückkomme, können Sie die Schritte unternehmen, die Ihnen Ihr Scharfsinn vorschreibt.«

Mr. Bunter betrat, wie geheißen, den Laden, und Lord Peter überquerte den Fahrdamm und läutete entschlossen bei der Anwaltsfirma.

›Die Wahrheit, die Wahrheit und nichts als die Wahrheit scheint mir hier angebracht‹, murmelte er, und als die Tür von einem Kanzlisten geöffnet wurde, gab er seine Karte mit entschiedener Haltung ab.

Er wurde sofort in ein Vertrauen erweckendes Büro geführt, das offensichtlich in den ersten Jahren der Regierung der Königin Victoria eingerichtet und seither nie mehr geändert worden war. Ein schlanker, gebrechlich aussehender alter Herr erhob sich munter aus seinem Stuhl und hinkte ihm entgegen.

»Mein lieber Sir«, rief der Anwalt, »wie außerordentlich liebenswürdig von Ihnen, persönlich herzukommen! Wirklich, ich schäme mich, Ihnen soviel Mühe zu machen. Ich hoffe, daß

Ihr Weg Sie ohnehin hier vorbeigeführt hat und daß mein Kneifer Ihnen nicht allzu große Ungelegenheiten bereitet hat. Nehmen Sie bitte Platz, Lord Peter.« Er äugte dankbar auf den jungen Mann über einen Kneifer hinweg, der offensichtlich ein Gegenstück desjenigen war, welcher jetzt ein Aktenstück in Scotland Yard schmückte.

Lord Peter setzte sich. Der Anwalt setzte sich. Lord Peter nahm einen gläsernen Briefbeschwerer vom Schreibtisch und wog ihn mit der Hand. Unbewußt bemerkte er, was für prachtvolle Fingerabdrücke er darauf zurückließ. Er setzte ihn genau auf die Mitte des Briefstapels.

»Es ist alles in Ordnung«, sagte er. »Ich hatte hier geschäftlich zu tun. Es freut mich sehr, Ihnen zu Diensten zu sein. Sehr ärgerlich, wenn man die Brille verliert, Mr. Crimplesham.«

»Ja«, stimmte der Anwalt zu. »Ich versichere Ihnen, ich fühle mich ganz verloren. Ich habe noch diesen Kneifer; aber er paßt nicht richtig auf meine Nase – außerdem hat die Kette für mich einen großen persönlichen Wert. Ich war ganz bestürzt, als ich bei meiner Ankunft den Verlust bemerkte. Ich fragte beim Fundbüro der Bahn an, doch vergeblich. Ich befürchtete schon, der Kneifer wäre mir gestohlen worden. Auf dem Victoria-Bahnhof herrschte ein solches Gedränge, und bis Balham war der Zug überfüllt. Haben Sie ihn im Zug gefunden?«

»Nein«, erwiderte Lord Peter. »Ich fand ihn an einem ziemlich ungewöhnlichen Ort. Würden Sie so gut sein und mir sagen, ob Sie Ihre Mitreisenden wiedererkennen würden?«

Der Anwalt starrte ihn an. »Keine Seele«, antwortete er. »Warum fragen Sie?«

»Nun ja, ich dachte, vielleicht hat die Person, die ihn fand, ihn spaßeshalber an sich genommen.«

Der Anwalt machte ein verwirrtes Gesicht. »Behauptete die Person, mich zu kennen? Ich kenne eigentlich niemand in London außer dem Freund, bei dem ich in Balham war, Doktor Philpots, und ich würde mich sehr wundern, wenn er sich mir gegenüber einen Scherz erlauben würde. Er wußte recht gut, wie unglücklich ich über den Verlust war. Ich fuhr nach London, um einer Aktionärsversammlung der Medlicott's Bank beizuwohnen; aber die Herren, die dort waren, kannte ich persönlich nicht, und ich kann mir nicht vorstellen, daß einer von ihnen sich eine solche Freiheit herausnehmen würde. Jedenfalls«, fügte er hinzu, »da der Kneifer jetzt hier ist, will ich nicht zu neugierig sein. Ich bin Ihnen für Ihre Bemühungen zutiefst verbunden.«

Lord Peter zögerte.

»Bitte, verzeihen Sie mir meine scheinbare Zudringlichkeit«, sagte er; »aber ich muß Sie noch etwas fragen. Es klingt ziemlich kinohaft. Wissen Sie, ob Sie irgendeinen Feind haben, ich meine, einen, der einen Gewinn davon hätte, wenn Ihnen ein Unglück zustieße?«

Mr. Crimplesham saß zu steinerner Überraschung und Mißbilligung erstarrt. »Darf ich mich nach der Bedeutung dieser ungewöhnlichen Frage erkundigen?« entgegnete er steif.

»Ja, die Umstände sind etwas ungewöhnlich. Sie erinnern sich vielleicht, daß mein Inserat sich an den Juwelier wandte, der die Kette verkauft hat.«

»Das wunderte mich, als ich es las«, sagte Mr. Crimplesham; »aber ich finde, daß Ihr Inserat ebenso sonderbar ist wie Ihr Benehmen.«

»Das stimmt«, antwortete Lord Peter. »In Wirklichkeit erwartete ich gar nicht, daß sich jemand auf mein Inserat melden würde. Mr. Crimplesham, Sie haben sicher in der Zeitung von dem Geheimnis in Battersea-Park gelesen. Ihr Kneifer ist derjenige, der bei der Leiche gefunden wurde, und er liegt jetzt in Scotland Yard, wie Sie hieraus ersehen können.« Er legte dem Anwalt den Bericht von Scotland Yard vor.

»Großer Gott!« stieß Mr. Crimplesham hervor. Er blickte auf das Papier und sah dann Lord Peter mit gerunzelter Stirn an. »Sind Sie bei der Polizei?«

»Nicht offiziell«, erwiderte Lord Peter. »Ich untersuche die Angelegenheit privat, im Interesse einer Partei.«

Mr. Crimplesham stand auf. »Mein guter Mann«, sagte er, »das ist ein unverschämter Versuch; aber Erpressung ist ein Verbrechen, und ich rate Ihnen, mein Büro zu verlassen, ehe ich Sie verklage.« Er läutete die Glocke.

»Ich befürchtete, daß Sie es so auffassen würden«, gab Lord Peter zurück. »Es scheint, als hätte mein Freund Detektiv Parker diese Arbeit doch übernehmen sollen.« Er legte Parkers Karte neben den Polizeibericht und fügte hinzu: »Wenn Sie mich vor morgen früh wiedersehen wollen, Mr. Crimplesham, finden Sie mich im Hotel zum Münster.«

Mr. Crimplesham hielt es für unter seiner Würde, noch eine Antwort zu geben, sondern wies den eintretenden Kanzlisten nur an, »den Herrn hinauszuführen«.

Beim Ausgang prallte Peter beinahe mit einem großen jungen Mann zusammen, der gerade das Haus betreten wollte und der ihn mit einer Miene überraschten Erkennens anstarrte. Sein Gesicht erweckte jedoch keine Erinnerungen in Lord Peters Gedächtnis, und der verächtlich Behandelte rief Bunter aus dem Zeitungsladen und begab sich zu seinem Hotel, um ein Ferngespräch mit Parker anzumelden.

Inzwischen wurde im Anwaltsbüro der entrüstete Mr. Crimplesham in seinem Sinnen durch den Eintritt seines jüngeren Partners unterbrochen.

»Sagen Sie«, hob Dr. Wicks an, »hat endlich jemand etwas wirklich Schlimmes verbrochen? Was sonst könnte einen so hervorragenden Amateur-Kriminalisten in unsere nüchterne Bude bringen?«

»Ich war das Opfer eines gemeinen Erpressungsversuchs«, erwiderte Mr. Crimplesham. »Ein Individuum, das sich als Lord Peter Wimsey ausgab . . .«

»Aber das war ja Lord Peter Wimsey«, unterbrach ihn Mr. Wicks. »Er ist unverkennbar. Ich sah ihn einmal im Zeugenstand. Er ist auf seine Weise ein großes Tier und geht mit dem Direktor von Scotland Yard fischen.«

»Ach, du meine Güte«, sagte Mr. Crimplesham.

Das Schicksal fügte es, daß Mr. Crimpleshams Nerven an diesem Nachmittag auf die Probe gestellt wurden. Als er, von Mr. Wicks begleitet, ins Hotel zum Münster kam, erfuhr er vom Portier, daß Lord Peter Wimsey ausgegangen sei und erwähnt habe, er wolle der Vesper beiwohnen. »Aber sein Diener ist hier«, fügte der Portier hinzu, »falls Sie ihm etwas ausrichten lassen wollen, Sir.«

Mr. Wicks fand es im ganzen genommen gut, etwas ausrichten zu lassen. Nachdem sie sich erkundigt hatten, fanden sie Mr. Bunter neben dem Telefonapparat, wo er auf eine Fernverbindung wartete. Als Mr. Wicks ihn anredete, klingelte das Telefon, und Mr. Bunter nahm, sich höflich entschuldigend, den Hörer ab.

»Hallo!« rief er in die Muschel, »ist dort Scotland Yard? – Ist Herr Inspektor Parker da? – Kann ich mit ihm sprechen? – Entschuldigen Sie, meine Herren, daß ich Sie warten lassen muß; ich bin gleich fertig. – Hallo! Sind Sie's, Mr. Parker?

Lord Peter wäre Ihnen sehr dankbar, wenn Sie nach Salisbury kommen würden. – O nein, Sir, es geht ihm gesundheitlich ausgezeichnet; er ist nur gerade zur Vesper gegangen. Sir. – O nein, ich glaube, es genügt durchaus, wenn Sie morgen kommen. – Besten Dank, Sir.«

6

An sich paßte es Parker gar nicht, London zu verlassen. Am späten Vormittag hatte er Lady Levy aufsuchen müssen, und infolgedessen war sein ganzer Stundenplan umgeworfen worden, zumal es sich dann herausstellte, daß die verschobene gerichtliche Untersuchung am Nachmittag stattfinden sollte, da Inspektor Suggs Nachforschungen zu nichts zu führen schienen. Beamte und Zeugen waren für drei Uhr aufgeboten worden. Mr. Parker hätte das Ereignis ganz versäumt, wenn er am Vormittag nicht mit Sugg in Scotland Yard zusammengestoßen wäre und ihm die Informationen extrahiert hätte, wie man einen widerstrebenden Zahn zieht. Inspektor Sugg betrachtete nämlich Parkers Tätigkeit als störende Einmischung; zudem stand er auf sehr gutem Fuße mit Lord Peter Wimsey, und Inspektor Sugg hatte keine Worte für Lord Peters Quertreibereien. Auf unverblümte Fragen hin konnte er jedoch nicht abstreiten, daß die gerichtliche Untersuchung am Nachmittag stattfinden würde, und ebensowenig konnte er es verhindern, daß Parker von seinem Recht als britischer Staatsbürger Gebrauch machte, der Verhandlung beizuwohnen. Kurz vor drei war Parker also zur Stelle und unterhielt sich damit, die Bemühungen all jener Personen zu beobachten, die erschienen, als der Saal schon gesteckt voll war, und sich durch Bestechung oder hochfahrendes Benehmen einen Platz ergattern wollten. Der Kronbeamte, ein Mediziner von starrer Pedanterie und phantasieloser Anschauung, trat pünktlich auf und ließ alle Fenster öffnen, so daß ein Strom feuchten Nebels über die Köpfe der Unglücklichen ging, die auf dieser Seite saßen. Dadurch gab es Bewegung und unwillige Bemerkungen, die der Kronbeamte abbremste, indem er streng erklärte, daß ungelüftete Räume bei der herrschenden Grippe eine Todesfalle seien; im übrigen stehe es einem jeden frei, den Saal zu verlassen, wenn ihm die offenen Fenster nicht paßten, und falls es Störungen gäbe, würde er den Saal räumen lassen. Hierauf steckte er sich ein Formamint in den Mund und rief nach den üblichen einleitenden Worten vierzehn brave und gesetzestreue Personen auf, die schwören mußten, ein gerechtes Urteil zu fällen in bezug auf den Tod des Herrn mit dem Kneifer. Nachdem die Einwände eines weiblichen Mitglieds der Jury – einer bebrillten älteren Frau, die ein Schokoladengeschäft besaß und zu wünschen schien, sie wäre schon wieder dort – von dem Kronbeamten samt und sonders abgetan worden waren, ging die Jury davon, um die Leiche zu besichtigen. Mr. Parker blickte sich um und entdeckte den unglücklichen Mr. Thipps und Gladys, die unter grimmiger polizeilicher Bewachung aus einem Nebenzimmer hereingeführt wurden. Bald folgte ihnen eine magere alte Dame, die einen Mantel und ein Häubchen trug. Mit ihr ging in einem wunderbaren Pelzmantel und einer Automütze von faszinierendem Schnitt die Herzoginwitwe von Denver, deren flinke, dunkle Augen dahin und dorthin über die Menge glitten. Sogleich erspähten sie Mr. Parker, der mehrmals bei ihr im Hause gewesen war, und sie nickte ihm zu und sprach dann mit einem Polizisten. Binnen kurzem öffnete sich wie durch ein Wunder ein Weg durch das Gewühl, und Mr. Parker fand sich auf einem Platz vorne gleich hinter der Herzogin, die ihn liebenswürdig begrüßte und sagte: »Was ist mit dem armen Peter los?« Parker begann zu erklären, und der Kronbeamte schaute gereizt in ihre Richtung. Jemand trat zu ihm und flüsterte ihm etwas ins Ohr, worauf er hüstelte und noch ein Formamint nahm.

»Wir sind mit dem Auto gekommen«, sagte die Herzogin. »So beschwerlich – ganz schlechte Straßen zwischen Denver und Gunbury St. Walters – und ich hätte Gäste zum Mittagessen haben sollen – ich mußte den Leuten absagen – ich konnte die alte Dame doch nicht allein gehen lassen, nicht wahr? Übrigens, so etwas Sonderbares hat sich beim Fonds der Kirchenrestaurierung ergeben – der Pfarrer – ach, du meine Güte, da kommen diese Leute schon zurück – na, ich erzähle es Ihnen später. Schauen Sie nur, wie entsetzt die Frau dort aussieht, und das junge Mädchen im Tweed versucht sich den Anschein zu geben, als ob es jeden Tag unbekleidete Herren sähe – das meinte ich nicht, sondern Leichen natürlich. Ein gräßlicher Mensch, der Kronbeamte, nicht? Er erdolcht mich mit seinen Blicken – glauben Sie, daß er mich hinauswerfen wird?«

Das erste Teil der Verhandlung war für Mr. Parker nicht sehr interessant. Der unglückselige Mr. Thipps, der sich im Untersuchungsgefängnis eine Erkältung geholt hatte, erklärte krächzend, wie er die Leiche entdeckt hatte, als er um acht Uhr morgens hatte baden wollen. Er hatte einen solchen Schrecken erlitten, daß er sich setzen und das Mädchen um Kognak bitten mußte. Er hatte den Toten noch nie zuvor gesehen. Er ahnte nicht, woher er kam.

Ja, er war am Vortag in Manchester gewesen. Er war um zehn Uhr am St. Pancras-Bahnhof angekommen. Er hatte seinen Koffer dort abgestellt. An diesem Punkt wurde Mr. Thipps sehr rot, unglücklich und schaute nervös umher.

»Hören Sie, Mr. Thipps«, sagte der Kronbeamte energisch, »wir müssen über Ihre Unternehmungen genau Bescheid wissen. Sie müssen sich über die Bedeutung klar sein. Sie haben sich bereit erklärt, auszusagen, wozu Sie nicht gezwungen waren; aber nun ist es am besten, wenn Sie genaue Auskunft geben.«

»Ja«, antwortete Mr. Thipps leise.

»Haben Sie diesen Zeugen gewarnt, Herr Inspektor?« fragte der Kronbeamte Inspektor Sugg.

Der Inspektor erwiderte, er habe Mr. Thipps darüber aufgeklärt, daß alle seine Aussagen gegen ihn verwendet werden könnten. Mr. Thipps wurde aschfahl und sagte mit krächzender Stimme, er habe nichts Unrechtes tun wollen.

Diese Bemerkung rief eine leichte Sensation hervor, und der Kronbeamte wurde noch säuerlicher.

»Vertritt jemand Mr. Thipps?« erkundigte er sich gereizt. »Nein? Haben Sie ihm nicht erklärt, daß er einen Rechtsvertreter haben sollte? Aber, aber, Herr Inspektor! Wußten Sie nicht, Mr. Thipps, daß Ihnen das Recht zusteht, einen Rechtsberater zur Seite zu haben?«

Mr. Thipps klammerte sich an seine Stuhllehne, um sich zu stützen, und verneinte mit kaum hörbarer Stimme.

»Unglaublich«, sagte der Kronbeamte, »daß die sogenannten Gebildeten so wenig von den Rechtsverhältnissen in ihrem Vaterland wissen. Das bringt uns in eine peinliche Lage. Ich bezweifle, Herr Inspektor, ob ich den Häftling – Mr. Thipps – überhaupt aussagen lassen soll. Es ist eine heikle Lage.«

Auf Mr. Thipps' Stirn brach der Schweiß aus.
»Bewahre uns vor unseren Freunden«, flüsterte die Herzogin Parker zu. »Wenn dieses Hustenbonbons lutschende Geschöpf die vierzehn Leute offen angewiesen hätte – was für unfertige Gesichter sie haben, so bezeichnend für die Mittelschicht, finde ich immer, fast wie Schafs- oder Kalbsköpfe (gekocht, meine ich) – den armen kleinen Mann vorsätzlichen Mordes zu bezichtigen, hätte er es nicht besser machen können.«
»Er darf nicht zulassen, daß er sich selbst belastet«, antwortete Parker.
»Dummes Zeug! Wie kann der Mensch sich selbst belasten, wenn er gar nichts getan hat? Ihr Männer denkt immer so bürokratisch.«
Inzwischen hatte Mr. Thipps sich die Stirn mit einem Taschentuch abgewischt und Mut gefaßt. Er stand mit einer gewissen schwachen Würde da, wie ein kleines weißes Kaninchen, das von Hunden gestellt worden ist.
»Ich möchte lieber aussagen«, erklärte er, »obwohl es für einen Menschen in meiner Lage ziemlich unangenehm ist. Aber ich hätte wirklich keinen Augenblick gedacht, daß ich dieses schreckliche Verbrechen begangen haben könnte. Ich versichere Ihnen, meine Herren, das könnte ich nicht ertragen. Nein. Ich möchte lieber die Wahrheit sagen, obwohl ich dadurch in eine ziemlich ... also, ich will es Ihnen sagen.«
»Sie begreifen doch wohl den Ernst einer solchen Aussage, Mr. Thipps?« fragte der Kronbeamte.
»Durchaus. Es ist gut ... Dürfte ich um ein Glas Wasser bitten?«
»Lassen Sie sich Zeit«, sagte der Kronbeamte, der diesen Worten alle Überzeugungskraft nahm, indem er gleichzeitig auf die Uhr blickte.
»Besten Dank, Sir«, sagte Mr. Thipps. »Also, es ist wahr, daß ich um zehn Uhr am St. Pancras-Bahnhof ankam. Aber im gleichen Abteil wie ich war ein Mann gefahren. Er war in Leicester eingestiegen. Zuerst erkannte ich ihn nicht; aber dann entpuppte er sich als ein alter Schulkamerad von mir.«
»Wie heißt dieser Herr?« fragte der Kronbeamte mit gezücktem Bleistift.
Mr. Thipps schrumpfte sichtlich zusammen. »Das kann ich Ihnen leider nicht sagen«, versetzte er. »Sehen Sie ... das heißt, Sie werden es sehen ... er würde in Schwierigkeiten geraten,

und das kann ich nicht zulassen – nein, ich könnte es wirklich nicht, und wenn mein Leben davon abhinge. Nein!« fügte er hinzu, als ihm die unheilvolle Bedeutung des letzten Satzes aufging, »ich könnte es gewiß nicht.«
»Gut, gut«, warf der Kronbeamte ein.
Die Herzogin wandte sich wieder zu Parker. »Ich fange an, den kleinen Kerl zu bewundern.«
Mr. Thipps fuhr fort: »Als wir am Bahnhof ankamen, wollte ich nach Hause gehen; aber mein Freund sagte nein. Wir hätten uns lange nicht mehr gesehen, und wir sollten das Ereignis feiern, wie er sich ausdrückte. Ich war leider schwach und ließ mich überreden, ihn zu begleiten. Ich gab meinen Koffer ab, weil er fand, wir sollten uns nicht damit belasten, und dann fuhren wir in einem Taxi zur Ecke Tottenham Court Road und Oxford Street. Wir gingen ein kleines Stück und bogen in eine Seitenstraße ein (ich weiß nicht mehr, in welche), wo eine Türe offen stand, durch die Licht herausfiel. Dort war ein Mann an einer Kasse, und mein Freund kaufte Eintrittskarten. Ich hörte den Mann an der Kasse etwas über ›Ihren Freund‹ sagen, womit er mich meinte, und mein Freund sagte: ›O ja, er war schon früher hier. Nicht wahr, Alf?‹ (So wurde ich in der Schule genannt.) Aber ich versichere Ihnen, Sir«, hier wurde Mr. Thipps sehr ernst, »ich war noch nie dort gewesen, und nichts in der Welt würde mich dazu bringen, wieder ein solches Lokal aufzusuchen.

Wir gingen in einen Kellerraum hinunter, wo Alkohol ausgeschenkt wurde, und mein Freund trank mehrere Gläser und veranlaßte mich, auch ein paar zu nehmen – obwohl ich in der Regel sehr mäßig bin –, und er sprach mit einigen Männern und jungen Mädchen – es waren sehr gewöhnliche Leute, fand ich, obwohl ich sagen muß, daß einige der jungen Damen sehr hübsch aussahen. Eine von ihnen setzte sich meinem Freund auf den Schoß, nannte ihn einen langweiligen alten Knacker und sagte, er sollte doch mitkommen – so gingen wir denn in einen anderen Raum, wo eine Menge Leute diese modernen Tänze tanzten. Mein Freund tanzte, und ich saß auf einem Sofa. Eine der jungen Damen kam zu mir und fragte, ob ich nicht tanzen wolle, und als ich verneinte, sagte sie, ob ich ihr dann nicht ein Gläschen spendieren wolle. Ich meinte, es sei schon zu spät; aber sie erklärte, das spiele keine Rolle. Also bestellte ich etwas zu trinken – denn ich mochte nicht nein sagen; die junge Dame schien es zu erwarten, und ich hätte es unritterlich gefunden, ihre Bitte abzuschlagen. Aber es ging mir gegen das Gewissen – sie war noch so jung – und sie umarmte mich nachher und gab mir einen Kuß, gerade als ob sie mir das Gläschen vergelten wollte — und das rührte mich wirklich«, sagte Mr. Thipps ein wenig dunkel, aber mit ungewöhnlichem Nachdruck.

Hier sagte jemand im Hintergrund: »Prost!«, und man hörte ein Geräusch wie von schmatzenden Lippen.

»Entfernen Sie die Person, die sich da so unanständig benommen hat«, befahl der Kronbeamte mit großer Entrüstung. »Fahren Sie bitte fort, Mr. Thipps.«

»Also«, sagte Mr. Thipps, »gegen halb eins, schätze ich, begann es ziemlich lebhaft zuzugehen, und ich schaute mich nach meinem Freund um, um ihm gute Nacht zu sagen, weil ich nicht länger bleiben wollte, was Sie wohl verstehen werden; denn als ich ihn mit einer der jungen Damen sah, schienen sie allzu gut miteinander zu stehen. Mein Freund zog ihr nämlich die Träger von den Schultern, und die junge Dame lachte – und so weiter«, sagte Mr. Thipps hastig. »Deshalb wollte ich still hinausschlüpfen; doch da hörte ich eilige Schritte und einen Ruf, und ehe ich wußte, was los war, erschienen ein halbes Dutzend Polizisten, und die Lichter gingen aus, und alles stob auseinander und schrie – es war gräßlich. Ich wurde in dem Wirrwarr umgeworfen und stieß mich unangenehm an einem Stuhl – daher habe ich die Beule, nach der ich gefragt wurde –, und ich hatte große Angst, daß ich niemals fortkommen und daß ich vielleicht in der Zeitung genannt würde. Da packte mich jemand – ich glaube, es war die junge Dame, der ich zu trinken gegeben hatte –, und sie sagte: ›Hierdurch‹ und schob mich durch einen Gang und dann durch eine Hintertür hinaus. Daraufhin rannte ich durch einige Straßen, bis ich zur Goodge Street kam, und dort fand ich ein Taxi und fuhr nach Hause. Ich las später von der Razzia in der Zeitung und ersah daraus, daß mein Freund entronnen war, und da das Dinge waren, die ich nicht an die Öffentlichkeit bringen wollte, und um ihm auch keine Schwierigkeiten zu bereiten, sagte ich nichts davon. Aber das ist die Wahrheit.«

»Schön, Mr. Thipps«, nickte der Kronbeamte. »Wir werden imstande sein, Ihren Bericht zu beglaubigen. Der Name Ihres Freundes . . .«

»Nein«, unterbrach ihn Mr. Thipps fest, »um keinen Preis.«
»Sehr gut«, antwortete der Kronbeamte. »Können Sie uns nun sagen, um wieviel Uhr Sie nach Hause kamen?«
»Gegen halb zwei, würde ich annehmen. Ich war aber so aufgeregt . . .«
»Gewiß. Gingen Sie gleich zu Bett?«
»Ja, ich trank erst mein Glas Milch und aß ein Brötchen. Ich dachte, das würde mich innerlich beruhigen«, fügte der Zeuge abbittend hinzu, »da ich es nicht gewöhnt bin, so spät abends Alkohol zu mir zu nehmen, noch dazu auf leeren Magen.«
»Gewiß. War niemand mehr auf, um auf Sie zu warten?«
»Niemand.«
»Wie lange brauchten Sie, um zu Bett zu gehen?«
Mr. Thipps meinte, es könnte eine halbe Stunde gewesen sein.
»Gingen Sie vorher noch ins Badezimmer?«
»Nein.«
»Und hörten Sie nichts in der Nacht?«
»Nein. Ich schlief bald ein. Ich war immer noch aufgeregt; deshalb nahm ich ein Schlafmittel, und durch die Müdigkeit, die Milch und das Schlafmittel schlief ich gleich ein und erwachte erst, als Gladys bei mir anklopfte, um mich zu wecken.«
Das weitere Verhör ergab wenig. Ja, das Fenster im Badezimmer war offen gewesen, als er am Morgen hineinging; in diesem Punkt war er sicher, er hatte deshalb dem Mädchen den Kopf gewaschen. Er war bereit, jede Frage zu beantworten; er wäre nur zu glücklich, wenn diese schreckliche Angelegenheit ganz ergründet würde.
Gladys Horrocks sagte aus, daß sie seit ungefähr drei Monaten bei Mr. Thipps in Stellung war. Ihre früheren Arbeitgeber könnten über ihre Vorzüge Auskunft geben. Es lag ihr ob, abends, nachdem sie um zehn Uhr Mrs. Thipps zu Bett gebracht hatte, die Runde in der Wohnung zu machen. Ja, sie erinnerte sich, das am Montagabend getan zu haben. Sie hatte in alle Zimmer geschaut. Ob sie sich erinnerte, das Badezimmer an dem Abend geschlossen zu haben? Nein, das könnte sie nicht beschwören; aber als Mr. Thipps sie am Morgen ins Badezimmer rief, da stand es entschieden offen. Sie war nicht im Badezimmer gewesen, bevor Mr. Thipps hineingegangen war. Ja, es war schon vorher vorgekommen, daß sie das Fenster nicht geschlossen hatte, wenn jemand am Abend

gebadet und die Jalousie unten gelassen hatte. Mrs. Thipps hatte am Montagabend gebadet; sie pflegte montags immer zu baden. Sie befürchtete sehr, das Fenster dann nicht geschlossen zu haben.
Hier brach die Zeugin in Tränen aus und erhielt ein Glas Wasser, während der Kronbeamte sich mit einer dritten Pille erfrischte.
Nachdem die Zeugin sich erholt hatte, sagte sie aus, daß sie vor dem Zubettgehen bestimmt in alle Zimmer geschaut hätte. Nein, ausgeschlossen, daß eine Leiche in der Wohnung versteckt war, ohne daß sie sie gesehen hätte. Sie war den ganzen Abend in der Küche gewesen, und dort war kaum Platz, um das Essen anständig anzurichten, geschweige denn für eine Leiche. Die alte Mrs. Thipps hatte im Wohnzimmer gesessen. Ja, sie war sicher, daß sie auch im Eßzimmer gewesen war. Wieso? Weil sie dort die Milch und die Brötchen für Mr. Thipps bereitgestellt hatte. Dort war nichts gewesen – das konnte sie beschwören. Ebensowenig in ihrer eigenen Kammer oder im Vorraum. Ob sie den Schrank im Schlafzimmer und die Besenkammer durchsucht hatte? Je nun, durchsucht eigentlich nicht; sie hatte nicht die Gewohnheit, jeden Abend bei andern Leuten nach Geheimnissen zu schnüffeln. Ein Mann hätte sich also in der Besenkammer oder in einem Schrank verstecken können? Sie nahm an, daß das möglich gewesen wäre. Auf die Frage einer Geschworenen: Ja, sie war mit einem jungen Mann aus gewesen. Williams hieß er, Bill Williams – nun ja, William Williams, wenn man darauf bestand. Er war Glaser von Beruf. Ja, er war manchmal in der Wohnung gewesen. Ja, man könnte wohl sagen, daß er die Wohnung kannte. Ob sie jemals ... nein, niemals, und wenn sie gewußt hätte, daß einem anständigen Mädchen eine solche Frage gestellt würde, hätte sie sich nicht zur Aussage bereit erklärt. Der Pfarrer von St. Mary würde für sie eintreten und auch für Mr. Williams. Vor vierzehn Tagen war Mr. Williams das letztemal in der Wohnung gewesen.
Nein, da hatte sie Mr. Williams nicht das letztemal gesehen. Ja, das letztemal am Montagabend. Nun, wenn sie die Wahrheit sagen mußte, so mußte sie wohl die Wahrheit sagen. Ja, man hatte sie gewarnt; aber es war nichts Schlimmes daran, und es war besser, die Stelle zu verlieren, als gehängt zu werden, obwohl es eine Schande war, daß ein junges Mädchen

kein bißchen Vergnügen haben konnte, ohne daß eine gräßliche Leiche zum Fenster hereinkam und sie in Schwierigkeiten brachte. Nachdem sie Mrs. Thipps zu Bett gebracht hatte, war sie hinausgeschlüpft, um zum Ball der Glaser und Spengler im »Schwarzen Widder« zu gehen. Mr. Williams hatte sie abgeholt und nach Hause gebracht. Er konnte bezeugen, wo sie gewesen und daß nichts Schlimmes daran war. Sie war vor dem Ende des Balles heimgegangen. Es mochte zwei Uhr gewesen sein, als sie zurückkam. Sie hatte sich die Schlüssel aus Mrs. Thipps' Kommode geholt, als Mrs. Thipps nicht schaute. Sie hatte um Ausgangserlaubnis gebeten, aber nicht erhalten, weil Mr. Thipps an dem Abend nicht zu Hause war. Es tat ihr bitterlich leid, das getan zu haben; sicher würde sie dafür bestraft werden. Sie hatte beim Heimkommen nichts Verdächtiges gehört. Sie war stracks zu Bett gegangen, ohne sich in der Wohnung umzuschauen.

Nein, Mr. und Mrs. Thipps hatten fast nie Besuch; sie lebten sehr zurückgezogen. Am Morgen war die Wohnungstür wie gewöhnlich verriegelt gewesen. Niemals hätte sie von Mr. Thipps etwas Böses gedacht.

Dann kam Mrs. Thipps an die Reihe. Sie sorgte mehr für Unterhaltung als für Aufklärung, da sich ihr Verhör als ein glänzendes Beispiel für das Spiel »Fragen und verkehrte Antworten« erwies. Nach viertelstündigem Leiden, sowohl in stimmlicher Beziehung als auch in seelischer, gab der Kronbeamte den Kampf auf und ließ der alten Dame das letzte Wort.

»Sie brauchen mich nicht anzuschnauzen, junger Mann«, sagte die Achtzigjährige forsch. »Sitzen da und verderben sich den Magen mit Ihren gräßlichen Hustenbonbons.«

An diesem Punkt erhob sich ein junger Mann im Saal und bat, eine Aussage machen zu dürfen. Nachdem er erklärt hatte, daß er William Williams sei, Glaser, wurde er vereidigt und bestätigte, daß Gladys Horrocks am Montagabend im »Schwarzen Widder« gewesen war. Sie waren, glaubte er, vor zwei Uhr zurückgekehrt, sicher später als halb zwei. Es tat ihm leid, daß er Miss Horrocks überredet hatte, mit ihm auszugehen, obwohl sie keine Ausgangserlaubnis gehabt hatte. Er hatte weder beim Abholen noch beim Heimbringen in der Prince of Wales Road irgend etwas Verdächtiges bemerkt.

Inspektor Sugg sagte aus, daß er am Dienstagmorgen um halb neun benachrichtigt worden war. Er hatte das Benehmen des

Mädchens verdächtig gefunden und es verhaftet. Nach späterer Information, die zu dem Verdacht führte, daß der Unbekannte am Abend vorher ermordet worden war, hatte er auch Mr. Thipps verhaftet. Er hatte in der Wohnung keine Spuren gefunden, die auf einen Einbruch schließen ließen. Auf dem Fensterbrett des Badezimmers waren Abdrücke, die darauf hinwiesen, daß jemand auf diesem Wege eingedrungen war. Im Hof waren keine Fußspuren, auch keine Spuren einer Leiter; der Hof war asphaltiert. Er hatte das Dach untersucht, dort jedoch nichts gefunden. Seiner Meinung nach war die Leiche früher in die Wohnung geschafft und unter Beihilfe des Mädchens bis zum Abend versteckt worden, und zwar von einer Person, die sich in der Nacht durch das Badezimmerfenster entfernt hatte.
Warum hatte das Mädchen in diesem Falle den Betreffenden nicht zur Tür hinausgelassen? Nun, das wäre auch möglich. Ob er Spuren in der Wohnung gefunden hatte, die darauf schließen ließen, daß sich hier ein Mensch oder eine Leiche oder beides versteckt hätten? Nichts ließ darauf schließen, daß sie dort *nicht* versteckt gewesen sein könnten.
Auf Grund welcher Beweise nahm er an, daß der Tod am Montagabend erfolgt war? Hierauf schien es dem Inspektor unbehaglich zumute zu sein; er zog es vor, sich hinter seiner beruflichen Würde zu verschanzen. Doch als man ihm zusetzte, räumte er ein, daß es dafür keine Beweise gab.
Einer der Geschworenen: »Hatte der Verbrecher irgendwelche Fingerabdrücke zurückgelassen?«
An der Badewanne waren Abdrücke gefunden worden; aber der Verbrecher hatte Handschuhe getragen.
Der Kronbeamte: »Folgern Sie aus dieser Tatsache etwas in bezug auf die Erfahrung des Verbrechers?«
Inspektor Sugg: »Es sieht ganz so aus, als ob er ein alter Kunde wäre, Sir.«
Der Geschworene: »Stimmt das überein mit der Anklage gegen Alfred Thipps?« – Der Inspektor schwieg.
Der Kronbeamte: »Halten Sie angesichts der soeben gehörten Aussagen die Anklage gegen Alfred Thipps und Gladys Horrocks immer noch aufrecht?«
Inspektor Sugg: »Ich betrachte die ganzen Umstände als höchst verdächtig. Thipps' Aussage läßt sich nicht nachprüfen, und was die Horrocks betrifft, woher sollen wir wissen, ob

dieser Williams nicht auch beteiligt ist?«
William Williams: »Na, hören Sie! Ich kann Hunderte von Zeugen beibringen ...«
Der Kronbeamte: »Bitte Ruhe! Es wundert mich, Herr Inspektor, daß Sie so weit gehen. Das ist ganz ungerechtfertigt. Übrigens, können Sie uns sagen, ob am Montagabend tatsächlich in einem Nachtlokal in der Nähe von St. Giles' Circus eine polizeiliche Razzia stattgefunden hat?«
Inspektor Sugg (finster): »Ich glaube, es hat etwas Derartiges gegeben.«
Der Kronbeamte: »Sie werden dieser Angelegenheit zweifellos nachgehen. Mir ist, als hätte ich davon in der Zeitung gelesen. Besten Dank, Herr Inspektor, das genügt.«
Nachdem mehrere Zeugen über Charakter und Leumund von Mr. Thipps und Gladys Horrocks einvernommen worden waren, tat der Kronbeamte seine Absicht kund, den medizinischen Sachverständigen anzuhören.
»Sir Julian Freke.«
Es gab beträchtliche Bewegung im Saal, als der große Spezialist vortrat, um seine Aussage zu machen. Er war nicht nur ein distinguierter Mann, sondern auch eine auffallende Erscheinung mit seinen breiten Schultern, seiner aufrechten Haltung und dem Löwenhaupt. Die Art, wie er die ihm vorgelegte Bibel zu dem üblichen Gemurmel eines Beamten küßte, war die eines heiligen Paulus, der sich herabläßt, dem Hokuspokus abergläubischer Korinther zu willfahren.
»So schön, finde ich immer«, raunte die Herzogin Mr. Parker zu, »ganz genau wie William Morris mit dieser Haarmähne und dem Bart und den faszinierenden Augen. Ein echter Wissenschaftler. Wenn ich nervenkrank wäre, würde ich bestimmt zu Sir Julian gehen, nur um ihn anzuschauen – Augen, über die man nachdenken muß, und gerade das brauchen diese Leute ja – ich meine, die Nervenkranken. Finden Sie nicht auch?«
»Sie sind Sir Julian Freke«, sagte der Kronbeamte, »und wohnen im St. Lukas-Spital, Prince of Wales Road, Battersea. Sie leiten die chirurgische Abteilung des Krankenhauses?«
Sir Julian stimmte dieser Definition seiner Persönlichkeit kurz zu.
»Sie sahen als erster Mediziner den Toten?«
»Ja.«
»Und nachher haben Sie zusammen mit Doktor Grimbold von

Scotland Yard die Untersuchung vorgenommen?«
»Ja.«
»Sie sind sich über die Todesursache einig?«
»Im allgemeinen, ja.«
»Wollen Sie Ihre Eindrücke bitte der Jury bekanntgeben?«
»Ich war gerade im Seziersaal des St. Lukas-Spitals mit Forschungsarbeiten beschäftigt, als mir am Dienstagmorgen gegen neun Uhr mitgeteilt wurde, daß Inspektor Sugg mich zu sprechen wünschte. Er sagte mir, daß man in dem Hause Queen Caroline Mansions 59 unter geheimnisvollen Umständen einen Toten gefunden habe. Er fragte mich, ob es sich wohl um einen dummen Streich irgendwelcher Studenten im Spital handeln könnte. Ich war in der Lage, ihm auf Grund einer Nachprüfung der Spitalbücher zu versichern, daß im Seziersaal keine Leiche fehlte.«
»Wem unterstehen diese Leichen?«
»William Watts, dem Wärter im Seziersaal.«
»Ist William Watts anwesend?« fragte der Kronbeamte.
William Watts war anwesend und konnte einvernommen werden, wenn der Kronbeamte es nötig fand.
»Ich nehme an, daß ohne Ihr Wissen, Sir Julian, kein Toter ins Spital geschafft werden kann?«
»Gewiß nicht.«
»Danke. Wollen Sie bitte fortfahren.«
»Inspektor Sugg bat mich dann, einen Arzt zu schicken, der sich den Toten ansehen sollte. Ich sagte, ich würde selbst gehen.«
»Warum erklärten Sie sich dazu bereit?«
»Ich muß gestehen, aus gewöhnlicher menschlicher Neugier, von der auch ich nicht frei bin.«
Gelächter von einem Medizinstudenten im Hintergrund des Saales.
»Als ich in die Wohnung kam, fand ich den Toten auf dem Rücken in der Badewanne liegen. Ich untersuchte ihn und stellte fest, daß der Tod durch einen Schlag in den Nacken verursacht war. Der vierte und der fünfte Halswirbel waren luxiert, das Rückgrat verletzt, eine innere Blutung und teilweise Lähmung des Gehirns hatten stattgefunden. Ich nahm an, daß der Tod vor mindestens zwölf Stunden eingetreten war, möglicherweise früher. Am Körper bemerkte ich keinerlei Spuren einer Gewalttätigkeit. Der Tote war ein kräftiger,

wohlgenährter Mann von fünfzig bis fünfundfünfzig Jahren.«
»Konnte er sich die Verletzungen Ihrer Meinung nach selbst beigebracht haben?«
»Ausgeschlossen. Sie stammten von einem schweren, stumpfen Instrument. Der Schlag war von hinten geführt, mit großer Kraft und beträchtlicher Berechnung.«
»Konnte es ein Unfall gewesen sein?«
»Das ist natürlich möglich.«
»Wenn der Mann zum Beispiel aus dem Fenster geschaut hätte und die Leiste heftig auf ihn niedergesaust wäre?«
»Nein, in diesem Falle hätte man Erstickungsanzeichen und eine Quetschung am Hals gefunden.«
»Aber er könnte durch ein zufällig niederfallendes schweres Gewicht umgekommen sein?«
»Er könnte.«
»Ist der Tod Ihrer Ansicht nach sofort eingetreten?«
»Das läßt sich schwer sagen. Ein solcher Schlag kann sofortigen Tod bewirken; der Patient kann aber auch eine Zeitlang in teilweiser Lähmung liegen. Im gegebenen Fall neige ich zu der Ansicht, daß der Mann noch einige Stunden am Leben war. Diese Ansicht gründet sich auf den Zustand des Gehirns, der sich bei der Autopsie ergab. Ich muß jedoch sagen, daß Doktor Grimbold und ich in diesem Punkt verschiedener Meinung sind.«
»Soviel ich weiß, sind Andeutungen über die Identität des Toten gemacht worden. Sie sind wohl nicht in der Lage, ihn zu identifizieren?«
»Gewiß nicht. Ich habe ihn noch nie vorher gesehen. Die Andeutung, auf die Sie anspielen, ist grotesk und hätte nie gemacht werden dürfen. Ich erfuhr davon erst heute; sonst wäre ich der Sache entgegengetreten, und ich möchte meiner Mißbilligung Ausdruck verleihen, daß man einer Dame, mit der bekannt zu sein ich die Ehre habe, unnötigen Schrecken und Kummer bereitet hat.«
»Es war nicht meine Schuld, Sir Julian«, sagte der Kronbeamte. »Ich hatte nichts damit zu tun. Ich stimme mit Ihnen überein, daß es ein Unglück war, Sie nicht beizuziehen.«
Die Journalisten kritzelten emsig, und die Leute im Saal fragten einander, was gemeint sei, während die Geschworenen sich bemühten, ein Gesicht zu machen, als ob sie Bescheid wüßten.

»Betreffs der Brille, die der Tote trug, Sir Julian ... gibt sie einem Mediziner irgendwelchen Aufschluß?«
»Es sind ungewöhnliche Augengläser. Ein Augenarzt könnte sich dazu entschiedener äußern. Ich persönlich möchte sagen, daß ich sie eher bei einem älteren Menschen erwartet hätte.«
»Würden Sie als Arzt, der ja den menschlichen Körper näher kennt, aus der Erscheinung des Toten irgendwelche Schlüsse auf seine persönlichen Gepflogenheiten ziehen?«
»Ich würde sagen, daß seine Lebensverhältnisse gut waren, daß er aber erst kürzlich zu Geld gekommen ist. Seine Zähne waren in schlechtem Zustand, und seine Hände verrieten, daß er noch vor kurzem manuelle Arbeit verrichtet hat.«
»Ein australischer Kolonist zum Beispiel, der zu Geld gekommen ist?«
»Etwas dergleichen. Natürlich kann ich es nicht genau sagen.«
»Natürlich nicht. Besten Dank, Sir Julian.«
Dr. Grimbold, der dann aufgerufen wurde, bestätigte alle Aussagen seines geschätzten Kollegen, nur daß seiner Ansicht nach der Tod erst mehrere Tage nach dem Schlag eingetreten war. Mit ausgesprochenem Zögern wich er in diesem Punkt von Sir Julian Freke ab, und er betonte, daß er sich irren könnte. Jedenfalls ließ es sich schwer entscheiden, und als er die Leiche sah, war der Mann seines Erachtens schon seit mindestens vierundzwanzig Stunden tot.
Wieder wurde Inspektor Sugg aufgerufen. Würde er bitte der Jury mitteilen, was für Schritte zur Identifizierung des Mannes unternommen worden waren?
Alle Polizeistationen und sämtliche Zeitungen hatten eine Beschreibung erhalten. Waren auch in Anbetracht der von Sir Julian Freke angedeuteten Möglichkeiten alle Häfen benachrichtigt worden? Jawohl. Ohne Ergebnisse? Ganz ohne Ergebnisse. Hatte sich niemand gemeldet, den Toten zu identifizieren? Doch, viele Leute hatten sich gemeldet; aber niemand hatte ihn identifizieren können. Hatte man sich bemüht, die durch den Kneifer gegebene Spur zu verfolgen? Inspektor Sugg bat, ihn im Interesse der weiteren Nachforschungen von der Beantwortung dieser Frage zu entheben. Konnte die Jury den Kneifer sehen? Der Kneifer wurde den Geschworenen ausgehändigt.
William Watts, der als nächster aufgerufen wurde, bestätigte die Aussagen Sir Julian Frekes in bezug auf die Verhältnisse

im Seziersaal. Er erklärte das System der Leicheneinlieferung. Gewöhnlich stammten sie aus den Armenhäusern und kostenlosen Volksspitälern. Sie unterstanden allein seiner Obhut. Die jungen Herren konnten unmöglich an die Schlüssel gelangen. War Sir Julian Freke oder einer der andern Spitalärzte im Besitz der Schlüssel? Nein, nicht einmal Sir Julian Freke. Hatte er die Schlüssel am Montagabend gehabt? Ja. Jedenfalls war diese Frage wohl irrelevant, da ja keine Leiche fehlte oder jemals gefehlt hatte? Das stimmte.

Der Kronbeamte wandte sich dann an die Geschworenen und erinnerte sie mit einiger Schärfe daran, daß sie nicht darüber zu reden hätten, wer der Tote sein könnte oder nicht sein könnte, sondern ihre Meinung über die Todesursache kundgeben sollten. Er ermahnte sie, in Anbetracht des medizinischen Gutachtens zu überlegen, ob es sich um Unfall, vorsätzlichen Mord oder Selbstmord handelte. Wenn sie die Beweise in dieser Beziehung ungenügend fänden, könnten sie den Wahrspruch offenlassen. Jedenfalls dürften sie mit ihrem Wahrspruch keine Person belasten; wenn er auf »Mord« lautete, müßten alle Indizien oder Beweise erst noch einmal dem Richter unterbreitet werden. Hierauf entließ er sie mit dem verblümten dringenden Ersuchen, sich zu beeilen.

Sir Julian Freke hatte nach seiner Einvernahme den Blick der Herzogin eingefangen und ging nun zu ihr, um sie zu begrüßen.

»Ich habe Sie seit einer Ewigkeit nicht mehr gesehen«, sagte sie. »Wie geht es Ihnen?«

»Viel Arbeit«, antwortete der Spezialist. »Gerade ist mein neues Buch herausgekommen. So etwas kostet Zeit. Haben Sie Lady Levy schon gesprochen?«

»Nein – die Ärmste. Ich kam nur heute wegen dieser Verhandlung her. Mrs. Thipps ist mein Gast – eine von Peters Überspanntheiten. Die arme Christine! Ich muß bald zu ihr gehen. Das ist Mr. Parker«, fügte sie bei. »Er befaßt sich mit diesem Fall.«

»Oh«, sagte Sir Julian und machte eine Pause. »Wissen Sie«, sagte er dann mit leiser Stimme zu Parker, »es freut mich, Sie kennenzulernen. Haben Sie schon mit Lady Levy gesprochen?«

»Ja, heute vormittag.«

»Hat sie Sie gebeten, Ihre Nachforschungen fortzusetzen?«

»Ja«, erwiderte Parker. »Sie meint«, setzte er hinzu, »Sir Reuben könnte in den Händen eines Konkurrenten sein oder vielleicht von irgendwelchen Schurken festgehalten werden, die Lösegeld fordern wollen.«
»Ist das auch Ihre Meinung?« erkundigte sich Sir Julian.
»Ich halte es für sehr wahrscheinlich«, gab Parker offen zurück.
Sir Julian zögerte wieder. »Ich wünschte, Sie würden mit mir kommen, wenn das hier fertig ist.«
»Mit dem größten Vergnügen«, sagte Parker.
In diesem Augenblick kamen die Geschworenen wieder und nahmen ihre Plätze ein. Es gab ein Geraschel und Zischen. Der Kronbeamte wandte sich an den Vorsitzenden und fragte, ob sie in ihrem Wahrspruch übereingekommen wären.
»Wir sind übereingekommen, daß der Unbekannte an den Folgen eines Schlages in den Nacken gestorben ist. Um aber zu bestimmen, wie diese Verletzung entstanden ist, dazu liegen unseres Erachtens nicht genügend Beweise vor.«

Mr. Parker und Sir Julian Freke gingen zusammen über die Straße.
»Ich hatte nicht die geringste Ahnung, bis ich Lady Levy heute früh sprach«, sagte der Arzt, »daß man diese Angelegenheit mit dem Verschwinden von Sir Reuben verknüpft. Das ist einfach eine ungeheuerliche Idee, die nur im Kopf dieses lächerlichen Polizeibeamten entstanden sein kann. Hätte ich etwas davon gewußt, so hätte ich ihn eines Besseren belehren können, und dann wäre all dies vermieden worden.«
»Ich gab mir alle Mühe«, erwiderte Parker, »sowie ich bei dem Fall Levy zugezogen wurde . . .«
»Wer hat Sie zugezogen, wenn ich fragen darf?«
»Nun, zuerst die Dienerschaft, und dann schrieb mir Sir Reubens Onkel, Mr. Levy vom Portman Square, ich sollte mit den Nachforschungen fortfahren.«
»Und jetzt hat Lady Levy diese Anordnungen bestätigt?«
»Gewiß«, antwortete Parker mit einiger Verwunderung.
Sir Julian schwieg.
»Ich fürchte, ich war derjenige, der Inspektor Sugg den Gedanken in den Kopf gesetzt hat«, sagte Parker ein wenig schuldbewußt. »Als Sir Reuben verschwand, ging ich sofort daran, alle Verkehrsunfälle, Selbstmorde und so weiter nach-

zuprüfen, die an dem Tag gemeldet worden waren, und im Rahmen dieser Nachforschungen ging ich auch nach Battersea-Park, um mir den Toten dort anzusehen. Natürlich fand ich es gleich lächerlich, als ich dort war; aber Sugg hielt an dem Gedanken fest – es stimmt ja auch, daß zwischen dem Toten und den Bildern, die ich von Sir Reuben gesehen habe, eine gewisse Ähnlichkeit besteht.«

»Eine stark oberflächliche Ähnlichkeit«, pflichtete Sir Julian bei. »Die obere Gesichtshälfte zeigt nichts Auffälliges, und da Sir Reuben einen Vollbart trug und keine Möglichkeit bestand, Mund und Kinn zu vergleichen, kann ich verstehen, daß man auf solch einen Gedanken verfällt. Aber man müßte ihn sofort aufgeben. Ich bedaure es«, fügte er hinzu, »weil die ganze Angelegenheit für Lady Levy peinlich war. Sie müssen wissen, Mr. Parker, ich bin ein alter Freund der Levys, wenn ich mich auch nicht als intimen Freund bezeichnen möchte.«

»Das hörte ich schon.«

»Ja. Als ich noch jung war, hätte ich gern ... kurzum, Mr. Parker, ich hegte einmal die Hoffnung, Lady Levy zu heiraten.« (Mr. Parker ließ das übliche teilnahmsvolle Gemurmel hören.) »Ich habe nie geheiratet, wie Sie wissen«, fuhr Sir Julian fort. »Wir sind gute Freunde geblieben. Ich habe immer alles getan, was ich konnte, ihr Kummer zu ersparen.«

»Glauben Sie mir, Sir Julian«, sagte Parker, »ich fühle sehr mit Ihnen und Lady Levy, und ich habe mir alle Mühe gegeben, Inspektor Sugg von seiner Idee abzubringen. Der unglückliche Zufall, daß Sir Reuben am Montagabend in der Battersea-Park Road gesehen wurde ...«

»Ach ja«, fiel Sir Julian ein. »Oh, da sind wir ja schon angelangt. Vielleicht kommen Sie einen Augenblick mit hinein, Mr. Parker, und trinken Tee oder Whiskysoda oder sonst etwas.«

Parker nahm die Einladung prompt an, da er das Gefühl hatte, daß noch mehr zu sagen wäre.

Die beiden Männer betraten eine geräumige, schön ausgestattete Halle mit einem Kamin auf der gleichen Seite wie die Tür und einer gegenüberliegenden Treppe. Die Eßzimmertür stand offen zu ihrer Rechten, und als Sir Julian läutete, erschien ein Diener am andern Ende der Halle.

»Was hätten Sie gern?« erkundigte sich der Arzt.

»Nach dieser schrecklichen Kälte in dem Saal hätte ich am liebsten literweise heißen Tee«, antwortete Parker, »falls Sie als Nervenspezialist nicht ganz dagegen sind.«

»Vorausgesetzt, daß Sie ihn mit Zitrone nehmen, habe ich nichts dagegen einzuwenden«, sagte Sir Julian im selben Ton. »Tee in der Studierstube«, wies er den Diener an und ging die Treppe voraus.

»Außer dem Eßzimmer benutze ich die unteren Räume nicht viel«, erklärte er, indem er seinen Gast in eine kleine, aber fröhliche Studierstube im ersten Stock eintreten ließ. »Dieses Zimmer steht mit meinem Schlafzimmer in Verbindung und ist bequemer. Ich halte mich hier nur teilweise auf; aber es ist sehr praktisch für meine Forschungsarbeit im Spital. Das ist dort meine Haupttätigkeit. Es ist eine fatale Sache für einen Theoretiker, die praktische Arbeit zu vernachlässigen, Mr. Parker. Sezieren ist die Grundlage aller guten Theorie und aller richtigen Diagnosen. Hand und Auge müssen in Übung bleiben. Dieses Zimmer ist für mich viel wichtiger als die Harley Street, und eines Tages werde ich meine Sprechstunde ganz aufgeben und mich hier niederlassen, um mich meinen Forschungen zu widmen und meine Bücher in Frieden zu schreiben. So viele Dinge in diesem Leben sind Zeitverschwendung, Mr. Parker.«

Mr. Parker stimmte zu.

»Sehr oft kann ich für meine Forschungsarbeit – die schärfste Beobachtung und stärkste Konzentration erfordert – nur nachts Zeit finden, nach einem langen Tagewerk und bei künstlichem Licht, das die Augen mehr anstrengt als Tageslicht, da die Lampen im Seziersaal sehr stark sind. Zweifellos müssen Sie Ihre Arbeit unter noch anstrengenderen Umständen erledigen.«

»Ja, manchmal«, erwiderte Parker. »Aber die Umstände bilden ja gewissermaßen einen Teil meiner Arbeit.«

»Ganz recht, ganz recht«, nickte Sir Julian. »Sie meinen, daß der Einbrecher zum Beispiel seine Methoden nicht im Lichte des Tages vorführt oder seine Fußspuren nicht mitten auf einem feuchten Sandfleck anbringt, so daß Sie sie analysieren könnten.«

»In der Regel nicht«, sagte der Detektiv, »aber ich bezweifle nicht, daß viele Ihrer Krankheiten ebenso hinterlistig sind wie die Einbrecher.«

»Wahrhaftig«, lachte Sir Julian, »und genau wie Sie setze ich meinen Stolz darein, sie zum Wohl der Menschheit aufzuspüren. Die Neurosen sind besonders geschickte Verbrecher – sie vermummen und verkleiden sich und verwischen ihre Spuren kunstvoll. Aber wenn man eine wirkliche Untersuchung vornehmen kann, wenn man den Toten seziert oder, was vorzuziehen ist, den Lebenden mit dem Skalpell öffnet, findet man die Spuren immer, die Wahnsinn, Krankheit, Trunksucht oder eine ähnliche Pest hinterlassen hat. Die Schwierigkeit besteht nur darin, sie zurückzuverfolgen, indem man lediglich die oberflächlichen Symptome bemerkt – Hysterie, Hang zum Verbrecherischen, religiösen Fanatismus, Angst, Gehemmtheit, übertriebenes Gewissen, oder was es sonst sein mag. Genau wie Sie einen Diebstahl oder einen Mord bemerken und die Spuren des Täters suchen, so bemerke ich einen hysterischen Anfall oder einen Frömmigkeitsausbruch und jage dann dem kleinen mechanischen Reiz nach, der ihn hervorgerufen hat.«

»Betrachten Sie alle diese Dinge als körperlich bedingt?«

»Unbedingt. Ich weiß wohl, daß es eine andere Anschauung gibt, Mr. Parker; aber ihre Vertreter sind meistens Scharlatane oder Selbstbetrüger. Sie haben sich so sehr hineingeheimnißt, daß sie wie das Medium Sludge ihren eigenen Unsinn glauben. Ich würde gern ihr Gehirn erforschen, Mr. Parker; dann könnte ich Ihnen die kleinen Fehler und Verschiebungen in den Zellen zeigen – die falschen Verbindungen und Kurzschlüsse der Nerven, die diese Anschauungen und Abhandlungen hervorrufen. Wenn ich sie Ihnen heute nicht zeigen kann«, fügte er hinzu, seinen Gast düster ansehend, »so werde ich wenigstens morgen dazu in der Lage sein – oder in einem Jahr – oder vor meinem Tode.«

Er blickte eine Weile ins Feuer, während das rote Licht auf seinem lohfarbenen Bart spielte und in seinen zwingenden Augen antwortende Lichter entfachte.

Parker trank schweigend seinen Tee und betrachtete ihn. Im großen ganzen interessierten ihn die Ursachen nervöser Erscheinungen wenig, und seine Gedanken glitten zu Lord Peter ab, der sich jetzt in Salisbury mit dem zweifelhaften Crimplesham befaßte. Lord Peter wünschte, daß er nachkam; dies bedeutete, daß entweder Crimplesham sich als widerspenstig erwiesen hatte, oder daß eine Spur verfolgt werden sollte. Bunter hatte jedoch gesagt, daß es genügte, wenn Parker morgen käme, und das war gut. Die Battersea-Affäre war ja nicht sein Fall; er hatte mit dem Besuch einer zu nichts führenden gerichtlichen Einvernahme schon wertvolle Zeit verloren, und er mußte endlich mit seiner eigentlichen Arbeit vorwärtskommen. Er mußte noch Levys Sekretär vornehmen und die kleine Angelegenheit mit dem peruanischen Öl untersuchen. Er schaute auf seine Uhr.

»So leid es mir tut ... wenn Sie mich entschuldigen wollen ...«, murmelte er.

Mit einem Ruck kehrte Sir Julian in die Wirklichkeit zurück. »Ihre Arbeit ruft Sie wohl?« lächelte er. »Nun, das kann ich verstehen; ich will Sie nicht zurückhalten. Aber ich möchte Ihnen noch etwas in bezug auf Ihre gegenwärtige Untersuchung sagen ... ich weiß nur nicht recht ... ich würde ungern ...«

Parker setzte sich wieder und verbannte jeden Hinweis auf Eile in seiner Miene und Haltung. »Ich bin Ihnen sehr dankbar für jede Hilfe«, sagte er.

»Leider handelt es sich eher um ein Hindernis«, erwiderte Sir Julian mit einem kurzen Auflachen. »Ich werde Ihnen ein Indiz vernichten und meinerseits einen Vertrauensbruch begehen. Aber da zufällig einiges herausgekommen ist, sollte vielleicht besser alles herauskommen.«

Mr. Parker gab den ermutigenden Laut von sich, der sozusagen das auffordernde »Ja, mein Sohn?« des Priesters ersetzt.

»Sir Reuben Levys Besuch am Montagabend galt mir«, erklärte Sir Julian.

»Ja?« gab Mr. Parker ausdruckslos zurück.

»Er hatte Ursache, sich wegen seiner Gesundheit ernstlich zu sorgen«, fuhr Sir Julian langsam fort, als ob er abwägte, wieviel er einem Fremden anstandshalber verraten dürfte. »Er zog es vor, zu mir zu kommen, statt zu seinem Hausarzt, weil er besonders darauf bedacht war, die Sache vor seiner Frau geheimzuhalten. Wie ich Ihnen schon sagte, er kannte mich ziemlich gut, und Lady Levy hatte mich im Sommer wegen einer Nervenstörung konsultiert.«

»Hatte er sich mit Ihnen verabredet?« fragte Parker.

»Wie bitte?« versetzte der andere zerstreut.

»Hatte er sich mit Ihnen verabredet?«

»Verabredet? O nein! Er erschien plötzlich am Abend nach dem Nachtessen, ohne daß ich ihn erwartete. Ich führte ihn hier herauf und untersuchte ihn, und er ging, glaube ich, so gegen zehn Uhr fort.«

»Darf ich nach dem Ergebnis der Untersuchung fragen?«

»Warum möchten Sie das wissen?«

»Es könnte erklären ... nun, man könnte dann in bezug auf sein nachfolgendes Benehmen Mutmaßungen anstellen«, antwortete Parker vorsichtig. Diese Geschichte schien mit allem übrigen wenig Zusammenhang zu haben, und er überlegte, ob es wohl nur ein Werk des Zufalls gewesen sein mochte, daß Sir Reuben am gleichen Abend verschwunden war.

»Ich verstehe«, bemerkte Sir Julian. »Also, im Vertrauen gesagt, ich erkannte ernste Verdachtsmomente, aber vorläufig noch keine Gewißheit einer Schädigung.«

»Besten Dank. Sir Reuben ging um zehn Uhr fort?«

»Um zehn herum. Ich erwähnte zuerst nichts davon, weil es Sir Reuben so viel daran lag, seinen Besuch bei mir geheimzuhalten, und ein Unfall auf der Straße steht ja außer Frage, da er um Mitternacht unversehrt nach Hause kam.«

»Ganz recht«, nickte Parker.

»Es ist ein Vertrauensbruch«, sprach Sir Julian weiter, »und ich erzähle es Ihnen auch nur, weil Sir Reuben zufällig gesehen wurde und weil ich es Ihnen lieber privatim mitteile, als daß Sie sich hier zu schaffen machen und meine Angestellten ausfragen. Entschuldigen Sie meine Offenheit, Mr. Parker.«

»O bitte«, erwiderte Parker. »Ich verteidige die Maßnahmen meines Berufes nicht, Sir Julian. Ich bin Ihnen sehr verbunden, daß Sie mir dies gesagt haben. Ich hätte sonst wertvolle Zeit mit falschen Nachforschungen verloren.«

»Ich brauche Sie gewiß nicht darum zu bitten, die Sache Ihrerseits vertraulich zu behandeln«, sagte der Arzt. »Wenn es an die Öffentlichkeit käme, wäre Sir Reuben damit nur geschadet, seine Frau hätte Kummer, und ich stünde außerdem vor meinen Patienten in einem sonderbaren Licht.«

»Ich verspreche Ihnen, es für mich zu behalten«, antwortete Parker. »Nur muß ich natürlich«, fügte er hastig hinzu, »meinen Kollegen informieren.«

»Sie bearbeiten diesen Fall zusammen mit einem Kollegen?«

»Ja.«

»Was ist das für ein Mensch?«

»Er wird vollkommen diskret sein, Sir Julian.«

»Ist es ein Polizeibeamter?«

»Sie brauchen nicht zu befürchten, daß Ihre vertrauliche Mitteilung in die Akten von Scotland Yard gelangt.«

»Ich sehe, Sie wissen, wie man diskret ist, Mr. Parker.«

»Wir haben auch unsere Berufsetikette, Sir Julian.«
Nach der Rückkehr in die Great Ormond Street fand Parker ein Telegramm vor, in dem stand: »Herkommen unnötig. Alles gut. Eintreffe morgen. Wimsey.«

7

Als Lord Peter am folgenden Vormittag nach einigen bestätigenden Nachforschungen in Balham und am Victoria-Bahnhof vor der Essenszeit heimkehrte, wurde er an der Wohnungstür von Mr. Bunter (der von Waterloo aus schnurstracks nach Hause gegangen war) mit einer telefonischen Meldung und ernster Kindermädchenmiene begrüßt.
»Lady Swaffham hat angeläutet, Mylord, und gesagt, sie hoffe, Sie hätten nicht vergessen, daß Sie bei ihr zum Mittagessen eingeladen sind.«
»Ich habe es vergessen, Bunter, und ich will es auch vergessen. Ich vertraue darauf, daß Sie ihr gesagt haben, ich wäre plötzlich an Enzephalitis lethargica erkrankt. Von Blumenspenden bitte abzusehen.«
»Lady Swaffham sagte, sie zähle auf Sie, Mylord. Sie hat gestern die Herzogin von Denver getroffen . . .«
»Wenn meine Schwägerin dort ist, gehe ich nicht hin, das ist ja klar«, fiel Lord Peter ein.
»Verzeihung, Mylord, die Herzoginwitwe.«
»Was tut sie denn in der Stadt?«
»Ich nehme an, sie kam wegen der gerichtlichen Untersuchung her, Mylord.«
»Ach ja – das haben wir verpaßt, Bunter.«
»Jawohl, Mylord. Ihre Durchlaucht wird bei Lady Swaffham essen.«
»Bunter, ich kann nicht. Ich kann wirklich nicht. Sagen Sie, ich läge mit Keuchhusten im Bett, und bitten Sie meine Mutter, nach dem Essen herzukommen.«
»Sehr wohl, Mylord. Mrs. Tommy Frayle wird bei Lady Swaffham sein, Mylord, und Mr. Milligan . . .«
»Mr. wer?«
»Mr. John P. Milligan, Mylord, und . . .«
»Lieber Gott, Bunter, warum haben Sie das nicht gleich ge-

sagt? Habe ich noch Zeit, vor ihm dort zu sein? Gut. Ich renne. Mit einem Taxi kann ich gerade . . .«

»Nicht in diesen Beinkleidern, Mylord«, widersprach Bunter und vertrat ihm mit achtungsvoller Festigkeit den Weg zum Ausgang.

»Ach, Bunter, lassen Sie mich – nur dieses eine Mal«, flehte Lord Peter. »Sie wissen ja nicht, wie wichtig es ist.«

»Um keinen Preis, Mylord. Es geht um meine Ehre.«

»Die Beinkleider sind ganz in Ordnung, Bunter.«

»Nicht für Lady Swaffham, Mylord. Außerdem vergessen Eure Lordschaft den Mann, der in Salisbury mit einer Milchkanne gegen Sie gerannt ist.« Und Bunter wies mit anklagendem Finger auf einen Fettfleck, der sich auf dem hellen Stoff zeigte.

»Ich wünschte zu Gott, ich hätte Sie sich niemals zu einem privilegierten Bevollmächtigten auswachsen lassen«, sagte Lord Peter bitter und stieß seinen Spazierstock in den Schirmständer. »Sie haben keine Ahnung, was meine Mutter anrichten könnte.«

Mr. Bunter lächelte grimmig und schleppte sein Opfer ab.

Als ein untadeliger Lord Peter, ziemlich verspätet fürs Mittagessen, in Lady Swaffhams Salon geführt wurde, saß die Herzoginwitwe von Denver auf einem Sofa, vertieft in eine angeregte Unterhaltung mit Mr. John P. Milligan aus Chicago.

»Es freut mich sehr, Sie kennenzulernen, Herzogin«, waren die Eröffnungsworte dieses Finanzmanns gewesen. »So kann ich Ihnen doch für Ihre außerordentlich freundliche Einladung danken. Ich versichere Ihnen, das ist ein Kompliment, das ich sehr zu schätzen weiß.«

Die Herzogin strahlte ihn an, während sie schnell ihre geistigen Streitkräfte aufmarschieren ließ. »Setzen Sie sich zu mir, Mr. Milligan«, sagte sie. »Ich unterhalte mich so gern mit bedeutenden Geschäftsleuten – warten Sie, Sie sind ein Eisenbahnkönig – oder etwas wie Kämmerchen vermieten – ich meine das natürlich nicht so genau; aber dieses Spiel spielten wir als Kinder – so dumm und so schrecklich laut, aber wunderbar geeignet, das Eis zu brechen unter ziemlich steifen Leuten, die einander nicht kennen – es ist sehr schade, daß es aus der Mode ist.«

Mr. Milligan setzte sich.

»Ja, ja«, sagte er, »für uns Geschäftsleute ist es sicher ebenso

interessant, englische Aristokraten kennenzulernen, wie für die Engländer, amerikanische Eisenbahnkönige, Herzogin. Und sicher werde ich ebenso viele Fauxpas begehen wie Sie, wenn Sie in Chicago Weizen zur Verteuerung aufkaufen wollten. Stellen Sie sich vor, neulich nannte ich Ihren prächtigen Sohn Lord Wimsey, und er dachte, ich hätte ihn für seinen Bruder gehalten. Da kam ich mir ziemlich dumm vor.«
Das war ein unverhofftes Leitseil. Die Herzogin griff es vorsichtig auf. »Der liebe Junge«, lächelte sie. »Es freut mich, daß Sie ihn kennengelernt haben, Mr. Milligan. Meine beiden Söhne sind mir ein großer Trost. Gerald ist allerdings konventioneller – gerade der Richtige für das Oberhaus, wissen Sie, und ein glänzender Landwirt. Peter paßt nicht so gut nach Denver, hingegen unternimmt er in der Stadt immer die rechten Dinge, und manchmal ist er sehr amüsant.«
»Lord Peters Vorschlag war mir eine große Ehre«, fuhr Mr. Milligan fort. »Soviel ich weiß, stecken Sie dahinter, und ich komme gern, wenn es Ihnen paßt, obwohl ich finde, daß Sie mir allzusehr schmeicheln.«
»Na ja«, sagte die Herzogin, »ich weiß nicht, ob Sie das beurteilen können, Mr. Milligan. Nicht etwa, als ob ich vom Geschäftsleben etwas verstünde«, fügte sie hinzu. »Ich bin ziemlich altmodisch für die heutige Zeit, müssen Sie wissen, und ich kann nicht mehr vorgeben, als einen netten Menschen zu erkennen, wenn ich ihn vor mir habe; in allen andern Dingen verlasse ich mich auf meinen Sohn.«
Die Betonung dieser Worte war so schmeichelhaft, daß Mr. Milligan beinahe hörbar schnurrte. »Sehen Sie, Herzogin, da hat eine Dame mit wirklicher, schöner, altmodischer Seele diesen modernen jungen Schwätzerinnen etwas voraus – es gibt nicht viele Menschen, die zu ihr nicht nett sein würden, und auch dann kann sie sie durchschauen, wenn sie nicht ganz durchtrieben sind.«
›Da bin ich genauso klug als wie zuvor‹, dachte die Herzogin. »Ich glaube«, sagte sie laut, »ich sollte Ihnen im Namen des Pfarrers von Denver für Ihren sehr großzügigen Scheck danken, den er gestern für den Fonds der Kirchenrenovierung erhielt. Er war so erfreut und überrascht, der liebe alte Herr.«
»Ach, das ist nichts«, antwortete Mr. Milligan, »bei uns gibt es keine schönen alten Gebäude, die restauriert werden müßten; darum ist es eine Ehre, ein bißchen Petroleum in die alten

Bohrlöcher gießen zu dürfen, wenn man hört, daß in der Alten Welt ein Gebäude an Altersschwäche leidet. Als Ihr Sohn mir von der Kirche in Denver erzählte, nahm ich mir also die Freiheit, mich zu beteiligen, ohne den Basar abzuwarten.«
»Das ist wirklich sehr lieb von Ihnen«, sagte die Herzogin. »Sie kommen doch zum Basar?« fuhr sie fort und sah ihn bittend an.
»Ganz sicher«, gab Mr. Milligan ohne Pause zurück. »Lord Peter sagte mir, Sie würden mir das genaue Datum noch mitteilen. Für ein gutes Werk hat man immer Zeit. Natürlich hoffe ich, daß es mir möglich sein wird, von Ihrer freundlichen Einladung Gebrauch zu machen und länger zu bleiben; aber wenn ich in Hetze bin, werde ich es auf jeden Fall einrichten, daß ich komme, mein Sprüchlein aufsage und wieder gehe.«
»Ach ja, hoffentlich können Sie bleiben. Ich muß schauen, was sich mit dem Datum machen läßt ... natürlich kann ich nichts versprechen ...«
»Nein, nein«, fiel Mr. Milligan ein. »Ich weiß, wie schwierig es ist, solche Dinge festzusetzen. Es handelt sich ja auch nicht nur um mich – all die übrigen großen Tiere von Europa, die Ihr Sohn erwähnte, müssen ja berücksichtigt werden.«
Die Herzogin wurde blaß bei dem Gedanken, daß eine dieser illustren Personen irgendwann einmal in einem Salon auftauchen könnte; aber inzwischen hatte sie sich bequem eingegraben und konnte sogar ihre Linie finden.
»Ich kann Ihnen gar nicht sagen, wie dankbar ich Ihnen bin«, bemerkte sie. »Es wird großartig werden. Verraten Sie mir doch, worüber Sie sprechen werden.«
»Also ...«, begann Mr. Milligan.
Plötzlich stand jemand auf, und eine schuldbewußte Stimme erklang: »Ich bitte kniefällig um Vergebung ... hoffentlich verzeihen Sie mir, Lady Swaffham. Liebe Lady, hätte ich Ihre Einladung überhaupt vergessen können? Tatsache ist, ich mußte mit einem Mann in Salisbury sprechen – absolut wahr, mein Ehrenwort – und der Kerl wollte mich nicht weglassen. Ich bin untröstlich, Lady Swaffham. Soll ich gehen und in einem Winkel mein Essen verzehren?«
Gnädig verzieh Lady Swaffham dem Schuldigen.
»Ihre liebe Mutter ist hier«, sagte sie.
»Guten Tag, Mutter«, grüßte Lord Peter verlegen.
»Wie geht's dir, Junge?« fragte die Herzogin. »Du hättest

wahrhaftig nicht gerade jetzt zu kommen brauchen. Mr. Milligan wollte mir soeben erzählen, was für eine interessante Rede er für den Basar vorbereitet, und da kommst du und unterbrichst uns.«

Beim Essen wandte sich die Unterhaltung – keineswegs unnatürlich – der Battersea-Untersuchung zu, und die Herzogin schilderte auf lebendige Weise, wie Mrs. Thipps verhört worden war.

»›Hörten Sie in der Nacht etwas Ungewöhnliches?‹ schrie der Kronbeamte sie an und lehnte sich vor. Ganz rot war er im Gesicht, und seine Ohren standen ab – genau wie bei dem Cherub in dem Gedicht von Tennyson – oder ist ein Cherub blau? Vielleicht meine ich einen Seraph – jedenfalls wissen Sie, was ich meine – ganz Augen mit kleinen Flügeln am Kopf. Und die gute alte Mrs. Thipps sagte: ›Natürlich, immer in all diesen achtzig Jahren‹, und es gab eine solche Sensation im Saal, bis sich herausstellte, daß sie verstanden hatte: ›Schlafen Sie in der Nacht ohne Licht?‹ Und alle lachten, und dann sagte der Kronbeamte ziemlich laut: ›Zum Teufel mit diesem Weib‹, und das hörte sie, wieso, weiß ich nicht, und sie sagte: ›Fluchen Sie nicht, junger Mann, wenn Sie da im Angesicht Gottes sitzen. Ich weiß nicht, was aus den jungen Leuten heutzutage werden soll ...‹ Dabei ist er sechzig, müssen Sie wissen.«

Infolge einer natürlichen Gedankenverbindung erwähnte Mrs. Tommy Frayle den Mann, der gehängt worden war, weil er drei Frauen in der Badewanne ermordet hatte.

»Das fand ich immer sehr einfallsreich«, sagte sie und blickte Lord Peter seelenvoll an. »Und stellen Sie sich vor, als das geschah, hatte Tommy gerade eine Lebensversicherung für mich abgeschlossen, und ich bekam solche Angst, daß ich morgens nicht mehr badete, sondern nachmittags, wenn er nicht zu Hause war.«

»Meine Gnädigste«, erwiderte Lord Peter vorwurfsvoll, »ich erinnere mich deutlich, daß alle diese Frauen ganz und gar reizlos waren. Aber es war ein sehr einfallsreiches Verfahren – das erstemal – nur hätte er es nicht wiederholen dürfen.«

»Heutzutage verlangt man etwas mehr Originalität, auch von Mördern«, sagte Lady Swaffham. »Wie bei den Dramatikern – zu Shakespeares Zeiten war es viel einfacher, nicht wahr? Immer dasselbe Mädchen, als Mann verkleidet, und auch das war von Boccaccio oder Dante oder sonst einem andern entlehnt. Ich bin sicher, wenn ich eine Shakespearische Heldin gewesen wäre, hätte ich beim ersten Blick auf einen schlanken Pagen gesagt: ›Herrje, da ist das Mädchen schon wieder!‹«

»Genau das ist auch in Wirklichkeit geschehen«, antwortete Lord Peter. »Sehen Sie, Lady Swaffham, wenn Sie jemals einen Mord begehen wollen, müssen Sie unbedingt vermeiden, daß die Leute Gedankenassoziationen bekommen. Die meisten Menschen habe keine – ihre Gedanken rollen einfach durcheinander wie Erbsen auf einem Tablett, vollführen großen Lärm und gelangen nirgendshin; aber wenn man erst einmal zuläßt, daß sie ihre Erbsen auf ein Halsband aufziehen, dann wird es stark genug, daß man sie daran aufknüpfen kann.«

»Du meine Güte!« rief Mrs. Tommy Frayle mit einem kleinen Aufschrei. »Was für ein Segen, daß keiner meiner Freunde solche Gedanken hat!«

»Schauen Sie«, sagte Lord Peter und balancierte stirnerunzelnd einen Bissen Ente auf seiner Gabel, »nur in Detektivgeschichten denken die Menschen logisch zu Ende. Wenn uns etwas Abwegiges erzählt wird, sagen wir gewöhnlich nur ›Wahrhaftig!‹ oder: ›Wie traurig!‹ und belassen es dabei. Eine halbe Stunde später haben wir es vergessen, falls dann nicht irgend etwas auftaucht, das es wiedererweckt. Zum Beispiel sagte ich Ihnen doch, Lady Swaffham, ich sei in Salisbury gewesen, und das stimmt auch, nur nehme ich an, daß es Ihnen keinen großen Eindruck gemacht hat. Und ich nehme auch an, daß es Ihnen keinen großen Eindruck machen wird, wenn Sie morgen in der Zeitung von der tragischen Entdeckung eines toten Anwalts in Salisbury lesen werden; aber wenn ich nächste Woche wieder nach Salisbury führe, und man fände tags darauf einen toten Arzt in Salisbury, so könnten Sie anfangen zu denken, ich wäre ein böses Omen für die Einwohner von Salisbury; und wenn ich die Woche darauf abermals nach Salisbury ginge, und Sie hörten am folgenden Tage, daß der Bischofsstuhl von Salisbury frei geworden wäre, dann fragen Sie sich vielleicht, was ich in Salisbury immerzu zu suchen hätte, und warum ich früher nie davon gesprochen habe, daß ich dort Freunde habe, nicht wahr, und Sie kämen vielleicht auf den Gedanken, selbst nach Salisbury zu fahren und dort alle möglichen Leute zu fragen, ob Sie zufällig einen jungen Mann mit blauen Socken am Bischofspalast herumlungern sahen.«

»Das würde ich wohl tun«, meinte Lady Swaffham.

»Ganz recht. Und wenn Sie dann erfahren, daß der Anwalt und der Arzt früher in Poggleton lebten, zu einer Zeit, als der Bischof dort Pfarrer war, dann fällt Ihnen auf einmal ein, daß ich vor langer Zeit nach Poggleton gefahren war. Sie schlagen dort das Pfarregister nach und entdecken, daß ich in Poggleton unter einem angenommenen Namen von dem Pfarrer mit der Witwe eines reichen Landwirts getraut wurde, die dann plötzlich an Bauchfellentzündung starb, wie der Arzt bescheinigt hat, nachdem sie mir in einem vom Anwalt beglaubigten Testament all ihr Geld vermacht hatte. Und dann fangen Sie an zu denken, ich könnte allen Grund haben, solch vielversprechende Erpresser wie den Anwalt, den Arzt und den Bischof aus dem Wege zu räumen. Hätte ich keine Gedankenassoziation in Ihnen ausgelöst, indem ich sie alle am gleichen Ort um die Ecke brachte, so wären sie niemals auf die Idee verfallen, nach Poggleton zu fahren, und Sie hätten sich nicht erinnert, daß ich einmal dort war.«

»Waren Sie wirklich einmal dort?« fragte Mrs. Tommy gespannt.

»Ich glaube nicht«, entgegnete Lord Peter. »Der Name reiht keine Perlen in meinem Kopf auf. Aber es könnte eines Tages sein.«

»Aber wenn man ein Verbrechen untersucht«, sagte Lady Swaffham, »muß man doch mit den üblichen Dingen beginnen, würde ich annehmen – feststellen, was die Person getan hat, wer bei ihr gewesen ist, und ein Motiv suchen, nicht wahr?«

»O ja«, antwortete Lord Peter; »doch die meisten von uns hätten viele Motive, alle möglichen harmlosen Leute zu ermorden. Ich würde gern eine ganze Menge umbringen, Sie nicht auch?«

»Haufenweise«, stimmte Lady Swaffham zu. »Da ist dieser gräßliche . . . vielleicht sage ich es lieber nicht, sonst erinnern Sie sich am Ende später daran.«

»Ich würde es an Ihrer Stelle auch nicht sagen«, erwiderte Lord Peter liebenswürdig. »Man kann nie wissen. Es wäre arg peinlich, wenn der Betreffende morgen plötzlich sterben würde.«

»Die Schwierigkeit bei dem Battersea-Geheimnis ist wohl«, knüpfte Mr. Milligan wieder an, »daß niemand eine Gedankenverbindung mit dem Herrn in der Badewanne hat.«
»So schwer für den armen Inspektor Sugg«, sagte die Herzogin. »Er tat mir beinahe leid, als er dastand und lauter Fragen beantworten mußte, obwohl er gar nichts vorzubringen hatte.«
Lord Peter widmete sich dem Entenbraten, da er etwas ins Hintertreffen geraten war. Plötzlich hörte er jemand die Herzogin fragen, ob sie schon mit Lady Levy gesprochen habe. »Sie hat große Sorge«, setzte die Dame, die gesprochen hatte, eine Mrs. Freemantle, hinzu, »obwohl sie sich an die Hoffnung klammert, daß er auftauchen wird. Ich nehme an, Sie kannten ihn, Mr. Milligan – kennen ihn, sollte ich sagen; denn hoffentlich ist er ja noch am Leben.«
Mrs. Freemantle war die Gattin eines hervorragenden Eisenbahndirektors und berühmt für ihre Unkenntnis der Finanzwelt. Ihre Fauxpas in dieser Beziehung belebten die Teegesellschaften der Damen, die mit Geschäftsleuten verheiratet waren.
»Nun ja, ich habe mit ihm gegessen«, erwiderte Mr. Milligan gutmütig. »Ich glaube, wir haben uns beide alle Mühe gegeben, einander zu ruinieren, Mrs. Freemantle. Wenn wir hier in den Staaten wären«, fügte er hinzu, »würde man mich wohl stark verdächtigen, Sir Reuben an einen sicheren Ort gebracht zu haben. Aber in der Alten Welt kann man auf diese Weise nicht Geschäfte machen.«
»In Amerika muß das Geschäftsleben aufregend sein«, warf Lord Peter ein.
»Das ist es auch«, nickte Mr. Milligan. »Ich glaube, meine Kollegen haben es jetzt dort gut. Ich werde bald wieder bei ihnen sein, sobald ich hier auf dieser Seite ein paar Sachen für sie erledigt habe.«
»Sie dürfen aber nicht vor meinem Basar abreisen«, sagte die Herzogin.

Den Nachmittag verbrachte Lord Peter mit einer vergeblichen Suche nach Mr. Parker. Er fand ihn schließlich nach dem Abendessen an der Great Ormond Street.
Parker saß in einem ältlichen, aber zärtlichen Lehnstuhl; die Füße stützte er auf den Kaminsims, während er seinen Geist

mit einer modernen Deutung des Galaterbriefes entspannte. Er empfing Lord Peter mit stiller Freude, nicht mit hingerissener Begeisterung, und mischte ihm einen Whiskysoda. Peter nahm das Buch, das sein Freund hingelegt hatte, und blätterte darin.

»Alle diese Leute haben Vorurteile, so oder so«, sagte er. »Sie finden, was sie suchen.«

»Ja«, stimmte der Detektiv zu, »aber das lernt man fast automatisch abziehen. Als ich studierte, stand ich ganz auf der anderen Seite — bei Conybeare, Robertson, Drews und diesen Männern, bis ich merkte, daß sie alle gewissermaßen so viel damit zu tun hatten, einen Einbrecher zu suchen, den niemand jemals gesehen hatte, daß sie die Spuren der Hausbewohner nicht erkennen konnten. Dann verbrachte ich zwei Jahre damit, Vorsicht zu lernen.«

»Hm«, machte Lord Peter, »demnach muß Theologie eine gute Übung für den Kopf sein; denn Sie sind wohl der vorsichtigste Teufel, den ich kenne. Aber lesen Sie ruhig weiter – es ist eine Schande, daß ich herkomme und Sie so aus Ihrer Freizeitbeschäftigung reiße.«

»Schon gut, alter Freund«, erwiderte Parker.

Die beiden Männer schwiegen eine Weile. Dann fragte Lord Peter: »Lieben Sie Ihren Beruf?«

Der Detektiv dachte darüber nach und antwortete: »Ja– ja, ich liebe ihn. Ich weiß, daß er nützlich ist, und daß ich dazu tauge. Ich mache meine Sache ganz gut – vielleicht nicht mit Inspiration, aber genügend gut, um stolz auf meine Leistungen zu sein. Er ist abwechslungsreich, und er zwingt mich, mich zusammenzunehmen und mich nicht gehenzulassen. Und er hat eine Zukunft. Ja, ich liebe ihn. Warum?«

»Ach, nichts weiter. Für mich ist es ein Steckenpferd, verstehen Sie. Ich begann es zu reiten, als mir das Leben schal vorkam, weil es eine so spannende Beschäftigung ist, und diese Spannung genieße ich bis zu einem gewissen Grade. Wenn alles auf dem Papier stünde, würde ich sie ganz auskosten. Ich liebe den Anfang einer Aufgabe – wenn man noch keine Ahnung hat und alles nur aufregend und unterhaltend ist. Aber wenn es soweit ist, daß man einen lebendigen Menschen überführt hat und der arme Kerl nun gehängt oder eingesperrt werden soll, dann scheint es mir keine Entschuldigung für meine Einmischung zu geben, da ich davon meinen Lebensunterhalt nicht zu bestreiten brauche. Und ich habe das Gefühl, daß ich es nie mehr unterhaltend finden würde. Aber das ist es dann doch wieder.«

Parker hatte dieser Rede aufmerksam zugehört. »Ich verstehe«, sagte er.

»Da ist zum Beispiel der alte Milligan«, fuhr Lord Peter fort. »In einem Buch wäre nichts lustiger, als den alten Milligan einzufangen. Aber wenn man mit ihm spricht, ist er ein anständiger, netter Kerl. Mutter hat ihn gern. Für mich hat er eine Vorliebe gefaßt. Es ist höchst unterhaltend, ihm alles mögliche über einen Basar zu wohltätigen Zwecken vorzuschwatzen; aber wenn er sich dann so darüber freut, komme ich mir gemein vor. Angenommen, der alte Milligan hat Levy die Kehle durchgeschnitten und ihn in der Themse versenkt. Es geht mich ja nichts an.«

»Es geht Sie ebenso an wie jeden«, entgegnete Parker. »Es ist nicht besser, es gegen Bezahlung zu tun, als es umsonst zu tun.«

»Doch«, sagte Peter eigensinnig. »Für den Lebensunterhalt zu sorgen, ist die einzige Entschuldigung für eine solche Tätigkeit.«

»Aber ich bitte Sie!« rief Parker. »Wenn Milligan den armen alten Levy umgebracht hat, nur um sich zu bereichern, sehe ich nicht ein, warum er sich loskaufen will, indem er tausend Pfund für das Kirchendach von Denver hergibt, oder warum man ihm vergeben soll, bloß weil er kindisch eitel oder kindisch snobistisch ist.«

»Das ist häßlich ausgedrückt.«

»Also gut, wenn Sie wollen, sogar weil er für Sie eine Vorliebe hat.«

»Nein, aber . . .«

»Sagen Sie, Wimsey – glauben Sie, daß er Levy wirklich ermordet hat?«

»Nun ja, es könnte sein.«

»Aber glauben Sie es?«

»Ich mag es nicht glauben.«

»Weil er eine Vorliebe für Sie hat?«

»Das beeinflußt mich natürlich . . .«

»Ich finde das einen berechtigten Einfluß. Sie glauben wohl nicht, daß ein bösartiger Mörder eine Vorliebe für Sie hegen würde?«

»Je nun ... außerdem habe ich auch eine Zuneigung zu ihm gefaßt.«
»Auch das wird wohl berechtigt sein. Sie haben ihn beobachtet und aus Ihren Beobachtungen unbewußt Schlüsse gezogen, und das Ergebnis ist, daß Sie ihn nicht verdächtigen. Nun, warum nicht? Sie dürfen das ruhig in Betracht ziehen.«
»Vielleicht irre ich mich aber, und er hat es doch getan.«
»Warum lassen Sie dann Ihren eitlen Stolz auf Ihre Menschenkenntnis der Entlarvung des kaltblütigen Mordes an einem unschuldigen und liebenswerten Menschen im Wege stehen?«
»Ich weiß – aber ich finde, daß ich nicht anständig spiele.«
»Schauen Sie, Peter«, sagte Parker ziemlich ernst, »treiben Sie sich doch einmal diesen Etoner Spielkomplex aus. Es scheint kein großer Zweifel zu bestehen, daß Sir Reuben Levy etwas Unangenehmes zugestoßen ist. Nennen wir es Mord, um der Sache mehr Nachdruck zu verleihen. Wenn man Sir Reuben ermordet hat, ist es dann ein Spiel? Und ist es richtig, es als ein Spiel zu betrachten?«
»Deshalb schäme ich mich ja auch«, antwortete Lord Peter. »Für mich ist es ein Sport, den ich fröhlich betreibe, und dann merke ich plötzlich, daß jemand etwas abbekommen wird, und ich möchte damit aufhören.«
»Ja, ja, ich weiß; aber das liegt daran, daß Sie an Ihre Einstellung denken. Sie möchten Sie selbst sein, Sie möchten hübsch aussehen, Sie möchten entweder artig durch eine Komödie tänzeln oder würdig durch eine Tragödie stelzen. Aber das ist kindisch. Wenn Sie der Gesellschaft nützlich sein wollen, indem Sie die Wahrheit über Morde herausfinden, müssen Sie sich so einstellen, wie es die Gelegenheit verlangt. Sie möchten elegant und locker sein? Das ist gut und schön, wenn Sie die Wahrheit auf diese Weise herausfinden; doch an sich hat es keinen Wert. Sie möchten würdig und fest wirken? Was hat das damit zu tun? Sie möchten um des Sportes willen einen Mörder jagen und ihm dann die Hand drücken und sagen: ›Gut gespielt – Pech – morgen sollen Sie Ihre Revanche haben!‹ Nein, das geht nicht. Das Leben ist kein Fußballmatch. Sie möchten ein Sportsmann sein. Sie können kein Sportsmann sein. Sie sind ein Mensch mit Verantwortung.«
»Ich glaube, Sie sollten nicht so viele theologische Bücher lesen«, erwiderte Lord Peter. »Das hat einen verrohenden Ein-

fluß.« Er stand auf und ging im Zimmer auf und ab, wobei er müßig über die Büchergestelle blickte. Dann setzte er sich wieder, stopfte seine Pfeife, zündete sie an und sagte: »Ich will Ihnen nun von dem wütenden, starrköpfigen Crimplesham erzählen.«

Er schilderte seinen Besuch in Salisbury. Nachdem Mr. Crimplesham sich seiner *bona fides* versichert hatte, war er aufgetaut und hatte ihm alle Einzelheiten von seinem Londoner Aufenthalt berichtet.

»Ich habe alles nachgeprüft«, seufzte Lord Peter, »und wenn er nicht halb Balham bestochen hat, besteht kein Zweifel, daß er dort übernachtet hat. Den Nachmittag hat er tatsächlich mit den Bankleuten verbracht. Und die Hälfte der Einwohner von Salisbury scheint ihn abreisen gesehen zu haben. Außer seinen Angehörigen und dem jungen Wicks würde niemand einen Gewinn von seinem Tode haben. Und selbst wenn der junge Wicks ihn gern aus dem Wege hätte, so wäre es ziemlich weit gegangen, einen Unbekannten in Thipps' Wohnung zu ermorden, um ihm Crimpleshams Kneifer auf die Nase zu setzen.«

»Wo war Wicks am Montag?« fragte Parker.

»Auf einem Ball beim Kantor«, antwortete Lord Peter wütend. »David – er heißt David – tanzte vor den Augen des Domkapitels.«

Es entstand eine Pause.

»Erzählen Sie mir von der Gerichtsverhandlung«, bat Wimsey. Parker kam dem Ersuchen mit einer zusammenfassenden Darlegung der Ereignisse nach.

»Glauben Sie, daß man die Leiche doch in der Wohnung hätte verstecken können?« fragte er dann. »Wir haben zwar nachgeschaut, aber vielleicht ist uns etwas entgangen.«

»Möglich. Aber Sugg hat auch nachgeschaut.«

»Sugg!«

»Sie sind ungerecht gegen Sugg«, tadelte Lord Peter. »Wenn etwas auf Thipps' Beteiligung an dem Verbrechen hingedeutet hätte, dann hätte Sugg es gefunden.«

»Wieso?«

»Wieso? Weil er darauf aus war. Er ist wie Ihre Kommentatoren des Galaterbriefes. Er meint, daß entweder Thipps oder Gladys Horrocks oder Gladys Horrocks' Freund der Täter ist. Darum fand er Spuren auf dem Fensterbrett, wo Gladys Horrocks' Freund eindringen oder Gladys etwas aushändigen konnte. Auf dem Dach fand er keine Spuren, weil er dort keine suchte.«

»Aber er schaute vor mir auf dem Dach nach.«

»Ja, doch nur um zu beweisen, daß dort keine Spuren waren. Er überlegt folgendermaßen: Gladys Horrocks' Freund ist Glaser. Darum hatte Gladys Horrocks' Freund schon eine Leiter. Darum kam Gladys Horrocks' Freund auf einer Leiter. Darum werden auf dem Fensterbrett Spuren sein und auf dem Dache keine. Auf dem Boden unten findet er keine Spuren; aber er meint, er hätte welche finden können, wenn der Hof nicht zufällig asphaltiert wäre. Ebenso meint er, Mr. Thipps kann die Leiche im Abstellraum oder sonstwo versteckt haben. Sie können darum sicher sein, daß er den Abstellraum und alle andern Orte auf Benutzungszeichen untersucht hat. Wären dort Spuren gewesen, so hätte er sie gefunden, weil er sie suchte. Folglich: Wenn er sie nicht fand, so deshalb, weil keine da waren.«

»Gut«, sagte Parker. »Hören Sie auf. Ich glaube Ihnen.«

Er berichtete nun von dem medizinischen Augenschein.

»Übrigens«, sagte Lord Peter, »um einen Augenblick auf den andern Fall umzuschalten, ist es Ihnen eingefallen, daß Levy am Montagabend vielleicht zu Freke ging?«

»Er ging tatsächlich hin«, bestätigte Parker ziemlich unerwartet und erzählte von seinem Gespräch mit dem Nervenspezialisten.

»Hm«, machte Lord Peter. »Finden Sie nicht auch, daß das sonderbare Fälle sind? Jede Nachforschung scheint im Sande zu verlaufen. Bis zu einem gewissen Punkt ist es sehr spannend, und dann kommt nichts dabei heraus. Wirklich wie bei Flüssen, die versickern.«

»Ja«, nickte Parker. »Noch einer ist heute vormittag versickert.«

»Was denn?«

»Oh, ich pumpte Levys Sekretär wegen dieses Unternehmens aus. Ich erfuhr nichts Wichtiges außer weiteren Einzelheiten über die argentinischen Aktien. Dann dachte ich, ich könnte mich in der Geschäftswelt auch nach den peruanischen Ölaktien erkundigen; aber Levy hat davon nicht einmal gehört, soviel ich festzustellen vermochte. Ich stöberte die Makler auf und fand viel Geheimnisvolles und Verborgenes, was ja im-

mer der Fall ist, wie Sie wissen, wenn jemand die Kurse beeinflußt hat, und schließlich merkte ich, daß ein einziger Name hinter all dem steckt. Aber nicht Levy.«
»Nein? Wer denn sonst?«
»Seltsamerweise Freke. Es sieht geheimnisvoll aus. Er kaufte vorige Woche eine Menge Aktien, ziemlich im geheimen, einige davon in seinem eigenen Namen, und dann verkaufte er sie still am Dienstag mit einem kleinen Gewinn – ein paar hundert Pfund. Man sollte meinen, das lohnte all die Mühe nicht.«
»Ich hätte nicht gedacht, daß er überhaupt spekuliert.«
»In der Regel tut er es auch nicht. Das ist das Sonderbare.«
»Na, man kann nie wissen«, sagte Lord Peter. »Die Menschen tun so etwas, nur um sich oder einem andern zu beweisen, daß sie auf diese Weise ein Vermögen erwerben könnten, wenn sie wollten. Ich habe das im kleinen auch schon gemacht.«
Er klopfte seine Pfeife aus und erhob sich, um zu gehen.
»Hören Sie, alter Freund«, begann er unvermittelt, als Parker ihn hinausbegleitete. »Haben Sie gemerkt, daß Frekes' Geschichte gar nicht mit dem zusammenpaßt, was Anderson von Levys guter Laune beim Nachtessen am Montagabend sagte? Wären Sie guter Laune, wenn Sie wüßten, daß mit Ihnen etwas nicht stimmt?«
»Nein«, erwiderte Parker. »Aber«, fügte er mit seiner üblichen Vorsicht hinzu, »manche Menschen machen im Wartezimmer des Zahnarztes Witze. Sie zum Beispiel.«
»Na ja, das ist wahr«, sagte Lord Peter und ging.

8

Lord Peter kam gegen Mitternacht nach Hause; er fühlte sich ungewöhnlich wach und unternehmungslustig. In seinem Kopf summte und schwirrte es wie in einem Bienenkorb, der mit einem Stock aufgestöbert worden ist. Es war ihm zumute, als stünde er vor einem schwierigen Rätsel, dessen Lösung man ihm einmal gesagt, er aber hätte sie vergessen und wäre immerzu nahe daran, sich zu erinnern.
›Irgendwo‹, sagte Lord Peter zu sich, ›irgendwo habe ich den

Schlüssel zu diesen beiden Dingen. Ich weiß, ich habe ihn, nur fällt mir nicht ein, was es ist. Jemand hat es mir gesagt. Vielleicht habe ich's gesagt. Ich kann mich nicht erinnern, wo, aber ich weiß, daß ich den Schlüssel habe.‹ Laut sagte er: »Gehen Sie zu Bett, Bunter. Ich werde noch ein wenig aufbleiben. Ich ziehe nur schnell meinen Schlafrock an.«

In seinem Pfauenschlafrock ließ er sich dann mit der Pfeife im Mund beim Kamin nieder. Er verfolgte diese und jene Linie der Nachforschungen – lauter Flüsse, die im Sande versickerten. Sie entsprangen dem Gedanken an Levy, der zuletzt um zehn Uhr in der Prince of Wales Road gesehen worden war. Sie liefen zurück von dem Bilde des grotesken Toten in Mr. Thipps' Badezimmer — sie liefen über das Dach und verloren sich – verloren sich im Sande – Flüsse, die im Sand versickerten – Flüsse, die unterirdisch strömten, sehr tief unten . . .

Dort strömte Alph, der heil'ge Fluß
Durch Höhlen, unermeßlich für den Menschen,
Hinab zu einem sonnenlosen Meer . . .

Indem Lord Peter den Kopf senkte, dünkte es ihn, als könnte er sie hören, ganz schwach, wie sie irgendwo in der Dunkelheit murmelten und rauschten. Aber wo? Er war überzeugt, daß irgend jemand es ihm einmal gesagt hatte; nur hatte er es vergessen.

Er stand auf, warf ein Holzscheit aufs Feuer und ergriff ein Buch, das der unermüdliche Bunter, mitten in der Aufregung besonderer Aufgaben auch seine Alltagspflichten erfüllend, vom Times-Bücherclub geholt hatte. Zufällig waren es Sir Julian Frekes »Physiologische Grundlagen des Gewissens«, deren Besprechung tags zuvor erschienen war.

›Das sollte ein gutes Schlafmittel sein‹, dachte Lord Peter. ›Wenn ich diese Probleme nicht in meinem Unterbewußtsein lassen kann, werde ich morgen schlapp wie ein nasser Waschlappen sein.‹

Er schlug das Buch langsam auf und überflog unaufmerksam das Vorwort.

›Ich möchte wissen, ob es wahr ist, daß Levy krank war‹, dachte er und ließ das Buch sinken. ›Es scheint mir unwahrscheinlich. Und doch – zum Kuckuck damit, ich will nicht mehr daran denken.‹

Entschlossen las er eine Weile.
›Ich glaube nicht, daß Mutter mit den Levys viel verkehrt hat‹, war der nächste zudringliche Gedankengang. ›Vater mochte Neureiche nicht und wollte sie nicht in Denver haben. Und der gute Gerald führt die Tradition weiter. Möchte wissen, ob sie Freke damals gut kannte. Mit Milligan scheint sie gut auszukommen. Ich kann mich auf Mutters Menschenkenntnis recht gut verlassen. Die Sache mit dem Basar hat sie großartig gemacht. Ich hätte sie warnen sollen. Sie sagte einmal etwas ...‹
Ein paar Minuten lang erging er sich in Erinnerungen, bis alles mit einem spöttischen Schwanzwedeln verschwand. Er nahm seine Lektüre wieder auf.
Plötzlich zuckte ihm ein anderer Gedanke durch den Kopf, den die Fotografie eines chirurgischen Experiments erweckt hatte. ›Wenn Frekes' und Watts' Aussagen nicht so positiv gewesen wären‹, sagte er sich, ›hätte ich nicht übel Lust, mich mit diesen Fäden am Schornstein näher zu befassen.‹
Er dachte darüber nach, schüttelte den Kopf und las entschlossen weiter.
Geist und Materie waren ein und dasselbe, das war das Thema des Arztes. Die Materie konnte in Ideen ausbrechen. Man konnte Leidenschaften mit dem Messer in das Gehirn schnitzen. Man konnte eine Vorstellung mit Rauschmitteln ausmerzen und eine veraltete Gewohnheit wie eine Krankheit heilen. »Das Wissen um Gut und Böse ist eine beobachtete Erscheinung; es beruht auf einer bestimmten Verfassung der Gehirnzellen, die sich ausmerzen läßt.« So lautete ein Satz; und weiter:
»Das Gewissen des Menschen kann tatsächlich mit dem Stachel einer Biene verglichen werden, der, weit davon entfernt, zum Wohlbefinden des Besitzers beizutragen, nicht einmal einen einzigen Augenblick funktionieren kann, ohne dessen Tod herbeizuführen. Sein Wert vom Standpunkt des Überlebens ist infolgedessen jedenfalls rein sozialer Art; und wenn die Menschheit von ihrer jetzigen Phase der sozialen Entwicklung jemals zu der eines höheren Individualismus übergeht, wie manche unserer Philosophen zu hoffen wagen, dürfen wir annehmen, daß dieses interessante geistige Phänomen allmählich verschwinden wird, genau wie die Muskeln und Nerven, mit denen früher die Bewegungen unserer Ohren und

unserer Kopfhaut bei allen Menschen mit Ausnahme einiger zurückgebliebener Individuen der Atrophie anheimgefallen und nur noch für den Physiologen von Interesse sind.«

›Wahrhaftig!‹ dachte Lord Peter müßig, ›das ist eine ideale Doktrin für den Verbrecher. Ein Mensch, der glaubte, würde niemals . . .‹

Und da trat es ein – das Ereignis, das er halb unbewußt erwartet hatte. So plötzlich, so unmißverständlich trat es ein wie der Sonnenaufgang. Es fiel ihm ein – nicht etwas Bestimmtes oder eine logische Folge von Dingen, sondern alles, das Ganze, vollkommen und in allen Dimensionen, als ob er außerhalb der Welt stünde und es im unendlichen dimensionalen Raume aufgehängt sähe. Er brauchte überhaupt nicht mehr zu überlegen oder darüber nachzudenken. Er wußte es.

Es gibt eine Rätselart, bei der man die Aufgabe hat, bestimmte Buchstaben umzustellen und daraus ein Wort zu bilden. Zum Beispiel:

PATEPNARK

Auf langsame Weise löst man dieses Rätsel, indem man es der Reihe nach mit allen Buchstabenkombinationen versucht und alle unmöglichen Verbindungen ausschaltet wie:

KRETP

Ein anderes Verfahren besteht darin, die zugeordneten Elemente so lange anzustarren, bis sich ohne einen faßbaren logischen Prozeß, vielleicht infolge einer zufälligen äußeren Anregung, die Buchstabenfolge.

TARNKAPPE

ganz von selbst ergibt. Danach braucht man die Buchstaben gar nicht mehr zu ordnen. Das Rätsel ist gelöst.

Ebenso formten sich die verstreuten Elemente zweier grotesker Rätsel, die in Lord Peters Kopf wie Kraut und Rüben durcheinandergeflogen waren, ganz plötzlich von selbst, so daß die Lösung mit einem Schlage da war. Ein Geräusch auf dem Dach des letzten Hauses – Levy in einer Regenpfütze, der mit einer Prostituierten in der Battersea-Road sprach – ein einzelnes rötliches Haar – Scharpiefäden – Inspektor Sugg, der den bedeutenden Chirurgen aus dem Seziersaal des Spitals herbeirief – Lady Levy mit einer Nervenstörung – der Geruch nach Karbolseife – die Stimme der Herzogin – »keine richtige Verlobung, nur eine gewisse Verständigung mit ihrem Vater«, – peruanische Ölaktien – die dunkle Haut und das

krumme, fleischige Profil des Mannes in der Badewanne – Dr. Grimbolds Aussage: »Meiner Ansicht nach ist der Tod erst mehrere Tage nach dem Schlag eingetreten« – Gummihandschuhe – sogar die schwache Stimme des Mr. Appledore: »Er kam einmal mit einer Kampfschrift gegen die Vivisektion« – alle diese Dinge und noch viele andere klangen zusammen und ergaben einen Ton, sie schwangen zusammen wie Glocken in einem Kirchturm, mit dem starken Tenor, der das Getöse übertönte: »Das Wissen um Gut und Böse ist eine Erscheinung des Gehirns und läßt sich ausmerzen, ausmerzen, ausmerzen. Das Wissen um Gut und Böse läßt sich ausmerzen.«
Lord Peter Wimsey war kein Mensch, der sich gewohnheitsmäßig sehr ernst nahm; aber diesmal war er richtig entsetzt. ›Es ist unmöglich‹, sagte seine Vernunft matt, ›*credo quia impossibile*‹, sagte seine innere Stimme mit unerschütterlicher Selbstgewißheit. ›Gut‹, sagte das Gewissen, das sich sogleich mit dem blinden Glauben verbündete, ›was gedenkst du nun zu tun?‹
Lord Peter stand auf und schritt im Zimmer auf und ab. ›Lieber Gott!‹ sagte er. ›Lieber Gott!‹ Er nahm »Who 's Who« von dem kleinen Bücherbord über dem Telefonapparat und suchte Trost in diesem Nachschlagewerk.

Freke, Sir Julian, Dr. med. Oberarzt am St. Lukas-Spital, Battersea. Geb. 16. März 1872 in Gryllingham, einziger Sohn von Edward Curzon Freke. *Bildungsgang:* Harrow und Trinity College in Cambridge. Ehemals Mitglied des Medizinischen Militäramtes. *Publikationen:* Anmerkungen über die pathologischen Aspekte des Genies, 1892; Statistische Beiträge zum Studium der Kinderlähmung in England und Wales, 1894; Funktionelle Störungen des Nervensystems, 1899; Cerebrospinale Erkrankungen, 1904; Das Grenzgebiet der Geisteskrankheiten, 1906; Untersuchung der Behandlung mittelloser Geisteskranker in England, 1906; Moderne Entwicklung der Psychotherapie, 1910; Kriminelle Geistesgestörtheit. 1914; Anwendung der Psychotherapie bei der Behandlung von Nervenerschütterung, 1917; Strukturelle Modifikationen bei Neurosen, 1920; *Clubs:* White's, Oxford und Cambridge, Alpine usw. *Freizeitbeschäftigung:* Schach, Bergsteigen, Angelsport. *Adresse:* 282 Harley Street und St. Lukas-Spital, Prince of Wales Road, Battersea-Park, S. W. 11.

Er warf das Buch fort: ›Bestätigung!‹ stöhnte er. ›Als ob ich sie noch brauchte!‹
Er setzte sich wieder und vergrub das Gesicht in den Händen. Ganz plötzlich fiel ihm ein, wie er vor Jahren vor dem Frühstückstisch in Schloß Denver gestanden hatte – ein kleiner, schmaler Knabe in blauer Hose mit heftig klopfendem Herzen. Die andern waren noch nicht heruntergekommen. Auf dem Tisch stand ein großer Silberkessel mit einem Spirituskocher, und das Wasser brodelte in der Kaffeemaschine. Er hatte an der Tischtuchecke gezupft – zupfte noch stärker, und der Kessel kippte, und alle Teelöffel klirrten. Er packte das Tischtuch mit festem Griff und zog kräftig – noch jetzt fühlte er die Spannung, als der Kessel und die Kaffeemaschine und das ganze Rosenthal-Service mit gewaltigem Krachen niederstürzten – er erinnerte sich an das entsetzte Gesicht des Dieners und an den Aufschrei einer zu Gast weilenden Dame.
Ein Holzscheit zerbrach und sank in eine weiße Ascheflocke zusammen. Ein später Lastwagen ratterte am Fenster vorbei.
Mr. Bunter, der den Schlaf des braven und getreuen Dieners schlief, wurde in tiefer Nacht von einem heiseren Geflüster geweckt: »Bunter!«
»Ja, Mylord?« sagte Bunter, richtete sich auf und knipste das Licht an.
»Machen Sie das Licht aus, Sie Wahnsinniger!« sagte die Stimme. »Horchen Sie ... da drüben ... können Sie's hören?«
»Es ist nichts, Mylord«, entgegnete Bunter, stieg rasch aus dem Bett und faßte nach seinem Herrn. »Es ist gut; gehen Sie schnell zu Bett, ich bringe Ihnen ein paar Tropfen Brom. Oh, Sie zittern ja ... Sie haben zu lange aufgesessen.«
»Pscht! Nein, nein – es ist das Wasser«, sagte Lord Peter mit klappernden Zähnen. »Es steht ihnen da unten bis zu den Hüften, den armen Teufeln. Aber horchen Sie! Hören Sie's nicht? Peng, peng, peng – sie unterminieren uns – aber ich weiß nicht, wo – ich kann es nicht hören – ich kann nicht. Horchen Sie doch! Da ist es wieder – wir müssen es finden – wir müssen es aufhalten ... Horchen Sie! O Gott! Ich kann es nicht hören – ich höre nichts wegen des Gewehrlärms. Können sie nicht mit dem Schießen aufhören?«
»Du meine Güte!« sagte Bunter zu sich selbst. »Nein, nein – es ist gut, Herr Major – machen Sie sich keine Sorgen.«
»Aber ich höre es«, widersprach Peter.

»Ich auch«, antwortete Mr. Bunter mannhaft. »Man hört es gut, Mylord. Das sind unsere eigenen Sappeure, die im nächsten Schützengraben arbeiten. Regen Sie sich deshalb nicht auf, Sir.«
Lord Peter packte seinen Arm mit fieberheißer Hand. »Unsere eigenen Sappeure? Bestimmt?«
»Ganz bestimmt«, bekräftigte Mr. Bunter fröhlich.
»Sie werden den Turm umlegen«, sagte Lord Peter.
»Sicher, und zwar sehr sauber. Kommen Sie nur und ruhen Sie sich ein bißchen aus, Sir – die andern haben diesen Abschnitt hier übernommen.«
»Ist es wirklich nicht gefährlich, ihn zu verlassen?«
»Ganz ungefährlich, Sir«, beschwichtigte Mr. Bunter, zog den Arm seines Herrn unter den seinen und führte ihn aus seinem Zimmer.
Lord Peter ließ sich ohne weiteren Widerstand zu Bett bringen und ein Mittel eingeben. Mr. Bunter, der in seinem gestreiften Pyjama und mit dem zerzausten dunklen Haar ganz und gar nicht bunterhaft aussah, saß neben ihm und betrachtete grimmig die scharfen Backenknochen seines Herrn und die roten Flecken unter den Augen.
›Dachte, wir hätten diese Anfälle überstanden‹, sagte er zu sich. ›Hat sich überanstrengt. Schläft er?‹ Ein liebevoller Ton kam in seine Stimme: »Kleiner Dummkopf!« sagte Wachtmeister Bunter.

9

Als Mr. Parker, der nach Piccadilly 110a gerufen worden war, am nächsten Morgen dort ankam, stellte er fest, daß die Herzoginwitwe die Zügel ergriffen hatte. Sie begrüßte ihn liebenswürdig.
»Ich nehme den dummen Jungen übers Wochenende nach Denver«, sagte sie und wies auf Lord Peter, der gerade schrieb und den Eintritt seines Freundes nur mit einem kurzen Nicken zur Kenntnis nahm. »Er hat sich übernommen – ist in Salisbury und überall herumgelaufen und nie mehr zu Bett gegangen – Sie sollten ihn wirklich nicht dazu ermuntern, Mr. Parker, das ist sehr unrecht von Ihnen. Da weckt er den armen

Bunter mitten in der Nacht mit Schreckgesichten aus dem Krieg auf, als ob das nicht seit Jahren vorbei wäre. Ewig hat er keinen solchen Anfall mehr gehabt; aber nun haben wir's! Nerven sind etwas Sonderbares, und Peter litt schon an Angstträumen, als er noch ganz klein war. Oft wollte er natürlich bloß sein kleines Kopfkissen haben; aber 1918 war er ja so schlimm daran, wie Sie wissen, und ich glaube, in ein paar Jahren lassen sich die Schrecknisse eines Krieges nicht vergessen. Eigentlich sollte ich ja dankbar sein, daß meine beiden Söhne mit dem Leben davongekommen sind. Immerhin, ein wenig Frieden und Ruhe in Denver werden ihm nichts schaden.«

»Tut mir leid, daß es Ihnen schlecht ging, alter Freund«, sagte Parker unbestimmt mitfühlend. »Sie sehen etwas angegriffen aus.«

»Charles«, sagte Lord Peter mit völlig ausdrucksloser Stimme, »ich gehe zwei Tage fort, weil ich Ihnen in London doch nichts nützen kann. Was augenblicklich zu tun ist, das wird viel besser von Ihnen erledigt als von mir. Bringen Sie das hier bitte sofort nach Scotland Yard –« er faltete sein Schreiben und steckte es in einen Umschlag – »und lassen Sie es an alle Armenhäuser, Spitäler, Polizeistationen, Männerherbergen und dergleichen in London gehen. Es ist die Beschreibung des Toten in der Badewanne, wie er aussah, bevor er rasiert und gewaschen wurde. Ich möchte wissen, ob irgendein Mann, auf den die Beschreibung paßt, in den letzten vierzehn Tagen, tot oder lebendig, irgendwo aufgenommen worden ist. Sprechen Sie mit Sir Andrew Mackenzie persönlich, er soll das Schriftstück sofort hinausgehen lassen. Sagen Sie ihm, Sie hätten die Probleme von dem Mord an Levy und dem Battersea-Geheimnis gelöst –« Mr. Parker stieß einen Ruf der Verwunderung aus, den sein Freund nicht beachtete – »und bitten Sie ihn, einen Haftbefehl auszustellen, damit Sie einen sehr gefährlichen und wichtigen Verbrecher jederzeit verhaften können. Wenn die Antworten auf dieses Schriftstück einlaufen, achten Sie auf jede Erwähnung des St. Lukas-Spitals oder irgendeiner Person, die mit dem St. Lukas-Spital zusammenhängt, und benachrichtigen Sie mich dann sofort. Inzwischen knüpfen Sie – wie, ist mir gleich – mit einem der Studenten im St. Lukas-Spital Bekanntschaft an. Aber sagen Sie dort nichts von Morden und Haftbefehlen, sonst landen Sie in einer Zwangsjacke.

Ich komme zurück, sobald ich von Ihnen höre, und ich erwarte, daß ich zu meiner Begrüßung einen lieben, begabten Knochensäger vorfinden werde.« Er lächelte schwach.
»Soll das heißen, daß Sie der Sache auf den Grund gekommen sind?« fragte Parker.
»Ja. Ich kann mich irren. Hoffentlich irre ich mich; aber ich weiß, daß es stimmt.«
»Sie wollen es mir wohl nicht sagen?«
»Lieber nicht, offen gestanden. Wie gesagt, ich könnte mich irren, und dann wäre mir zumute, als ob ich den Erzbischof von Canterbury verleumdet hätte.«
»Verraten Sie mir wenigstens – ist es ein Geheimnis, oder sind es zwei?«
»Eins.«
»Sie sprachen von dem Mord an Levy. Ist Levy tot?«
»Lieber Gott – ja!« sagte Peter schaudernd.
Die Herzogin, die den »Tatler« las, blickte auf und fragte: »Peter, bekommst du wieder Schüttelfrost? Worüber ihr beide auch reden mögt, hört sofort damit auf, wenn es dich aufregt. Außerdem ist es Zeit, daß wir gehen.«
»Schön, Mutter«, sagte Peter. Er wandte sich an Bunter, der mit einem Mantel und einem Koffer respektvoll an der Türe stand. »Sie wissen doch, was Sie zu tun haben, nicht wahr?«
»Durchaus, Mylord. Der Wagen ist soeben vorgefahren, Durchlaucht.«
»Und Mrs. Thipps sitzt darin«, sagte die Herzogin. »Sie wird sich freuen, dich wiederzusehen, Peter. Du erinnerst sie an Mr. Thipps. Auf Wiedersehen, Bunter.«
»Auf Wiedersehen, Durchlaucht.«
Parker begleitete sie hinunter.
Als sie abgefahren waren, betrachtete er verständnislos den Umschlag in seiner Hand. Doch dann fiel ihm ein, daß Samstag war, weswegen Eile not tat, und er rief ein Taxi an.
»Scotland Yard!« wies er den Chauffeur an.

Am Dienstagmorgen streiften Lord Peter und ein Mann in Manchesterjoppe fröhlich durch Rübenfelder, die schon vom frühen Frost gelb angetönt waren. Ein Stückchen vor ihnen verriet eine wellenförmige Bewegung unter den Blättern die unsichtbare, doch immer nahe Gegenwart eines jungen Setters des Herzogs von Denver. Plötzlich flog ein Rebhuhn mit einem Lärm wie von einer Knarre auf, und Lord Peter schoß es ab – sehr zielsicher für einen Menschen, der vor einigen Tagen erst eingebildete deutsche Sappeure gehört hatte. Der junge Setter sprang vergnügt durch die Rüben und brachte den toten Vogel.

»Braver Hund«, lobte Lord Peter.

Dadurch ermutigt, machte der Hund einige lächerliche Freudensprünge und bellte.

»Ein dummes Tier«, sagte der Mann in der Manchesterjoppe. »Kann sich nicht still verhalten. Zu nervös, Mylord. Einer von Black Lass' letztem Wurf.«

»Du meine Güte«, erwiderte Lord Peter, »lebt die alte Hündin immer noch?«

»Nein, Mylord, wir mußten sie im Frühling abtun.«

Peter nickte. Er behauptete immer, er hasse das Landleben und sei froh, nichts mit dem Familiengut zu tun zu haben; aber an diesem Morgen hatte er die prickelnde Luft und die um seine blankgeputzten Stiefel zischenden Blätter genossen. In Denver ging alles seinen ordentlichen Gang; niemand starb plötzlich oder erlitt einen gewaltsamen Tod außer bejahrten Hunden – und Rebhühnern, um genau zu sein. Mit Vergnügen atmete er die Herbstgerüche ein. In der Tasche hatte er einen Brief, der mit der Morgenpost gekommen war; aber er wollte ihn noch nicht lesen. Parker hatte nicht telegrafiert; es eilte also nicht.

Er las den Brief nach dem Mittagessen im Rauchzimmer. Sein Bruder war zugegen, über der »Times« dösend – ein rechter, sauberer Engländer, festgeformt und konventionell, ähnlich wie Heinrich VIII. in seiner Jugend; Gerald, der sechzehnte Herzog von Denver. Der Herzog fand seinen jüngeren Bruder ziemlich entartet und nicht ganz gute Klasse; er hegte eine Abneigung gegen dessen Vorliebe für das Polizeiwesen.

Der Brief war von Mr. Bunter.

Mylord,

ich schreibe, um Eure Lordschaft, wie gewünscht, vom Ergebnis meiner Untersuchungen in Kenntnis zu setzen.

Ich hatte keine Schwierigkeiten, mit Sir Julian Frekes Diener Bekanntschaft zu schließen. Er verkehrt im selben Klub wie der Diener des ehrenwerten Frederick Arbuthnot, mit dem ich befreundet bin, und der gern bereit war, mich vorzustellen. Er nahm mich gestern abend (Sonntag) in den Klub mit, und wir aßen mit dem Mann, der John Cummings heißt, und nachher lud ich Cummings zu einem Getränk und einer Zigarre in die Wohnung ein. Eure Lordschaft werden entschuldigen, daß ich das getan habe; es ist ja nicht meine Gewohnheit; aber ich habe immer die Erfahrung gemacht, daß man das Vertrauen eines Dieners am besten gewinnt, wenn man ihn glauben läßt, daß man sich die Abwesenheit des Vorgesetzten zunutze macht.

(›Ich hatte schon immer den Verdacht, daß Bunter die menschliche Natur studiert‹, dachte Lord Peter.)

Ich setzte ihm den besten alten Portwein vor (›Du Teufelskerl!‹ dachte Lord Peter), da ich Sie und Mr. Arbuthnot darüber reden gehört hatte (›Hm‹, machte Lord Peter).

Die Wirkung entsprach ganz meiner Erwartung hinsichtlich meines Vorhabens; aber ich muß zu meinem Bedauern sagen, daß er dazu eine Zigarre rauchte (eine von Ihren Villary Villars). Eure Lordschaft werden begreifen, wenn ich mich dazu jetzt nicht weiter äußere; aber Eure Lordschaft werden mit mir fühlen. Darf ich bei dieser Gelegenheit meine dankbare Schätzung dafür ausdrücken, daß Eure Lordschaft in bezug auf Essen, Trinken und Kleidung einen so ausgezeichneten Geschmack haben? Es ist, mit Verlaub zu sagen, mehr als ein Vergnügen, Eurer Lordschaft zu dienen – es ist bildend.

Lord Peter neigte ernst das Haupt.

»Was treibst du eigentlich, Peter, sitzt und nickst und grinst wie ein ich weiß nicht was?« fragte der Herzog, der plötzlich aus seinem Nickerchen aufgefahren war. »Angenehme Nachrichten, was?«

»Sehr angenehme.«

Der Herzog betrachtete ihn zweifelnd. ›Hoffentlich geht er nicht hin und heiratet eine Ballettratte‹, sagte er im stillen und kehrte zu seiner »Times« zurück.

Beim Essen hatte ich mich bemüht, Cummings' Vorlieben herauszubekommen, und festgestellt, daß er eine Schwäche für Operette und Varieté hat. Beim ersten Glas lenkte ich das Gespräch auf dieses Gebiet, da Eure Lordschaft mir freundlicherweise Gelegenheit gegeben hatten, alle Vorstellungen in London zu sehen, und ich sprach freier, als ich es sonst für schicklich halte, um mich bei ihm beliebt zu machen. Ich muß sagen, daß seine Ansichten über Frauen und über die Bühne so sind, wie sie bei einem Manne, der zum Portwein Eurer Lordschaft raucht, zu erwarten sind.

Beim zweiten Glas berührte ich die Tätigkeit Eurer Lordschaft. Um Zeit zu sparen, werde ich unser Gespräch in Dialogform beschreiben, möglichst genauso, wie es sich abgewickelt hat.

Cummings: Sie scheinen viel Gelegenheit zu haben, vom Leben etwas zu sehen, Mr. Bunter.

Bunter: Dazu hat man immer Gelegenheit, wenn man weiß, wie man sie findet.

Cummings: Oh, Sie haben leicht reden, Mr. Bunter. Erstens einmal sind Sie nicht verheiratet.

Bunter: Da weiß ich Besseres, Mr. Cummings.

Cummings: Ich auch – jetzt, nachdem es zu spät ist. (Er seufzte tief, und ich schenkte ihm nach).

Bunter: Lebt Ihre Frau mit Ihnen in Battersea?

Cummings: Ja, wir sind beide bei meinem Herrn tätig. So ein Leben! Ich kann Ihnen sagen, es ist langweilig, so ganz unter uns in der verdammten Vorstadt Battersea zu leben.

Bunter: Natürlich nicht sehr praktisch für den Besuch der Operette.

Cummings: Glauben Sie mir, Sie haben's gut hier am Piccadilly, mittendrin, könnte man sagen. Und Ihr Herr ist wohl oft den ganzen Abend weg?

Bunter: Oh, häufig, Mr. Cummings.

Cummings: Dann machen Sie sich wohl die Gelegenheit zunutze, auch jedesmal auszufliegen, was?

Bunter: Na, was meinen Sie wohl, Mr. Cummings?

Cummings: Aha, da haben wir's! Aber was kann man machen, wenn man einen dummen Zankteufel zur Frau hat und einen verfluchten Wissenschaftler zum Vorgesetzten, der den ganzen Abend Leichen aufschneidet und mit Fröschen experimentiert?

Bunter: Sicher geht er doch auch manchmal aus.

Cummings: Nicht oft. Und immer kommt er vor zwölf zurück. Und wehe, wenn er läutet und man nicht zu Stelle ist! Ich gebe Ihnen mein Wort, Mr. Bunter.

Bunter: Wird er wütend?

Cummings: Nei . . . ein – aber er schaut einen eklig an, als ob

man aur seinem Operationstisch läge und er wollte einen aufschneiden. Nichts, worüber man sich wirklich beklagen könnte, Mr. Bunter, nur unangenehme Blicke. Er ist immer korrekt. Entschuldigt sich, wenn er rücksichtslos war. Aber was nützt das, wenn er es war und einem den Schlaf geraubt hat?
Bunter: Wie denn? Müssen Sie lange aufbleiben?
Cummings: O nein, mitnichten. Um halb elf wird das Haus geschlossen, und alle gehen zu Bett. Das ist die Regel. Diese Regelmäßigkeit ist trübselig. Aber wenn ich zu Bett gehe, möchte ich wenigstens meine Ruhe haben.
Bunter: Was tut er denn? Läuft er im Haus herum?
Cummings: Und wie! Die ganze Nacht. Zur Privattür hinaus ins Spital und zurück.
Bunter: Soll das heißen, Mr. Cummings, daß ein bedeutender Spezialist wie Sir Julian Freke Nachtbesuche im Spital macht?
Cummings: Nein, nein. Er erledigt seine eigene Arbeit – Forschungsarbeit, wie man sagt. Seziert Leichen. Da soll er sehr viel können. Wie ein Uhrwerk kann er Sie oder mich auseinandernehmen, Mr. Bunter, und wieder zusammensetzen.
Bunter: Schlafen Sie denn unten, daß Sie ihn so deutlich hören?
Cummings: Nein, unser Schlafzimmer ist ganz oben. Aber, mein Gott! was nützt das? Er knallt die Türen, daß man es im ganzen Hause hört.
Bunter: Oh, darauf muß ich Lord Peter oft aufmerksam machen. Und Gerede die ganze Nacht. Und Bäder.
Cummings: Jawohl, Bäder! Neben dem Zimmer, wo meine Frau und ich schlafen, ist die Wasserleitung. Ein Lärm, daß Tote erwachen würden. Zu jeder Stunde. Wann, meinen Sie, hat er vorigen Montagabend gebadet, Mr. Bunter?
Bunter: Ich kenne solche, die um zwei Uhr nachts baden, Mr. Cummings.
Cummings: So? Na, das war um drei. Um drei Uhr nachts wurden wir dadurch geweckt. Mein Ehrenwort.
Bunter: Was Sie nicht sagen, Mr. Cummings!
Cummings: Er seziert herum, und dann mag er nicht zu Bett gehen, ehe er die Bazillen abgewaschen hat, wenn Sie mich verstehen. Das ist ja ganz natürlich. Aber ich finde, mitten in der Nacht sollte man sich nicht mit Krankheiten befassen.
Bunter: Diese großen Leute haben ihre eigene Anschauung.
Cummings: Na, ich kann nur sagen, ich habe eine andere.

(Das glaubte ich gern. Mylord. Cummings hat nichts von Größe, und seine Beinkleider sind nicht so, wie ich sie bei einem Menschen seines Berufes sehen möchte.)
Bunter: Wird es bei ihm immer so spät, Mr. Cummings?
Cummings: Nein, nicht in der Regel, könnte man sagen. Er entschuldigte sich auch am Morgen und sagte, er würde die Wasserleitung nachsehen lassen – das ist meiner Meinung nach wirklich notwendig; denn in die Rohre dringt Luft ein, und das Gurgeln und Rauschen ist fürchterlich. Wie ein Niagara, wenn Sie mich verstehen, Mr. Bunter, mein Ehrenwort.
Bunter: Nun, das ist doch ganz in Ordnung, Mr. Cummings. Mit einem Herrn, der so viel Lebensart hat, sich zu entschuldigen, kann man viel machen. Manchmal können sie natürlich nichts dafür. Da bekommen sie unerwarteten Besuch, der lange bleibt.
Cummings: Das stimmt, Mr. Bunter. Richtig, nun fällt's mir ein, am Montagabend war tatsächlich Besuch da. Er kam zwar nicht spät; aber er blieb ungefähr eine Stunde, und dadurch geriet Sir Julian vielleicht ins Hintertreffen.
Bunter: Sehr wahrscheinlich. Darf ich Ihnen noch Portwein einschenken, Mr. Cummings? Oder etwas von Lord Peters altem Kognak?
Cummings: Etwas Kognak. Besten Dank, Mr. Bunter. Vermutlich sind Sie hier der Kellermeister. (Er zwinkerte mir zu.)
»Darauf können Sie sich verlassen«, sagte ich, und ich holte ihm den Napoleon. Ich versichere Eurer Lordschaft, es ging mir nahe, ihn einem solchen Menschen vorzusetzen. Doch da ich sah, daß wir ihn auf dem richtigen Weg hatten, fand ich es keine Verschwendung.
»Ich wünschte, hier kämen abends immer nur Herren her«, sagte ich. (Eure Lordschaft werden diese Andeutung wohl entschuldigen.)
(›Lieber Gott‹, dachte Lord Peter, ›wenn Bunter doch in seinen Methoden weniger gründlich wäre.‹)
Cummings: Oh, so ist seine Lordschaft, ja? (Er kicherte und stieß mich in die Seite. Ich unterschlage hier einen Teil des Gesprächs, der Eure Lordschaft ebenso verletzen könnte, wie er mich verletzt hat. Er fuhr dann fort:) Nein, bei Sir Julian gibt's nichts dergleichen. Sehr wenig Gäste abends und immer Herren. Sie gehen in der Regel auch immer früh wie der, den ich erwähnte.

Bunter: Das ist doch schön, Mr. Cummings. Ich finde nichts ermüdender, als aufbleiben zu müssen, um die Gäste zur Türe zu begleiten.
Cummings: Oh, ich habe den Besucher nicht hinausbegleitet. Sir Julian brachte ihn selbst so gegen zehn Uhr. Ich hörte den Herrn »Gute Nacht« rufen, und dann ging er.
Bunter: Tut Sir Julian das immer?
Cummings: Das hängt davon ab. Wenn er mit den Besuchern unten sitzt, läßt er sie selbst hinaus; wenn er sie oben im Arbeitszimmer empfängt, klingelt er nach mir.
Bunter: Mit diesem Gast saß er also unten?
Cummings: Ja. Sir Julian machte ihm auf, wie ich mich erinnere. Er arbeitete zufällig gerade in der Halle. Doch da fällt mir ein . . . nachher gingen sie ins Arbeitszimmer hinauf. Das ist komisch. Ich weiß, sie gingen hinauf; denn ich trug Kohlen in die Halle, und da hörte ich sie oben. Außerdem läutete Sir Julian ein paar Minuten später im Arbeitszimmer nach mir. Jedenfalls hörten wir den Besucher um zehn gehen oder vielleicht etwas früher. Er war nicht einmal dreiviertel Stunden geblieben. Aber wie gesagt, dann knallten die ganze Nacht die Türen, um drei Uhr badete Sir Julian, und um acht wollte er schon sein Frühstück haben – das ärgert mich. Wenn ich so reich wäre wie er . . . verflucht noch mal, dann würde ich nicht mitten in der Nacht an Leichen herumfummeln. Ich wüßte mit meiner Zeit Besseres anzufangen, was, Mr. Bunter . . .
Ich brauche von seinen Reden nichts mehr zu wiederholen, da sie unerfreulich und zusammenhanglos wurden, und ich konnte ihn nicht mehr auf die Ereignisse vom Montagabend zurückbringen. Es war unmöglich, ihn vor drei Uhr loszuwerden. Er fiel mir weinend um den Hals und sagte, ich sei ein Glückspilz und Sie wären der richtige Herr für ihn. Er sagte, Sir Julian würde sehr böse auf ihn sein, weil er so spät nach Hause käme; aber Sonntagabends habe er frei, und wenn es Vorwürfe absetzte, wollte er kündigen. Ich glaube, es wäre nicht ratsam, wenn er das täte; denn er ist kein Diener, den ich mit gutem Gewissen empfehlen könnte, wenn ich an Sir Julian Frekes Stelle wäre. Es fiel mir auf, daß seine Absätze etwas schiefgelaufen waren.
Als Lob für den Keller Eurer Lordschaft möchte ich noch hinzufügen, daß ich, obwohl ich genötigt war, eine etwas große Quantität sowohl vom Cockburn 1868 als auch vom Napo-

leon 1800 zu genehmigen, heute morgen kein Kopfweh oder sonstwelche Beschwerden habe.
In der Hoffnung, daß Eure Lordschaft sich in der Landluft gut erholen und daß sich die kleine Information, die ich zu erlangen vermochte, als befriedigend erweisen wird, verbleibe ich mit untertänigsten Grüßen an alle Angehörigen

Ihr sehr ergebener
Mervyn Bunter.

›Wahrhaftig‹, sagte Lord Peter nachdenklich zu sich selbst, ›manchmal habe ich das Gefühl, daß Mervyn Bunter sich über mich lustig macht.‹ Er fuhr auf: »Was gibt's, Soames?«
»Ein Telegramm, Mylord.«
»Von Parker«, sagte Lord Peter und riß das Telegramm auf. Darin stand:
»Armenhaus Chelsea Beschreibung erkannt. Unbekannter Landstreicher vorige Woche Mittwoch bei Verkehrsunfall verletzt. Starb Montag Armenhaus. Auf Frekes Wunsch gleichen Abends ins Lukas-Spital überführt. Mir rätselhaft. Parker.«
»Hurra!« rief Lord Peter, dessen Augen plötzlich blitzten. »Freut mich, daß ich Parker Rätsel aufgebe. Das verleiht mir Selbstvertrauen. Dadurch fühle ich mich wie Sherlock Holmes. ›Ganz einfach, Watson.‹ Trotzdem – zum Kuckuck mit allem! Es ist eine abscheuliche Sache. Immerhin, Parker steht vor einem Rätsel.«
»Was ist los?« fragte der Herzog und stand gähnend auf.
»Marschorder«, antwortete Lord Peter. »Ich muß in die Stadt zurück. Vielen Dank für deine Gastfreundschaft, Alter – ich fühle mich viel, viel besser. Bin wieder zu allen Schandtaten bereit.«
»Ich wünschte, du würdest dich von den Polizeigeschichten fernhalten«, knurrte der Herzog. »Es ist so peinlich für mich, einen Bruder zu haben, der sich hervortut.«
»Tut mir leid, Gerald. Ich weiß, ich bin ein schlimmer Flecken auf dem Wappenschild.«
»Warum heiratest du nicht, wirst seßhaft, führst ein ruhiges Leben und tust etwas Nützliches?« fragte der Herzog unbesänftigt.
»Weil das einen Mißerfolg gäbe, wie du recht gut weißt«, versetzte Lord Peter. »Außerdem«, fügte er fröhlich hinzu, »tue ich immerzu etwas Nützliches. Vielleicht brauchst du mich

eines Tages selbst; man kann nie wissen. Wenn dich einmal jemand erpreßt, Gerald, oder wenn deine erste Frau unerwartet aus Westindien auftaucht, wird dir klar werden, wie gut es ist, einen Privatdetektiv in der Familie zu haben. ›Delikate Angelegenheiten werden mit Takt und Diskretion erledigt. Untersuchungen aller Art. Spezialität Scheidungsgründe. Alle Garantie!‹ Komm jetzt.«

»Esel!« sagte Lord Denver und warf die Zeitung heftig in seinen Sessel. »Wann willst du den Wagen haben?«

»Fast gleich. Höre, Jerry, ich nehme Mutter mit.«

»Warum muß sie denn auch hineinverwickelt werden?«

»Ach, ich brauche ihre Hilfe.«

»Ich finde das unschicklich«, sagte der Herzog.

Die Herzoginwitwe aber erhob keinen Einwand.

»Ich kannte sie recht gut, als sie noch Christine Ford war«, sagte sie. »Warum, Jungchen?«

»Weil man ihr eine schreckliche Neuigkeit über ihren Mann mitteilen muß«, antwortete Lord Peter.

»Ist er tot?«

»Ja; und sie muß ihn identifizieren.«

»Die arme Christine.«

»Unter sehr abstoßenden Umständen, Mutter.«

»Ich komme mit dir, Jungchen.«

»Vielen Dank, Mutter, du bist ein Prachtskerl. Hast du etwas dagegen, sofort deine Sachen zusammenzupacken und gleich mit mir zu fahren? Ich erzähle dir alles unterwegs.«

10

Mr. Parker, ein getreuer, jedoch ungläubiger Thomas, hatte sich pflichtschuldigst seines Medizinstudenten versichert, eines großen jungen Mannes gleich einem überstreckten Welpen mit unschuldigen Augen und sommersprossigem Gesicht. Er saß auf dem Sofa vor Lord Peters Kaminfeuer in der Bibliothek, gleichermaßen verwirrt durch seinen Auftrag, seine Umgebung und das Getränk, welches er in sich aufnahm. Sein Gaumen, obzwar ungeschult, war natürlich gut, und er war sich darüber klar, daß es Frevel gewesen wäre, diese Flüssigkeit einfach als alkoholisches Getränk zu bezeichnen – diesen

Ausdruck benutzte er gewöhnlich für billigen Whisky, Nachkriegsbier oder ein zweifelhaftes Glas Claret in einem Restaurant in Soho; dies war etwas außerhalb seiner normalen Erfahrung: Ein Genius in einer Flasche.
Der Mann namens Parker, den er am vergangenen Abend zufällig in der Wirtschaft an der Ecke der Prince of Wales Road kennengelernt hatte, schien ein guter Kerl zu sein. Er hatte darauf bestanden, ihn zu seinem Freund mitzunehmen, der prächtig am Piccadilly wohnte. Parker war ganz verständlich; er hielt ihn für einen Staatsbeamten oder vielleicht irgendeinen Geschäftsmann. Dieser Freund hingegen war rätselhaft; erstens einmal war es ein Lord, und sein Anzug war gewissermaßen ein Vorwurf für die Welt im allgemeinen. Er redete den tollsten Unsinn, aber auf verwirrende Weise. Er schöpfte einen Scherz nicht aus, sondern machte ihn leichthin, sozusagen im Vorbeigehen, und schaltete auf etwas anderes um, ehe man eine Entgegnung bereit hatte. Er hatte einen wahrhaft gräßlichen Diener – die Sorte, von der man in Büchern liest – der einem mit seiner stummen Kritik das Mark in den Knochen gefrieren ließ. Parker schien die Anspannung gut zu ertragen, und deshalb stieg Parker in der Achtung; er mußte an den Umgang mit dem Großen mehr gewöhnt sein, als man nach seinem Aussehen gedacht hätte. Man fragte sich, was der Teppich gekostet haben mochte, auf dem Parker achtlos Zigarrenasche verstreute – der Vater war Tapezierer, Mr. Piggott von der Firma Piggott & Piggot in Liverpool – und man verstand genug von Teppichen, um zu wissen, daß man bei diesem den Preis nicht einmal erraten konnte. Wenn man den Kopf auf dem üppigen Seidenkissen im Sofawinkel bewegte, verspürte man den Wunsch, man hätte sich öfter und sorgfältiger rasiert. Das Sofa war ein Ungeheuer – trotzdem schien es kaum groß genug, einen Menschen zu fassen. Dieser Lord Peter war nicht sehr groß – ja, er war eher ein kleiner Mann; aber er wirkte nicht klein. Er sah richtig aus; er vermittelte einem das Gefühl, daß es ordinär wäre, eins sechsundachtzig zu sein. Aber alle verhielten sich sehr anständig, niemand sagte etwas, das man nicht verstand, oder rümpfte die Nase. Ringsum auf den Gestellen standen erschreckend tiefsinnig aussehende Bücher, und man hatte in einen Dante-Band geblickt, der auf dem Tisch lag; aber der Gastgeber sprach ganz vernünftig und normal über die Bücher, die man selbst las –

gute Liebesgeschichten und Kriminalromane. Deren hatte man eine Menge gelesen, so daß man sich darüber äußern konnte, und die andern hörten zu, was man zu sagen hatte, obwohl Lord Peter auch eine sonderbare Art hatte, über Bücher zu reden, als ob der Autor sich ihm vorher anvertraut und ihm erzählt hätte, wie die Geschichte zusammengesetzt war und welchen Teil er zuerst geschrieben hatte. Das erinnerte an die Art und Weise, wie der alte Freke eine Leiche in Bestandteile zerlegte.

»Was ich gegen die Detektivgeschichten einzuwenden habe«, sagte Mr. Piggott, »das ist die Fähigkeit der Leute, sich an jedes kleine bißchen zu erinnern, das sie in den letzten sechs Monaten erlebt haben. Sie wissen immer über die Tageszeit Bescheid, ob es geregnet hat oder nicht, und was sie an dem und dem Tage getrieben haben. Sie haspeln es ab wie ein Gedicht. Im wirklichen Leben geht es aber nicht so zu, finden Sie nicht auch, Lord Peter?« Lord Peter lächelte, und der junge Piggott, den sogleich Verwirrung ergriff, wandte sich an seinen älteren Bekannten: »Sie wissen, was ich meine, Parker. Also. Ein Tag gleicht dem andern so sehr, daß ich bestimmt nicht mehr wüßte . . . na, schön, ich kann mich vielleicht an gestern erinnern, aber ich wüßte sicher nicht mehr, was ich vorige Woche getan habe, und wenn ich deshalb erschossen würde.«

»Ja«, stimmte Parker zu, »und die Aussagen bei der Einvernahme klingen ebenso unmöglich. In Wirklichkeit geht es ja auch nicht so zu. Ich meine, ein Mensch sagt nicht einfach: ›Vorigen Freitag ging ich um zehn Uhr ein Kalbskotelett kaufen. Als ich in die Mortimer Street einbog, sah ich ein etwa zweiundzwanzigjähriges junges Mädchen mit schwarzem Haar und braunen Augen, bekleidet mit grünem Pullover, kariertem Rock, Strohhut und schwarzen Schuhen, auf einem Royal-Sunbeam-Fahrrad mit ungefähr fünfzehn Stundenkilometer Geschwindigkeit bei der St. Simons-Kirche auf der falschen Straßenseite zum Marktplatz fahren!‹ Darauf läuft es zum Schluß natürlich hinaus, aber das wird durch eine Reihe von Fragen allmählich hervorgeholt.

»Und in knappgefaßten Romanen muß es in Tatsachenform dargestellt werden«, fiel Lord Peter ein, »weil der wahre Dialog zu lang und verwickelt wäre, und niemand hätte die Geduld, das zu lesen. Schriftsteller müssen an ihre Leser denken.«

»Ja«, sagte Mr. Piggott, »aber ich wette, die meisten Leute hätten allerhand Mühe, sich zu erinnern, auch wenn man sie befragt. Mir würde es so gehen ... allerdings bin ich ein bißchen langsam im Kopf; doch das sind schließlich die meisten, nicht wahr? Sie wissen schon, was ich meine. Zeugen sind keine Detektive, sie sind einfach Durchschnittsidioten wie Sie und ich.«
»Ganz recht«, antwortete Lord Peter und lächelte, als die Bedeutung des letzten Satzes dem unglückseligen Frevler aufging. »Sie meinen, wenn ich Sie ganz allgemein fragen würde, was Sie ... sagen wir, heute vor einer Woche getan haben, dann könnten Sie es mir nicht so ohne weiteres sagen?«
»Sicher nicht.« Mr. Piggott überlegte. »Ich war im Spital wie gewöhnlich, glaube ich, und da es ein Dienstag war, hatte ich wohl irgendeine Vorlesung — verflixt, ich weiß nicht, welche — und abends ging ich mit Tommy Pringle aus – nein, das muß am Montag gewesen sein – oder war es Mittwoch? Ich sage Ihnen, ich könnte nichts beschwören.«
»Sie tun sich selber unrecht«, erwiderte Lord Peter ernst. »Ich bin überzeugt, Sie wissen zum Beispiel noch, was Sie an dem Tage im Seziersaal gemacht haben.«
»Himmel, nein! Nicht bestimmt. Das heißt, vielleicht fällt es mir ein, wenn ich lange nachdenke; aber ich könnte es nicht vor Gericht beschwören.«
»Ich wette mit Ihnen um eine halbe Krone gegen sechs Pence, daß es Ihnen in fünf Minuten einfällt«, sagte Lord Peter.
»Ich kann es sicher nicht.«
»Wir werden ja sehen. Führen Sie Buch über Ihre Sezierarbeit? Notizen, Zeichnungen oder etwas Ähnliches?«
»O ja.«
»Denken Sie daran. Was war Ihre letzte Eintragung?«
»Das ist leicht, weil ich sie erst heute vormittag machte. Es waren Beinmuskeln.«
»Aha. Wen sezierten Sie?«
»Eine alte Frau, die an Pneumonie gestorben war.«
»Aha. Blättern Sie in Gedanken Ihr Heft zurück. Was kam davor?«
»Ach, einige Tiere – immerzu Beine. Ich befasse mich augenblicklich mit den motorischen Muskeln. Ja, da war Cunninghams Demonstration über vergleichende Anatomie. Es gelang mir einiges mit einem Hasen- und einem Froschbein und mit

den Rudimentärbeinen einer Schlange.«
»Aha. An welchem Tag hält Mr. Cunningham Vorlesung?«
»Freitags.«
»Freitag also. Blättern Sie weiter zurück. Was kam davor?«
Mr. Piggott schüttelte denKopf.
»Fangen Ihre Beinzeichnungen auf einer rechten oder auf einer linken Seite an? Sehen Sie die erste Zeichnung vor sich?«
»Ja – ja – ich sehe das Datum oben. Es ist ein Schnitt eines Froschbeins auf der rechten Seite.«
»Aha. Denken Sie an das aufgeschlagene Heft. Was ist gegenüber?«
Das erforderte einige geistige Konzentration.
»Etwas Rundes — Farbiges — richtig, ja, eine Hand.«
»Aha. Sie kamen von den Hand- und Armmuskeln zu Bein- und Fußmuskeln?«
»Ja, das stimmt. Ich habe eine ganze Reihe von Armzeichnungen gemacht.«
»Aha. Haben Sie sie am Donnerstag gemacht?«
»Nein. Donnertags bin ich nie im Seziersaal.«
»Vielleicht am Mittwoch?«
»Ja; ich muß sie am Mittwoch gemacht haben. Ja, stimmt. Ich ging in den Seziersaal, nachdem wir am Morgen die Tetanuspatienten gesehen hatten. Ich machte sie am Mittwochnachmittag. Ich weiß noch, ich ging zurück, weil ich sie beenden wollte. Ich arbeitete sehr angespannt — ganz allein. Daher weiß ich es noch.«
»Aha, Sie gingen zurück, um die Arbeit zu beenden. Wann hatten Sie sie denn angefangen?«
»Na, am Tag vorher.«
»Am Tag vorher. Das war am Dienstag, nicht?«
»Ich habe nicht mehr nachgezählt – ja, der Tag vor Mittwoch – ja, Dienstag.«
»Aha. Waren es Männer- oder Frauenarme?«
»Oh, Männerarme.«
»Aha. Vorigen Dienstag, heute vor einer Woche, haben Sie im Seziersaal den Arm eines Mannes seziert. Sechs Pence, bitte.«
«Wahrhaftig!«
»Warten Sie einen Augenblick. Sie wissen noch viel mehr. Sie haben keine Ahnung, wieviel Sie wissen. Sie wissen auch, was für ein Mann es war.«
»Oh, ich sah ihn gar nicht ganz, verstehen Sie. Ich kam da-

mals etwas verspätet, wie ich mich erinnere. Ich hatte mir eigens einen Arm erbeten, weil ich in Armen etwas schwach war, und Watts – das ist der Wärter – hatte mir versprochen, mir einen aufzuheben.«
»Aha. Sie kamen zu spät, und Ihr Arm wartete auf Sie. Sie sezierten ihn – nahmen Ihre Schere und schlitzten die Haut auf und klammerten sie zurück. War es junge, straffe Haut«?
»O nein – nein. Gewöhnliche Haut, glaube ich – mit dunklen Haaren – ja, das stimmt.«
»Aha. Ein magerer, sehniger Arm vielleicht ohne Fett?«
»Ach nein – darüber ärgerte ich mich ein wenig. Ich wollte einen guten, muskulösen Arm haben; aber er war ziemlich armselig entwickelt, und das Fett war mir im Wege.«
»Aha, ein Mann mit sitzender Lebensweise, der keine manuelle Arbeit geleistet hat.«
»Das ist richtig.«
»Sie sezierten zum Beispiel die Hand und machten eine Zeichnung davon. Schwielen wären Ihnen wohl aufgefallen.«
»Davon war nichts vorhanden.«
»Aber würden Sie sagen, daß es der Arm eines jungen Mannes war? Festes junges Fleisch und lockere Gelenke?«
»Nein – nein.«
»Alt und sehnig vielleicht?«
»Nein. Von mittlerem Alter – rheumatisch. Ich meine, in den Gelenken hatte sich Kalk abgelagert, und die Finger waren etwas geschwollen.«
»Aha. Ein etwa fünfzigjähriger Mann.«
»Da herum.«
»Arbeiteten noch andere Studenten an derselben Leiche?«
»O ja.«
»Und sie machten wohl alle die üblichen Witze darüber?«
»Ich nehme es an – o ja!«
»Sie erinnern sich an einige. Wer ist bei Ihnen der Witzbold?«
»Tommy Pringle.«
»Was machte Tommy Pringle?«
»Das weiß ich nicht mehr.«
»Wo arbeitete Tommy Pringle?«
»Drüben beim Instrumentenschrank – im Abschnitt C.«
»Stellen Sie sich Tommy Pringle dort vor.«
Piggott lachte. »Jetzt weiß ich es wieder. Tommy Pringle sagte, der alte Beau ... «

»Warum nannte er ihn einen Beau?«
»Das weiß ich nicht. Ich weiß aber, daß er ihn so nannte.«
»Vielleicht sah er so aus. Sahen Sie seinen Kopf?«
»Nein.«
»Wer hatte denn den Kopf?«
»Ich weiß nicht – ach, doch. Der alte Freke sackte den Kopf selbst ein, und der kleine Bouncible Binns war deshalb wütend, weil man ihm einen Kopf versprochen hatte, den er bei Scrooger vornehmen wollte.«
»Ich verstehe. Was machte Sir Julian mit dem Kopf?«
»Er rief uns zu sich und ließ eine Rede vom Stapel über Spinalhämorrhagie und Nervenläsionen.«
»Aha. Kehren wir zu Tommy Pringle zurück.«
Tommy Pringles Scherz wurde wiederholt, nicht ohne einige Verlegenheit.
»War das alles?«
»Nein. Der Student, der mit Tommy zusammen arbeitete, sagte, so etwas käme von Völlerei.«
»Vermutlich interessierte sich Tommy Pringles Kollege für den Verdauungstrakt.«
»Ja; und Tommy sagte, wenn er wüßte, daß man im Armenhaus so ernährt würde, ginge er auch dorthin.«
»Der Mann war also ein armer Schlucker aus dem Armenhaus?«
»Nun, das muß er wohl gewesen sein, nehme ich an.«
»Sind die Armenhausinsassen gewöhnlich dick und wohlgenährt?«
»Ach nein – wenn ich mir's überlege, in der Regel nicht.«
»Tommy Pringle und seinem Freund fiel es demnach auf, daß sich dieses Objekt von den üblichen Armenhausleichen unterschied?«
»Ja.«
»Und wenn der Verdauungstrakt für diese Herren so unterhaltsam war, dann war das Objekt wohl kurz nach einer üppigen Mahlzeit gestorben?«
»Ja – o ja – das muß er wohl, nicht wahr?«
»Ach, ich weiß nicht«, sagte Lord Peter. »Das schlägt ja in Ihr Gebiet. Sie würden es aber nach dem, was Ihre Kollegen sagten, annehmen?«
»O ja. Zweifellos.«
»Sie würden zum Beispiel solche Bemerkungen nicht erwarten,

wenn der Mann lange krank gewesen und mit Krankensuppen ernährt worden wäre?«
»Natürlich nicht.«
»Da sehen Sie, wieviel Sie in Wirklichkeit von ihm wissen. Vorigen Dienstag sezierten Sie die Armmuskeln eines rheumatischen Juden mittleren Alters, der eine sitzende Lebensweise geführt hat, der kurz nach einer schweren Mahlzeit gestorben ist, und zwar infolge einer Verletzung, die Spinalhämorrhagie und Nervenläsionen und so weiter hervorrief, und der angeblich aus dem Armenhaus kam.«
»Ja.«
»Könnten Sie einen Eid auf diese Tatsachen leisten, wenn es nötig wäre?«
»Nun ja, wenn man's so nimmt, könnte ich das wohl.«
»Natürlich könnten Sie's.«
Mr. Piggott saß eine Weile in Gedanken versunken.
»Hören Sie«, sagte er schließlich, »das wußte ich tatsächlich alles, wie?«
»O ja, Sie wußten es – wie Sokrates' Sklave.«
»Wer ist das?«
»Eine Gestalt in einem Buch, das ich einmal als Kind las.«
»Oh . . . kommt er in den ›Letzten Tagen von Pompeji‹ vor?«
»Nein, in einem andern Buch. Sie kennen es wahrscheinlich nicht. Es ist ziemlich langweilig.«
»Ich las als Kind nicht sehr viel außer Indianerbüchern. Ich habe also ein recht gutes Gedächtnis, nicht wahr?«
»Sie haben ein besseres Gedächtnis, als Sie sich selbst zutrauen.«
»Warum kann ich mir dann all das medizinische Zeug nicht merken? Da ist mein Kopf wie ein Sieb.«
»Tja, warum geht das nicht?« erwiderte Lord Peter, der vor dem Kamin stand und lächelnd seinen Gast betrachtete.
»Nun ja«, sagte der junge Mann, »die Professoren, die uns prüfen, stellen nicht auf die gleiche Weise Fragen wie Sie.«
»Nein?«
»Nein, sie überlassen das Erinnern uns allein. Und das ist ekelhaft schwer. Gar kein Anhaltspunkt, verstehen Sie? Aber sagen Sie, woher wußten Sie eigentlich, daß Tommy Pringle unser Witzbold ist, und daß . . .«
»Ich wußte es gar nicht; Sie sagten es mir.«
»Aber woher wußten Sie, daß er überhaupt da war, als Sie

fragten? Ich meine ...« Mr. Piggott verwirrte sich durch Einflüsse, die mit seinem eigenen Verdauungstrakt zusammenhingen. »Sind Sie eigentlich sehr schlau, oder bin ich sehr dumm?«

»Nein, nein«, erwiderte Lord Peter, »ich stelle immer so dumme Fragen, daß jeder denkt, ich müßte damit etwas Besonderes meinen.«

Das war zu verwickelt für Mr. Piggott.

»Macht nichts«, beschwichtigte Parker; »er ist immer so. Sie müssen es nicht beachten. Er kann nichts dafür. Das ist eine vorzeitige Senilität, die man bei alten Geschlechtern oft beobachtet. Gehen Sie, Wimsey, und spielen Sie uns die ›Dreigroschenoper‹ vor oder sonst etwas.«

»Das genügt, was?« sagte Lord Peter, als der beglückte Mr. Piggott nach einem wirklich genußvollen Abend gegangen war.

»Ich fürchte«, antwortete Parker. »Aber es dünkt mich fast unglaublich.«

»Es gibt nichts Unglaubliches in der menschlichen Natur«, sagte Lord Peter, »wenigstens nicht beim gebildeten Menschen. Haben Sie den Exhumierungsbefehl?«

»Ich bekomme ihn morgen. Ich wollte mich mit den Leuten vom Armenhaus für morgen nachmittag verabreden. Ich muß erst mit ihnen sprechen.«

»Da haben Sie recht. Ich werde meiner Mutter Bescheid sagen.«

»Es geht mir wie Ihnen, Wimsey. Mir gefällt diese Arbeit nicht.«

»Mir gefällt sie jetzt viel besser.«

»Sind Sie wirklich sicher, daß Sie sich nicht irren?«

Lord Peter war zum Fenster geschlendert. Der Vorhang war nicht ganz zugezogen, und er blickte durch den Spalt auf den erleuchteten Piccadilly hinaus.

»Wenn wir uns irren«, sagte er, »dann werden wir's morgen erfahren, und dann ist nichts Böses geschehen. Aber ich glaube, Sie werden auf dem Heimweg eine gewisse Bestätigung finden. Hören Sie, Parker, an Ihrer Stelle würde ich hier übernachten. Ich habe ein Gastzimmer, ich kann Sie gut unterbringen.«

Parker starrte ihn an. »Glauben Sie, daß man mich überfallen wird?«

»Ich halte es für sehr wahrscheinlich.«
»Ist jemand auf der Straße?«
»Jetzt nicht. Vor einer halben Stunde war jemand da.«
»Als Piggott fortging?«
»Ja.«
»Hoffentlich ist der Junge nicht in Gefahr.«
»Deshalb ging ich mit hinunter. Ich glaube nicht. Man wird wohl nicht annehmen, daß wir Piggott ins Vertrauen gezogen haben. Aber ich glaube, wir beide sind in Gefahr. Wollen Sie nicht bleiben?«
»Verdammt will ich sein, Wimsey, warum soll ich kneifen?«
»Unsinn!« sagte Peter, »Sie würden kneifen, wenn Sie mir glauben würden! Und warum auch nicht? Sie glauben mir eben nicht. Ja, Sie zweifeln immer noch, daß ich auf der richtigen Spur bin. Gehen Sie meinetwegen; aber sagen Sie nicht, ich hätte Sie nicht gewarnt.«
»Mit meinem letzten Atemzug werde ich einen Brief diktieren, daß ich überzeugt war.«
»Gehen Sie aber nicht zu Fuß – nehmen Sie ein Taxi.«
»Gut, das will ich tun.«
»Und lassen Sie niemand einsteigen.«
»Nein.«
Es war eine rauhe, unfreundliche Nacht. Ein Taxi setzte nebenan eine Ladung Leute ab, die aus dem Theater zurückkehrten, und Parker sicherte sich den Wagen. Er wollte dem Chauffeur gerade seine Adresse angeben, als ein Herr hastig aus einer Seitenstraße herbeigeeilt kam. Er war in Frack und Überzieher. Er winkte heftig.
»Sir! Sir! Du meine Güte, das ist ja Mr. Parker. Was für ein Glück! Würden Sie so freundlich sein – wurde aus dem Club weggerufen – ein kranker Freund – wenn ich mit Ihnen das Taxi teilen dürfte – Sie fahren doch nach Bloomsbury? Ich muß zum Russell Square – wenn ich mich erkühnen darf – es geht um Leben und Tod.«
Er sprach mit abgehacktem Keuchen, als ob er schnell und weit gelaufen wäre. Parker stieg prompt aus dem Wagen aus.
»Es ist mir ein Vergnügen, Ihnen zu Diensten zu sein, Sir Julian«, sagte er. »Nehmen Sie mein Taxi. Ich selbst will zur Graven Street; aber ich habe keine Eile. Bitte benutzen Sie den Wagen.«
»Das ist sehr liebenswürdig von Ihnen«, erwiderte der Arzt.

»Ich schäme mich ...«
»Geht in Ordnung«, fiel Parker fröhlich ein. »Ich kann warten.« Er half Freke in das Taxi. »Welche Nummer? Russell Square 24, Chauffeur, und fahren Sie bitte schnell.«
Der Wagen fuhr ab. Parker erstieg wieder die Treppe und läutete bei Lord Peter.
»Danke, alter Freund«, sagte er. »Ich möchte doch hier übernachten.«
»Treten Sie ein«, sagte Wimsey.
»Haben Sie das gesehen?« fragte Parker.
»Ich sah etwas. Was war eigentlich los?«
Parker schilderte sein Erlebnis. »Offen gestanden«, schloß er, »ich hielt Sie für ein bißchen verrückt; aber jetzt bin ich nicht mehr so sicher.«
Peter lachte. »Gesegnet sind, die nicht gesehen und dennoch geglaubt haben. Bunter, Mr. Parker übernachtet bei uns.«
»Hören Sie, Wimsey, schauen wir uns die Sache noch einmal an. Wo ist der Brief?«
Lord Peter brachte Bunters Bericht in Dialogform herbei. Parker las ihn eine Weile schweigend.
»Wissen Sie, Wimsey, mir widerstrebt dieser Gedanke zuinnerst.«
»Mir auch, alter Freund. Darum möchte ich ja unseren Chelsea-Landstreicher ausgraben. Aber bringen Sie nur Ihre Einwände vor.«
»Also ...«
»Ich maße mir keineswegs an, alle offenen Fragen beantworten zu können. Aber wir haben zwei geheimnisvolle Vorfälle in einer Nacht und eine lückenlose Kette, die beide miteinander verbindet, und zwar durch eine bestimmte Person. Es ist grausig, aber nicht undenkbar.«
»Ja, das alles weiß ich. Es sind aber auch ein paar ganz entschiedene Steine des Anstoßes vorhanden.«
»Gewiß. Doch passen Sie auf. Einerseits verschwand Levy, nachdem er zuletzt um neun Uhr auf der Suche nach der Prince of Wales Road gesehen worden war. Am folgenden Morgen um acht Uhr wurde ein Toter, der ihm im großen ganzen nicht unähnlich war, in einem Badezimmer der Queen Caroline Mansions gefunden. Levy wollte, wie Freke selbst zugegeben hat, Freke aufsuchen. Durch das Armenhaus in Chelsea haben wir erfahren, daß ein Toter, auf den die Beschreibung

der Battersea-Leiche in ihrem natürlichen Zustand paßt, an diesem Tage Freke übergeben wurde. Wir haben Levy mit einer Vergangenheit und keiner Zukunft, einen unbekannten Landstreicher mit einer Zukunft (auf dem Friedhof) und keiner Vergangenheit, und Freke steht zwischen Zukunft und Vergangenheit der beiden.«

»Das sieht ganz richtig aus . . .«

»Ja. Nun weiter: Freke hat ein Motiv, Levy loszuwerden: Alte Eifersucht.«

»Sehr alt – kein sehr starkes Motiv.«

»So etwas ist schon vorgekommen. Sie meinen wohl, alte Eifersucht könnte nicht zwanzig Jahre lang wachbleiben. Die primitive, brutale Eifersucht vielleicht nicht. Aber die verletzte Eitelkeit wurmt weiter. Die Demütigung nagt. Und wir haben alle eine empfindliche Stelle, die keine Berührung verträgt. Ich habe sie, und Sie haben sie. Jeder Mann ist verletzlich, wenn er als Mann verschmäht wird – die Enttäuschung nimmt man hin, aber die Demütigung nicht. Ich kannte einmal einen Mann, der von seiner Verlobten verletzt worden war. Er sprach recht nett von ihr. Ich fragte ihn, was aus ihr geworden sei. ›Ach‹, sagte er, ›sie hat den andern geheiratet.‹ Und dann platzte er heraus – konnte sich nicht mehr halten: ›Himmel, ja! Wenn ich daran denke! Wegen eines Schotten den Laufpaß zu erhalten!‹ Ich weiß nicht, was er gegen die Schotten hatte; aber das war für ihn der Stachel. Schauen Sie sich Freke an. Ich habe seine Bücher gelesen. Er greift seine Gegner wild an. Dabei ist er ein Wissenschaftler. Aber er kann keine Opposition ertragen, nicht einmal bei seiner Arbeit, auf einem Gebiet also, wo jeder bedeutende Mann höchst vernünftig und großzügig ist. Glauben Sie, er könnte es hinnehmen, auf einem Nebengebiet von einem andern geschlagen zu werden? Auf dem empfindlichsten Nebengebiet des Mannes? Da sind die Menschen besonders von sich eingenommen und hartnäckig. Ich sehe rot, wenn man meine Beurteilung von Büchern anzweifelt. Und Levy – der vor zwanzig Jahren ein Niemand war – bricht ein und entführt Frekes Schatz vor dessen Nase. Es ist nicht die Frau, derentwegen Freke sich grämt, sondern die Tatsache, daß er, der Aristokrat, von einem kleinen jüdischen Niemand ausgestochen worden ist. – Noch etwas. Freke hat noch ein Nebengebiet. Er liebt das Verbrechen. In seinem kriminologischen Buch befaßt er sich mit einem abgebrühten Mörder. Ich habe es gelesen, und mir ist die Bewunderung zwischen den Zeilen aufgefallen, sooft er über ein abgefeimtes, mit Erfolg verübtes Verbrechen schreibt. Er spart seine Verachtung für die Opfer oder die Reuigen oder für die Menschen, die den Kopf verlieren und sich erwischen lassen. Seine Helden sind Edmond de la Pommerais, der seine Geliebte überredete, an ihrer eigenen Ermordung mitzuwirken, und der für seine Badewannenmorde berühmte George Joseph Smith, der seine Frau nachts leidenschaftlich liebte und seinen Plan ausführte, um sie am Morgen zu ermorden. Er findet ja, das Gewissen sei eine Art Wurmfortsatz. Weg damit, und man fühlt sich viel besser. Freke läßt sich von den üblichen Gewissensbissen nicht anfechten. Davon zeugen seine eigenen Bücher. Nun zurück. Der Mann, der Levys Stelle einnahm, kannte das Haus: Freke kannte das Haus. Er war rothaarig, kleiner als Levy, aber nicht sehr viel kleiner, da er Levys Kleider tragen konnte, ohne lächerlich zu wirken. Sie haben Freke gesehen, Sie kennen seine Größe – etwa eins dreiundsechzig, schätze ich – und seine rotbraune Mähne. Wahrscheinlich trug er die Gummihandschuhe eines Arztes: Freke ist Arzt. Es war ein methodischer, kühner Mann: Chirurgen müssen sowohl methodisch als auch kühn sein. Betrachten Sie nun die andere Seite. Der Mann, der die Battersea-Leiche bei Thipps ablieferte, mußte Zugang zu Leichen haben. Er mußte sich auf die schnelle, kaltblütige Behandlung einer Leiche verstehen. All das trifft auf Chirurgen zu. Er mußte stark sein, um den Toten über die Dächer in Thipps' Badewanne zu schaffen. Freke verfügt über Bärenkräfte und ist Mitglied des Alpenclubs. Wahrscheinlich trug er Gummihandschuhe und ließ die Leiche mittels einer Bandage vom Dach hinunter. Auch das weist auf einen Arzt hin. Zweifellos wohnte der Täter in der dortigen Gegend. Das eine Dienstmädchen, mit dem Sie sprachen, hörte auf dem Dach des letzten Hauses in der Reihe einen Bums. Das ist das Haus neben Freke. Von welcher Seite wir Freke auch betrachten, immer führt er uns irgendwohin, während Milligan, Thipps, Crimplesham und alle andern, die wir mit unserm Verdacht beehrt haben, nirgendshin führen.«

»Ja; aber es ist nicht ganz so einfach, wie Sie meinen. Was machte Levy auf diese heimliche Weise bei Freke am Montagabend?«

»Da haben Sie ja Frekes Erklärung.«

»Unsinn, Wimsey. Sie sagten selbst, das genügt nicht.«

»Ausgezeichnet. Es genügt nicht. Folglich hat Freke gelogen. Und wieso lügt er, wenn er keinen Grund hat, die Wahrheit zu verbergen?«

»Aber wozu erwähnt er es dann überhaupt?«

»Weil Levy entgegen aller Erwartung an der Ecke der Straße gesehen worden ist. Das war für Freke ein unangenehmer Zufall. Er hielt es für das beste, mit einer Erklärung zuvorzukommen. Er rechnete natürlich damit, daß niemand Levy mit Battersea-Park in Verbindung bringen würde.«

»Wir kommen also zur ersten Frage zurück: Warum ging Levy dorthin?«

»Das weiß ich nicht; aber er muß einen Grund gehabt haben. Warum kaufte Freke all die peruanischen Ölaktien?«

»Das weiß ich nicht«, antwortete Parker seinerseits.

»Jedenfalls erwartete Freke ihn«, fuhr Wimsey fort, »und traf Vorbereitungen, ihn selbst einzulassen, so daß Cummings den Besucher nicht sah.«

»Der Besucher ging aber um zehn Uhr fort.«

»O Charles! Das hätte ich von Ihnen nicht gedacht. Das ist ja die reinste Suggerei! Wer sah ihn fortgehen? Jemand sagte ›Gute Nacht‹ und ging die Straße hinunter. Und Sie glauben, daß es Levy war, weil Freke sich nicht die Mühe gab, zu erklären, er wäre es nicht gewesen.«

»Meinen Sie, Freke wäre fröhlich nach Park Lane gegangen und hätte Levy zurückgelassen – tot oder lebendig –, so daß Cummings ihn finden konnte?«

»Wir haben Cummings' Wort, daß dem nicht so war. Nachdem sich die Schritte vom Hause entfernt hatten, läutete Freke einige Minuten später im Arbeitszimmer und trug Cummings auf, für die Nacht abzuschließen.«

»Dann . . .«

»Das Haus wird wohl eine Seitentür haben, nehme ich an. Sie wissen ja, daß man von dort ins Spital gelangt – Cummings sagte es Ihnen.«

»Nun ja . . . und wo war Levy?«

»Levy ging in das Arbeitszimmer hinauf und kam nie mehr hinunter. Sie waren in Frekes Arbeitszimmer. Wo hätten Sie ihn versteckt?«

»Nebenan im Schlafzimmer.«

»Dann hat Freke ihn dort versteckt.«

»Aber wenn Cummings hineingegangen wäre, um das Bett zurechtzumachen?«
»Betten werden vor zehn Uhr von der Haushälterin zurechtgemacht.«
»Ja ... Aber Cummings hörte Freke die ganze Nacht im Haus.«
»Er hörte ihn zwei-, dreimal aus- und eingehen. Das war für ihn nichts Neues.«
»Soll das heißen, daß Freke die ganze Arbeit vor drei Uhr nachts erledigt hatte?«
»Warum nicht?«
»Schnelle Arbeit.«
»Nun, nennen Sie es schnelle Arbeit. Außerdem, wieso um drei Uhr? Cummings sah ihn erst wieder, als Freke um acht Uhr sein Frühstück haben wollte.«
»Aber er nahm um drei ein Bad.«
»Ich behaupte nicht, daß er nicht vor drei von Park Lane zurückkam. Aber ich nehme nicht an, daß Cummings durchs Schlüsselloch guckte, um zu sehen, ob Freke im Bad war.«
Parker überlegte wieder. »Und was ist mit Crimpleshams Kneifer?« fragte er dann.
»Das ist ein bißchen geheimnisvoll«, räumte Lord Peter ein.
»Und warum Thipps' Badezimmer?«
»Tja, warum? Reiner Zufall vielleicht – oder reine Teufelei.«
»Glauben Sie, Wimsey, daß dieser ganze verwickelte Plan in einer Nacht ausgeheckt werden konnte?«
»Mitnichten. Er wurde geschmiedet, als der Mann, der eine oberflächliche Ähnlichkeit mit Levy hatte, in das Armenhaus kam. Es blieben Freke mehrere Tage.«
»Ich verstehe.«
»Freke verriet sich beim Verhör. Er und Grimbold waren in bezug auf die Krankheitsdauer verschiedener Meinung. Wenn ein kleiner Mann wie Grimbold (im Verhältnis gesehen) gegenüber einem Manne wie Freke eine andere Ansicht zu äußern wagt, fühlt er sich seiner Sache sicher.«
»Dann hat Freke – wenn Ihre Theorie stimmt – einen Fehler gemacht.«
»Ja, einen leichten. Er hütete sich mit unnötiger Vorsicht, in irgendeinem Kopf – sagen wir, im Kopf des Armenhaus-Arztes – einen Gedankengang zu wecken. Bis dahin hatte er mit der Tatsache gerechnet, daß die Menschen kein zweites Mal über

etwas nachdenken (sagen wir, über eine Leiche), dem schon einmal Rechnung getragen worden ist.«
»Wodurch hat er den Kopf verloren?«
»Durch eine Kette unvorhergesehener Zufälle. Levy ist erkannt worden – meiner Mutter Sohn hat törichterweise durch ein Inserat in der ›Times‹ seine Beziehung zu der Battersea-Seite des Geheimnisses bekanntgegeben – Inspektor Parker (dessen Bild in letzter Zeit von der Presse hervorgehoben wurde) sprach während der Untersuchung mit der Herzogin von Denver. Sein Lebensziel bestand darin, zu verhindern, daß die beiden Seiten des Rätsels miteinander verkettet würden. Und da waren zwei Glieder – buchstäblich nebeneinander. Viele Verbrecher verderben sich alles durch Übervorsicht.«
Parker schwieg.

11

»Eine richtige Erbsensuppe, wahrhaftig«, sagte Lord Peter.
Parker knurrte und kämpfte sich gereizt in seinen Mantel.
»Es gibt mir die größte Befriedigung, mit Verlaub zu sagen«, fuhr der edle Lord fort, »daß bei einer Zusammenarbeit wie der unseren alle uninteressante und unangenehme Alltagsarbeit von Ihnen erledigt wird.«
Parker knurrte wieder.
»Glauben Sie, daß Sie bei der Verhaftung Schwierigkeiten haben werden?« fragte Lord Peter.
Parker knurrte zum drittenmal.
»Sie haben doch wohl dafür gesorgt, daß die ganze Sache geheimgehalten wird?«
»Selbstverständlich.«
»Haben Sie die Leute im Armenhaus zum Schweigen verpflichtet?«
»Selbstverständlich.«
»Auch die Polizei?«
»Ja.«
»Sonst wäre wahrscheinlich niemand zu verhaften.«
»Mein lieber Wimsey, halten Sie mich für einen Dummkopf?«
»Eine solche Hoffnung hatte ich nicht.«

Parker knurrte zum letztenmal und ging.
Lord Peter ließ sich zu einer Durchsicht seines Dante nieder. Das brachte ihm keine Erquickung. Lord Peter wurde in seiner Laufbahn als Privatdetektiv durch seine Schulbildung gehemmt. Trotz Parkers Ermahnungen vermochte er sie nicht immer zu vergessen.
»Ich bin ein Amateur«, sagte Lord Peter.
Trotzdem faßte er, während er sich mit Dante beschäftigte, einen Entschluß.
Am Nachmittag begab er sich in die Harley Street. Dienstags und freitags hielt Sir Julian Freke hier von zwei bis vier Sprechstunde für Nervenkranke ab. Lord Peter läutete.
»Sind Sie angemeldet, Sir?« fragte der Diener, der die Tür öffnete.
»Nein«, antwortete Lord Peter, »aber wollen Sie bitte Sir Julian meine Karte geben? Ich halte es für möglich, daß er mich trotzdem empfangen wird.«
Er setzte sich in das wunderschöne Wartezimmer, das voller Leute war. Drei elegant gekleidete Damen unterhielten sich miteinander über Einkäufe und Dienstboten und liebkosten einen kleinen Griffon. Ein großer, bekümmert aussehender Mann, der allein in einem Winkel saß, blickte zwanzigmal in der Minute auf seine Uhr. Lord Peter kannte ihn vom Sehen. Es war Wintrington, ein Millionär, der vor ein paar Monaten einen Selbstmordversuch unternommen hatte. Er herrschte über die Finanzen von fünf Landstrichen, konnte aber seine Nerven nicht beherrschen. Die Finanzen von fünf Landstrichen lagen in Sir Julian Frekes kundigen Händen. Beim Kamin saß ein militärisch wirkender junger Mann von ungefähr Lord Peters Alter. Sein Gesicht war frühzeitig gefurcht und abgezehrt; er hielt sich kerzengerade, seine rastlosen Augen sprangen beim geringsten Geräusch in die betreffende Richtung. Auf dem Sofa hatte eine ältere Frau von bescheidenem Äußeren mit einem jungen Mädchen Platz genommen. Das Mädchen machte einen teilnahmslosen und unglücklichen Eindruck; der Blick der Frau verriet tiefe Zuneigung und von einer schüchternen Hoffnung gedämpfte Sorge. Neben Lord Peter war eine jüngere Frau mit einem kleinen Mädchen; bei beiden fielen Lord Peter die breiten Backenknochen und die schönen grauen, leichtgeschlitzten Augen der Slawen auf. Das Kind, das sich unruhig umherbewegte, trat auf Lord Peters lack-

schuhbekleideten Zeh, und die Mutter ermahnte es auf französisch, ehe sie sich bei Lord Peter entschuldigte.
»Mais je vous en prie«, sagte er, »es macht nichts.«
»Sie ist nervös, pauvre petite«, sagte die junge Frau.
»Lassen Sie sie behandeln?«
»Ja. Er ist wundervoll, der Doktor. Stellen Sie sich vor, Monsieur, das arme Ding kann nicht vergessen, was es erlebt hat.« Sie beugte sich näher, damit das Kind sie nicht hörte. »Wir sind vor einem halben Jahr dem Hungertod in Rußland entronnen. Ich wage es Ihnen nicht zu erzählen – sie ist so hellhörig – und dann das Schreien, das Zittern, die Krämpfe – alles fängt wieder an. Wir waren Skelette, als wir hier ankamen – mon dieu! –, aber das ist jetzt besser. Schauen Sie, wie dünn sie ist; aber sie ist nicht verhungert. Sie wäre schon dicker, wenn die Nervosität sie nicht vom Essen abhalten würde. Wir Erwachsenen können vergessen – enfin, on apprend à ne pas y penser –, aber diese Kinder! Wenn man jung ist, Monsieur, tout ça impressionne trop.«
Lord Peter entrann der Knechtschaft der englischen guten Form und drückte sein Mitgefühl in der Sprache aus, die nicht zu Stummheit verurteilt ist.
»Es geht ihr aber schon viel, viel besser«, sagte die Mutter stolz, »der großartige Doktor wirkt Wunder.«
»C'est un homme précieux«, bemerkte Lord Peter.
»Ah, Monsieur, c'est un saint qui opère des miracles! Nous prions pour lui, Natascha et moi, tous les jours. N'est-ce pas, chérie? Und denken Sie, Monsieur, das tut er alles, ce grand homme, cet homme illustre, ganz unentgeltlich. Als wir herkamen, hatten wir nicht einmal Kleider am Leibe – wir waren ruiniert, ausgehungert. Et avec ça que nous sommes de bonne famille – mais hélas! Monsieur, en Russie, comme vous savez, ça ne vous vaut que des insultes – des atrocités. Enfin! Als der bedeutende Sir Julian uns sah, sagte er: ›Madame, Ihr Töchterchen ist für mich sehr interessant. Widersprechen Sie nicht. Ich behandle die Kleine umsonst – pour ses beaux yeux', a-t-il ajouté en riant. Ah, Monsieur, c'est un saint, un véritable saint! Und Natascha geht es schon viel, viel besser.«
»Madame, je vous en félicite.«
»Und Sie, Monsieur? Sie sind jung, kräftig, wohl aussehend – Sie haben auch ein Leiden? Es ist vielleicht noch vom Krieg?«
»Kleine Nachwirkungen eines Nervenzusammenbruches durch

Verschüttung«, erklärte Lord Peter.
»Aha. So viele prächtige, tapfere junge Männer . . .«
»Sir Julian kann ein paar Minuten erübrigen, Mylord, wenn Sie jetzt kommen wollen«, sagte der Diener.
Lord Peter verbeugte sich vor seiner Nachbarin und ging durch das Wartezimmer. Als sich die Tür des Sprechzimmers hinter ihm schloß, mußte er daran denken, daß er einmal verkleidet das Zimmer eines deutschen Stabsoffiziers betreten hatte. Er wurde von demselben Gefühl überwältigt – von dem Gefühl, in einer Falle gefangen zu sein, und einem Gemisch von herausfordernder Tapferkeit und Scham.
Er hatte Sir Julian Freke mehrmals von weitem gesehen, doch nie von nahem. Während er nun sorgfältig und wahrheitsgetreu die Umstände seines letzten Nervenanfalls in allen Einzelheiten schilderte, betrachtete er den Mann, der da vor ihm saß. Der Mann war größer als er selbst, hatte ungeheuer breite Schultern, wunderschöne Hände, ein gutgeschnittenes, leidenschaftsloses, unmenschliches Gesicht mit fanatischen, zwingenden, hellblauen Augen zwischen dem rötlichen Gewirr von Haar und Bart. Es waren nicht die kühlen und gütigen Augen des Hausarztes, es waren die brütenden Augen des befeuerten Wissenschaftlers, die den andern durchbohrten.
›Na ja‹, dachte Lord Peter, ›ich brauche jedenfalls nicht ausführlich zu sein.‹
»Ja«, sagte Sir Julian, »ja. Sie haben sich überarbeitet. Haben sich den Kopf überanstrengt. Ja. Vielleicht mehr als das – haben sich den Kopf verwirrt, wollen wir so sagen?«
»Ich sah mich vor einem sehr aufregenden Vorfall.«
»Ja. Unerwartet vielleicht.«
»Ganz unerwartet in der Tat.«
»Ja. Im Anschluß an eine Zeit geistiger und körperlicher Anspannung.«
»Je nun – vielleicht. Nichts Ungewöhnliches.«
»Ja. Dieser unerwartete Vorfall – betraf er Sie persönlich?«
»Er erforderte eine sofortige Entscheidung in bezug auf meine Handlungen – ja, in diesem Sinne war es gewiß etwas Persönliches.«
»Ach so. Sie mußten zweifellos eine Verantwortung auf sich nehmen.«
»Eine sehr ernste Verantwortung.«
»Betrifft sie außer Ihnen noch andere?«

»Sie betrifft einen Menschen ganz wesentlich und sehr viele andere indirekt.«
»Aha. Es war nachts. Saßen Sie im Dunkeln?«
»Zuerst nicht. Ich glaube, ich machte das Licht nachher aus.«
»Richtig – diese Handlung drängte sich Ihnen natürlich auf. Hatten Sie warm?«
»Ich glaube, das Feuer war ausgegangen. Mein Diener sagte mir, meine Zähne hätten geklappert, als ich zu ihm kam.«
»Aha. Sie wohnen am Piccadilly?«
»Ja.«
»Da haben Sie manchmal nachts wohl starken Verkehrslärm.«
»Oh, häufig.«
»Ganz recht. Nun dieser Entschluß, den Sie erwähnten – Sie waren zu einer Entscheidung gekommen.«
»Ja.«
»Sie waren aufgeregt?« – »O ja.«
»Sie hatten beschlossen, etwas zu unternehmen?«
»Ja.«
»Ja. Dazu gehörte vielleicht eine Zeit der Untätigkeit.«
»Verhältnismäßiger Untätigkeit – ja.«
»Der Spannung, können wir sagen?«
»Ja – entschieden der Spannung.«
»Möglicherweise der Gefahr?«
»Ich weiß nicht, ob ich damals daran dachte.«
»Nein – es ging um etwas, wobei Sie vielleicht gar nicht an sich selbst dachten.«
»Wenn Sie es so ausdrücken wollen.«
»Ganz recht. Ja. Hatten Sie diese Anfälle 1918 oft?«
»Ja – ich war einige Monate sehr krank.«
»Aha. Seitdem kamen sie weniger häufig?«
»Viel seltener.«
»Wann war der letzte?«
»Ungefähr vor neun Monaten.«
»Unter was für Umständen?«
»Ich sorgte mich wegen bestimmter Familienangelegenheiten. Es handelte sich darum, einige Anlagen zu entscheiden, und ich hatte eine große Verantwortung.«
»Aha. Sie waren voriges Jahr, glaube ich, an einer polizeilichen Untersuchung beteiligt?«
»Ja – an der Auffindung von Lord Attenburys Smaragdhalsband.«

»Das erforderte wohl starke geistige Tätigkeit?«
»Ich glaube, ja. Aber es machte mir viel Spaß.«
»Aha. Hatte die Lösung des Problems irgendwelche böse körperliche Folgen?«
»Nein.«
»Sie waren interessiert, aber nicht unglücklich?«
»Das stimmt.«
»Hatten Sie noch mit anderen Untersuchungen dieser Art zu tun?«
»Ja, mit unbedeutenden.«
»War das nachteilig für Ihre Gesundheit?«
»Kein bißchen. Im Gegenteil. Für mich bildeten diese Fälle gewissermaßen eine Zerstreuung. Ich hatte gleich nach dem Krieg ein böses Erlebnis, wodurch die Sache für mich nicht besser wurde, müssen Sie wissen.«
»Oh! Sie sind nicht verheiratet?«
»Nein.«
»Aha. Gestatten Sie mir eine Untersuchung? Kommen Sie bitte etwas näher ans Licht. Ich möchte Ihre Augen sehen. Wer hat Sie bis jetzt behandelt?«
»Sir James Hodges.«
»Ach! Ja, sein Tod war ein trauriger Verlust für die Medizin. Ein wirklich großer Mann – ein echter Wissenschaftler. Ja. Danke. Jetzt möchte ich diese kleine Erfindung bei Ihnen ausprobieren.«
»Wozu?«
»Ich erfahre dadurch etwas über Ihre nervösen Reaktionen. Wollen Sie sich bitte hierhersetzen?«
Die Untersuchung, die nun folgte, war rein medizinischer Art. Als sie beendet war, sagte Sir Julian: »Also, Lord Peter, ich will Ihnen nun in ganz unfachmännischer Sprache Aufschluß geben ...«
»Danke«, sagte Peter, »das ist freundlich von Ihnen. Ich bin ein schrecklicher Trottel in bezug auf lange Wörter.«
»Lieben Sie private Theateraufführungen, Lord Peter?«
»Nicht besonders«, antwortete Peter, der ehrlich überrascht war. »In der Regel sind sie entsetzlich langweilig. Warum?«
»Ich dachte, Sie hätten vielleicht eine Vorliebe dafür«, sagte der Spezialist trocken. »Also. Sie wissen recht gut, daß die Anspannungen, denen Sie im Krieg ausgesetzt waren, ihre Spuren bei Ihnen zurückgelassen haben. Sie haben gewisser-

maßen alte Wunden in Ihrem Gehirn hinterlassen. Empfindungen, die Sie durch Ihre Nervenendungen aufnahmen, sandten Nachrichten zu Ihrem Gehirn und riefen dort kleine physische Veränderungen hervor – Veränderungen, die wir erst jetzt allmählich wahrnehmen können, und zwar nur mit den empfindlichsten Instrumenten. Diese Veränderungen bewirken ihrerseits Empfindungen, oder, genauer gesagt, diese Empfindungen sind die Bezeichnungen, die wir diesen Gewebeveränderungen geben, wenn wir sie wahrnehmen: Wir nennen sie Schrecken, Angst, Verantwortungsgefühl und so weiter.«

»Ja, ich kann Ihnen folgen.«

»Sehr schön. Wenn Sie nun diese beschädigten Stellen in Ihrem Gehirn wieder reizen, besteht die Gefahr, daß Sie die alten Wunden aufreißen. Ich meine, wenn Sie Nervenempfindungen irgendwelcher Art haben, die jene Reaktionen hervorrufen, die wir Schrecken, Angst, Verantwortungsgefühl nennen, können sie, dem alten Kanal folgend, neue Störungen hervorrufen und ihrerseits physische Veränderungen bewirken, die wir bei den Namen nennen wollen, die Sie gewohnheitsmäßig damit verbinden — Angst vor deutschen Minen, Verantwortung für das Leben Ihrer Leute, angespannte Aufmerksamkeit und die Unfähigkeit, kleine Geräusche in dem übertönenden Gewehrfeuer zu unterscheiden.«

»Ich verstehe.«

»Diese Wirkung verstärkt sich durch außergewöhnliche Umstände, die andere vertraute körperliche Empfindungen hervorrufen – Nacht, Kälte oder starker Straßenlärm zum Beispiel.«

»Ja.«

»Die alten Wunden sind fast verheilt, aber nicht ganz. Die gewöhnliche Betätigung Ihrer geistigen Fähigkeiten hat keine schlechte Wirkung. Das ist nur der Fall, wenn Sie den verletzten Teil Ihres Gehirns reizen.«

»Ja, ich verstehe.«

»Das müssen Sie also vermeiden. Sie müssen lernen, verantwortungslos zu sein, Lord Peter.«

»Meine Freunde finden mich schon jetzt allzu verantwortungslos.«

»Das glaube ich gern. Eine empfindsame, nervöse Natur erscheint oft so wegen ihrer geistigen Gewandtheit.«

»Oh!«

»Ja. Ruht diese Verantwortung, von der Sie sprachen, immer noch auf Ihnen?«

»Ja.«

»Haben Sie die Handlung, zu der Sie sich entschlossen haben, noch nicht hinter sich gebracht?«

»Nein, noch nicht.«

»Fühlen Sie sich gezwungen, sie durchzuführen?«

»O ja – ich kann jetzt nicht mehr zurück.«

»Sie erwarten also weitere Anspannung?«

»Eine gewisse Menge.«

»Wird es noch viel länger dauern?«

»Jetzt nicht mehr sehr lange.«

»Oh! Ihre Nerven sind keineswegs so, wie sie sein sollten.«

»Nein?«

»Nein. Sie brauchen sich nicht zu beunruhigen; aber Sie müssen auf der Hut sein, während Sie unter dieser Spannung stehen, und hernach sollten Sie vollständig ausruhen. Wie wäre es mit einer Reise zum Mittelmeer oder zur Südsee oder sonstwohin?«

»Danke. Ich will es mir überlegen.«

»Damit Sie die augenblicklichen Schwierigkeiten überwinden, will ich Ihnen etwas zur Kräftigung Ihrer Nerven geben. Es wird Sie nicht auf die Dauer heilen, verstehen Sie, aber es wird Ihnen über die schlimme Zeit hinweghelfen. Ich werde Ihnen auch noch etwas verschreiben.«

»Vielen Dank.«

Sir Julian stand auf und ging in ein kleines Behandlungszimmer nebenan. Lord Peter sah ihn herumgehen – etwas auskochen und schreiben. Nach einer Weile kehrte Sir Julian mit einem Rezept und einer Spritze zurück.

»Hier ist das Rezpt. Und jetzt – wenn Sie bitte Ihren Ärmel aufkrempeln wollen, es ist im Augenblick erledigt.«

Lord Peter krempelte folgsam den Ärmel auf. Sir Julian Freke suchte eine Stelle am Unterarm aus und rieb sie mit Jod ein.

»Was geben Sie mir da – etwas Gräßliches?«

Der Arzt lachte. »O nein.« Er klemmte ein Stückchen Fleisch zwischen Finger und Daumen. »Das haben Sie sicher schon früher bekommen.«

»O ja«, sagte Lord Peter. Wie gebannt beobachtete er die kühlen Finger und die sich stetig nähernde Nadel. »Ja, ich habe es schon früher bekommen – und wissen Sie, ich habe es gar

nicht gern.« Er hatte die rechte Hand gehoben, und sie packte das Handgelenk des Arztes wie ein Schraubstock.
Die Stille war erschreckend. Die blauen Augen zuckten nicht; sie blieben starr unter den schweren Lidern nach unten gerichtet. Dann hoben sich die Lider langsam; die grauen Augen trafen die blauen – kalt, stetig – und hielten sie fest.
Wenn Liebende einander umarmen, scheint es keinen Laut der Welt zu geben außer ihrem eigenen Atem. So atmeten die beiden Männer Aug in Auge.
»Wie Sie wollen, natürlich, Lord Peter«, sagte Sir Julian höflich.
»Ich bin leider ein dummer Esel«, antwortete Lord Peter. »Aber ich konnte diese kleinen Instrumente nie ertragen. Einmal stach bei mir eine Spritze daneben, und da erging es mir sehr schlecht. Sie machen mich ein bißchen nervös.«
»In diesem Fall ist es sicher besser, wenn Sie keine Spritze bekommen«, sagte Sir Julian. »Dadurch könnten gerade die Empfindungen geweckt werden, die wir vermeiden wollen. Nehmen Sie also das Mittel, das ich Ihnen verschrieben habe, und tun Sie alles, was in Ihren Kräften steht, um die augenblickliche Spannung möglichst zu vermindern.«
»O ja, ich werde es leichtnehmen, vielen Dank«, sagte Lord Peter. Er rollte seinen Ärmel ordentlich zurück. »Ich bin Ihnen sehr verbunden. Wenn es nicht besser wird, komme ich wieder.«
»Kommen Sie – kommen Sie«, antwortete Sir Julian munter. »Nur melden Sie sich das nächstemal bitte an. Ich bin jetzt ziemlich besetzt. Hoffentlich geht es Ihrer Frau Mutter gut. Ich sah sie neulich bei der gerichtlichen Untersuchung des Battersea-Falles. Sie hätten dabei sein sollen. Es hätte Sie sicher interessiert.«

12

Der böse, rauhe Nebel kratzte im Halse und trübte die Augen. Man sah die eigenen Füße nicht. Man stolperte über Gräber armer Leute.
Das Gefühl, das Parkers alter Regenmantel den Fingern vermittelte, war tröstlich. Man hatte den Mantel schon an schlim-

meren Orten gefühlt. Man klammerte sich jetzt daran, aus Furcht, getrennt zu werden. Die Menschen, die sich vor einem bewegten, waren wie Gespenster.
»Vorsicht«, sagte eine tonlose Stimme aus der gelben Dunkelheit, »hier in der Nähe ist ein offenes Grab.«
Man wandte sich nach rechts und versank in einem frisch aufgeworfenen Erdhaufen.
»Aufgepaßt, alter Freund«, sagte Parker.
»Wo ist Lady Levy?«
»In der Leichenhalle; die Herzogin von Denver ist bei ihr. Ihre Mutter ist wundervoll, Peter.«
»Nicht wahr?« gab Lord Peter zurück.
Ein verschwommenes blaues Licht, das irgend jemand trug, winkte weiter vorn und stand still.
»Hier sind wir«, sagte eine Stimme.
Zwei dantische Gestalten mit Heugabeln dräuten empor.
»Sind Sie fertig?« fragte jemand.
»Gleich, Sir.« Die Dämonen machten sich mit den Gabeln wieder an die Arbeit – nein, mit Schaufeln.
Jemand nieste. Parker erkannte den Niesenden und stellte ihn vor. »Mr. Levett vertritt das Innenministerium. Lord Peter Wimsey. Wir müssen um Entschuldigung bitten, daß wir Sie an einem solchen Tage hinausbemüht haben, Mr. Levett.«
»Das gehört zu meinem Tagewerk«, erwiderte Mr. Levett heiser. Er war bis zu den Augen eingemummt.
Viele Minuten das Geräusch der Schaufeln. Metallisches Klirren niedergeworfener Werkzeuge. Dämonen bückten sich und spannten sich an.
Ein schwarzbärtiges Gespenst tauchte auf und wurde als Leiter des Armenhauses vorgestellt.
»Eine sehr peinliche Sache, Lord Peter. Sie verzeihen mir sicher, wenn ich hoffe, daß Sie und Mr. Parker sich irren.«
»Ich möchte es auch hoffen können.«
Etwas Schweres, das gehißt wurde, kam aus dem Boden.
»Langsam, Leute. Hierher. Könnt ihr sehen? Gebt auf die Gräber acht. Sie liegen hier dicht nebeneinander. Fertig?«
»Jawohl. Gehen Sie mit der Laterne voran. Wir können Ihnen folgen.«
Schwere, stampfende Schritte. Man mußte sich wieder an Parkers Regenmantel festhalten. »Sind Sie das, alter Freund? Oh, Verzeihung, Mr. Levett – ich dachte, Sie wären Parker.«

»Hallo, Wimsey – da sind Sie ja.«
Noch mehr Gräber. Ein Grabstein stand schief. Ein Sprung über den Rand des wild wachsenden Grases. Der Kies knirschte unter den Füßen.
»Hier, bitte, meine Herren. Passen Sie auf, wohin Sie treten.«
Die Leichenhalle. Rohe rote Ziegelsteine und zischende Gasflammen. Zwei Damen in Schwarz und Dr. Grimbold. Der Sarg wurde mit einem schweren Bums auf dem Tisch abgesetzt.
»Hast du deinen Schraubenzieher, Bill? Danke. Jetzt vorsichtig mit dem Stemmeisen. Dieses Holz ist nicht sehr fest, Sir.«
Mehrere lange Risse. Ein Schluchzen. Die Stimme der Herzogin, freundlich, aber bestimmt: »Still, Christine. Sie dürfen nicht weinen.«
Stimmengemurmel. Die danteschen Dämonen schlurften weg – gute, anständige Dämonen in Manchesteranzügen.
Dr. Grimbolds Stimme, kühl und unbeschwert wie im Sprechzimmer: »Jetzt – haben Sie die Lampe, Mr. Wingate? Danke. Ja, hier auf den Tisch bitte. Geben Sie acht, daß Sie den Arm nicht beugen, Mr. Levett. Es wäre besser, glaube ich, wenn Sie auf diese Seite kommen. Ja – ja – danke. So geht's ausgezeichnet.«
Plötzlich warf eine elektrische Lampe einen hellen Kreis über den Tisch. Dr. Grimbolds Bart und Brille wurden sichtbar. Mr. Levett putzte sich die Nase. Parker neigte sich näher. Der Leiter des Armenhauses spähte über seine Schulter. Der übrige Raum lag in dem verzauberten Dämmerlicht der Gaslampen und des Nebels.
Gedämpftes Stimmengemurmel. Alle Köpfe beugten sich über die Arbeit.
Wieder Dr. Grimbold – jenseits des Lampenlichts.
»Wir möchten Ihnen keinen unnötigen Kummer bereiten, Lady Levy. Wenn Sie uns nur sagen wollen, worauf wir achten sollen . . . Ja, ja, gewiß. Goldfüllung? Ja — im Unterkiefer der vorletzte rechts? Ja, keine Zahnlücke. Was für ein Muttermal? Ja – gerade über der linken Brust? Oh, Verzeihung, gerade darunter? Blinddarmoperation? Eine lange Narbe – ja – in der Mitte? Ja, ich verstehe – noch eine Narbe am Arm? Ach, ich weiß nicht, ob wir das feststellen können . . . Ja, jede kleine konstitutionelle Schwäche, die möglicherweise . . . O ja, Arthritis — ja, danke, Lady Levy, das ist ganz klar. Kommen

Sie erst, wenn ich Sie darum bitte. Nun, Wingate.«
Eine Pause. Ein Gemurmel. »Gezogen? Nach dem Tod, meinen Sie – ja, das glaube ich auch. Wo ist Doktor Colegrove? Sie haben diesen Mann im Armenhaus behandelt? Erinnern Sie sich ...? Nein? Sind Sie ganz sicher? Es darf uns jetzt nämlich kein Irrtum unterlaufen. Nein, es liegen Gründe vor, warum Sir Julian nicht zugegen sein kann. Deshalb frage ich *Sie*, Doktor Colegrove. Halten Sie das Licht bitte etwas näher, Wingate. In diese elenden Gebäude dringt der Nebel so schnell ein. Ah! was halten Sie davon? Ja, ja, das ist ziemlich unmißverständlich, nicht? Wer hat den Kopf vorgenommen? Oh, Freke – natürlich. Ich wollte schon sagen, im St. Lukas-Spital leistet man gute Arbeit. Schön, nicht wahr, Doktor Colegrove? Ein glänzender Chirurg – ich sah ihn einmal arbeiten. Ja, das ist's zweifellos. Haben Sie ein Tuch da, Sir? Danke. Über den Kopf bitte. Hier sollten wir auch noch eins haben. Nun, Lady Levy, möchte ich Sie ersuchen, sich die Narbe anzusehen, ob Sie sie erkennen. Ich bin überzeugt, daß Sie uns helfen werden, indem Sie die Fassung bewahren. Lassen Sie sich Zeit – Sie werden nur das sehen, was unbedingt nötig ist.«
»Lucy, bleiben Sie bei mir.«
»Ja, mein Herz.«
Am Tisch wurde eine Stelle frei. Das Lampenlicht fiel auf das weiße Haar der Herzogin.
»O ja — o ja! Nein, es ist kein Irrtum möglich. Da ist diese kleine ulkige Schleife in der Narbe. Ich habe sie so oft gesehen. Ach, Lucy – Reuben!«
»Nur noch einen Augenblick, Lady Levy. Das Muttermal ...«
»Ich ... ich glaube – ja, das ist genau die Stelle.«
»Aha. Und die Narbe am Arm – war sie dreieckig, gerade über dem Ellbogen?«
»Ja, o ja.«
»Ist sie das?«
»Ja – ja ...«
»Ich muß Sie endgültig fragen, Lady Levy. Können Sie nach diesen drei besonderen Kennzeichen den Toten als Ihren Gatten identifizieren?«
»Oh! Ich muß doch, nicht wahr? Kein anderer könnte sie an genau diesen Stellen haben. Es ist mein Mann. Es ist Reuben. Oh ...«

»Ich danke Ihnen, Lady Levy. Sie waren sehr tapfer und hilfsbereit.«
»Aber – ich verstehe es immer noch nicht. Wie ist er hierhergekommen? Wer hat so etwas Schreckliches getan?«
»Stille, meine Liebe«, sagte die Herzogin. »Der Mann wird bestraft werden.«
»Oh, aber – wie grausam! Der arme Reuben! Wer konnte ihm Böses wollen? Darf ich sein Gesicht sehen?«
»Nein, mein Herz«, sagte die Herzogin. »Das ist nicht möglich. Kommen Sie fort – Sie dürfen die Ärzte und die andern Leute nicht stören.«
»Nein, nein, sie waren alle so gut. Ach, Lucy!«
»Wir wollen heimfahren, Christine. Sie brauchen uns doch nicht mehr, Herr Doktor?«
»Nein, besten Dank, Durchlaucht«, antwortete Dr. Grimbold. »Wir sind Ihnen und Lady Levy sehr verbunden, daß Sie gekommen sind.«
Es entstand eine Pause, während die beiden Damen hinausgingen. Parker begleitete sie höflich zu ihrem wartenden Wagen.
Dann wieder Dr. Grimbold: »Ich glaube, Lord Peter Wimsey sollte es sehen – wie richtig seine Schlußfolgerungen waren – sehr schmerzlich, Lord Peter, vielleicht wollen Sie sich überzeugen. Ja, bei der Gerichtsverhandlung war ich verlegen – ja – Lady Levy – bemerkenswert klare Aussage – ja, ein grauenvoller Fall – oh, da sind Sie ja, Mr. Parker – Sie und Lord Peter ganz und gar gerechtfertigt – verstehe ich recht? Wirklich? Ich kann es kaum glauben – ein so hervorragender Mann – wie Sie sagen, wenn ein bedeutender Kopf sich dem Verbrechen zuwendet – ja – schauen Sie! Wunderbare Arbeit – wunderbar – natürlich inzwischen etwas verwischt – aber die schönsten Schnitte – hier, sehen Sie, die linke Hemisphäre – und hier, durch das Corpus striatum – hier wieder – das ist die Spur der Beschädigung durch den Schlag – wundervoll – dachte es mir – sah ja die Wirkung des Schlages. Oh, ich möchte *sein* Gehirn sehen, Mr. Parker – und zu denken, daß ... Himmel, Lord Peter, Sie ahnen ja nicht, was für einen Schlag Sie der ganzen medizinischen Welt damit versetzen – der ganzen zivilisierten Welt! Ach, mein lieber Sir! Wie können Sie mich darum bitten! Meine Lippen sind natürlich versiegelt – alle unsere Lippen sind versiegelt.«

Zurück über den Friedhof. Wieder Nebel und das Knirschen des Kieses.
»Sind Ihre Leute bereit, Charles?«
»Sie sind schon gegangen. Ich schickte sie hin, als ich Lady Levy zum Wagen brachte.«
»Wer ist bei ihnen?«
»Sugg.«
»Sugg?«
»Ja – der arme Kerl. Die Direktion hat ihm arg zugesetzt, weil er den Fall versiebt hat. Thipps' ganze Aussage betreffs des Nachtlokals hat sich bestätigt. Das Mädchen, dem er zu trinken gab, wurde gefunden und identifizierte ihn. So fand man die Indizien ungenügend und ließ Thipps und die Horrocks laufen. Sugg erhielt einen Verweis, er habe seine Befugnisse überschritten und solle seine Schritte besser in acht nehmen. Das sollte er auch; aber er kann doch nichts dafür, daß er ein Dummkopf ist. Er tat mir leid. Es wird ihm guttun, wenn er beim Schluß dabei ist. Wir beide, Peter, waren ja im Vorteil.«
»Ja. Na, es spielt keine Rolle. Wer auch hingeht, wird zu spät kommen. Ob Sugg oder ein anderer.«
Aber Sugg – und das war ein seltenes Erlebnis in seiner Laufbahn – kam rechtzeitig.

Parker und Lord Peter befanden sich in der Wohnung Piccadilly 110a. Lord Peter spielte Bach, und Parker las Origenes, als Sugg gemeldet wurde.
»Wir haben unsern Mann, Sir«, verkündete er.
»Großer Gott!« rief Lord Peter. »Lebendig?«
»Wir kamen gerade zur rechten Zeit, Mylord. Wir läuteten und gingen schnurstracks an seinem Diener vorbei ins Arbeitszimmer hinauf. Er saß dort und schrieb. Als wir eintraten, griff er nach seiner Spritze; aber wir waren zu flink für ihn, Mylord. Wir wollten ihn uns nicht durch die Finger schlüpfen lassen, nachdem es soweit war. Wir durchsuchten ihn und führten ihn ab.«
»Er ist also tatsächlich im Gefängnis?«
»O ja – in Sicherheit – mit zwei Wärtern, die aufpassen, daß er sich nicht umbringt.«
»Sie setzen mich in Erstaunen, Herr Inspektor. Trinken Sie etwas.«

»Danke sehr, Mylord. Ich muß sagen, ich bin Ihnen sehr dankbar – dieser Fall wurde eine ziemlich böse Sache für mich. Wenn ich grob zu Eurer Lordschaft war . . .«

»Oh, es ist gut, Herr Inspektor«, fiel Lord Peter hastig ein. »Ich weiß gar nicht, wie Sie damit hätten fertig werden sollen. Ich hatte das Glück, aus anderen Quellen allerlei zu erfahren.«

»Das sagte Freke auch.« Schon war der große Chirurg ein gewöhnlicher Verbrecher in den Augen des Inspektors – ein Mann ohne Titel und Rang. »Er hatte gerade ein volles Geständnis niedergeschrieben, als wir ihn fingen – es ist an Eure Lordschaft adressiert. Natürlich wird es die Polizei bekommen müssen; aber da er Ihnen geschrieben hat, brachte ich es her, damit Sie es zuerst sehen. Hier ist es.« Er händigte Lord Peter ein dickes Schriftstück aus.

»Danke«, sagte Lord Peter. »Wollen Sie es hören, Charles?«

»Gern.«

Lord Peter las also vor.

13

Lieber Lord Peter,

als junger Mensch pflegte ich mit einem alten Freunde meines Vaters Schach zu spielen. Er war ein sehr schlechter und ein sehr langsamer Schachspieler, und er merkte nie, wenn ein Schachmatt unvermeidlich war, sondern bestand darauf, jeden Zug auszuspielen. Ich hatte nie Geduld für eine solche Einstellung, und ich will freimütig zugeben, daß Sie das Spiel gewonnen haben. Ich muß entweder zu Hause bleiben und mich hängen lassen oder ins Ausland fliehen und in untätiger und unsicherer Dunkelheit leben. Ich ziehe es vor, die Niederlage anzuerkennen.

Wenn Sie mein Buch über »Kriminelle Geistesgestörtheit« gelesen haben, werden Sie sich erinnern, daß ich folgendes schrieb: »In den meisten Fällen verrät sich der Verbrecher durch irgendeine Anomalie, die sich aus diesem pathologischen Zustand der Nervengewebe ergibt. Seine geistige Instabilität zeigt sich in verschiedenen Formen: In übertriebener Eitelkeit, die ihn dazu führt, mit seinen Taten zu prahlen; in unproportionierter Beurteilung der Missetat, herrührend von religiösem

Wahn, so daß er zum Bekenntnis getrieben wird; in Egomanie, die Grauen oder Schuldbewußtsein hervorruft und ihn zu kopfloser Flucht treibt, wobei er nicht daran denkt, seine Spuren zu vertuschen; in leichtsinniger Vertrauensseligkeit, die zur Vernachlässigung der gewöhnlichsten Vorsichtsmaßnahmen führt, wie im Falle Henry Wainright, der die sterblichen Überreste der Ermordeten in der Obhut eines Knaben zurückließ, während er fortging, um ein Taxi zu holen; oder andererseits in einem nervösen Mißtrauen gegen Wahrnehmungen in der Vergangenheit, das ihn veranlaßt, zum Schauplatz des Verbrechens zurückzukehren, weil er sich vergewissern will, daß er alle Spuren so sicher entfernt hat, *wie es seiner eigenen Beurteilung nach geschehen ist.* Ich zögere nicht, zu behaupten, daß ein geistig vollkommen gesunder Mensch, ungehemmt von religiösen oder anderen Wahnvorstellungen, sich immer vor jeglicher Entdeckung schützen könnte, vorausgesetzt, daß er das Verbrechen genügend überlegt hat und daß er nicht mit der Zeit knapp ist oder durch reinen Zufall in seinen Berechnungen gestört wird.«

Sie wissen ebenso wie ich, wie weit ich diese Behauptung in die Praxis umgesetzt habe. Die beiden Zufälle, die mich verraten haben, hätte ich keinesfalls voraussehen können. Der erste bestand darin, daß das Mädchen in der Battersea-Park Road Levy zufällig kannte, so daß sich ein Zusammenhang zwischen den beiden Rätseln denken ließ. Der zweite bestand darin, daß Thipps die Absicht hatte, am Dienstagmorgen nach Denver zu fahren, so daß Ihre Mutter Ihnen von der Sache erzählen konnte, bevor die Leiche von der Polizei entfernt wurde, und sich aus dem, was sie von meiner persönlichen Vergangenheit wußte, ein Motiv für den Mord ergab. Hätte ich die Möglichkeit gehabt, diese beiden zufällig verzahnten Umstände zunichte zu machen, so maße ich mir an, zu sagen, daß Sie mich niemals verdächtigt hätten, vom genügenden Beweismaterial ganz zu schweigen.

Von allen Empfindungen des Menschen, Hunger und Angst vielleicht ausgenommen, ruft der sexuelle Appetit die stärksten und unter Umständen die hartnäckigsten Reaktionen hervor; ich glaube jedoch, daß ich mich nicht irre, wenn ich sage, daß zu der Zeit, als ich mein Buch schrieb, mein ursprünglich sinnlicher Impuls, Sir Reuben Levy zu töten, bereits durch meine Denkweise stark gemildert war. Zu der animalischen

Lust des Tötens und dem primitiven menschlichen Verlangen nach Rache kam die rationale Absicht, meine eigenen Theorien zur Rechtfertigung vor mir selbst und vor der Welt wahrzumachen. Hätte sich alles so abgerollt, wie ich es plante, so hätte ich eine versiegelte Schilderung meines Erlebnisses bei der Bank von England hinterlegt und Anordnung gegeben, sie nach meinem Tode zu veröffentlichen. Da der Zufall die Vollständigkeit meiner Demonstration vereitelt hat, vertraue ich Ihnen die Schilderung an, da ich wohl mit Recht annehmen kann, daß Sie sich dafür interessieren werden, mit der Bitte, sie zur Rechtfertigung meines Rufes als Mediziner unter Wissenschaftlern bekannt zu machen.
Die wirklich wesentlichen Faktoren des Erfolgs sind bei jedem Unternehmen Geld und Gelegenheit, und in der Regel kann derjenige, der Geld zu erwerben versteht, sich auch Gelegenheit verschaffen. Im Anfang meiner Laufbahn hatte ich, obwohl ich recht wohlhabend war, keine unbedingte Gewalt über die Umstände. Deshalb widmete ich mich meinem Beruf und begnügte mich damit, mit Reuben Levy und seinen Angehörigen eine freundschaftliche Beziehung aufrechtzuerhalten. Dadurch konnte ich mit seinen Geldangelegenheiten und Interessen in Fühlung bleiben, so daß ich, wenn der Augenblick zum Handeln gekommen wäre, wissen würde, was für Waffen ich zu benutzen hatte.
Inzwischen beschäftigte ich mich fleißig mit Kriminologie in Literatur und Wirklichkeit – meine Arbeit über »Kriminelle Geistesgestörtheit« bildete ein Nebenprodukt dieser Tätigkeit – und sah, daß bei jedem Mord die Hauptschwierigkeit darin bestand, sich der Leiche zu entledigen. Als Arzt hatte ich tödliche Mittel stets zur Hand, und die Wahrscheinlichkeit war gering, daß ich in dieser Beziehung einen Fehler machen würde. Ebensowenig bestand die Wahrscheinlichkeit, daß ich mich infolge irgendwelcher Gewissensbisse verraten würde. Die einzige Schwierigkeit erhob sich in der Frage, jegliche Verbindung zwischen mir und der Leiche auszumerzen. Sie erinnern sich vielleicht, daß Michael Finsbury in Stevensons unterhaltsamem Roman sagt: »Was die Menschen an den Galgen liefert, das ist die unglückselige Sachlage der Schuld.« Es wurde mir klar, daß allein das Vorhandensein einer überflüssigen Leiche niemanden überführen könnte, vorausgesetzt, daß niemand in Verbindung mit eben dieser Leiche schuldig wäre. So kam mir

der Gedanke ziemlich früh, die eine Leiche durch die andere zu ersetzen, obwohl ich damals noch nicht die leitende Stellung im St. Lukas-Spital innehatte, die es mir später ermöglichte, Leichen auszusuchen und zu präparieren. Von da an achtete ich sorgsam auf alles Material, das zum Sezieren eingeliefert wurde.

Die Gelegenheit bot sich mir erst, als der Arzt des Chelsea-Armenhauses eine Woche vor dem Verschwinden Sir Reubens mir mitteilte, daß am Morgen ein unbekannter Landstreicher durch einen niederfallenden Gerüstteil verletzt worden sei und sehr interessante nervöse und zerebrale Reaktionen zeige. Ich ging hin und sah mir den Patienten an, und sogleich fiel mir die starke oberflächliche Ähnlichkeit mit Sir Reuben auf. Der Mann hatte einen schweren Schlag in den Nacken erlitten, der vierte und fünfte Halswirbel waren luxiert, das Rückenmark schwer verletzt. Es schien höchst unwahrscheinlich, daß der Mann jemals genesen könnte, weder geistig noch körperlich, und auf jeden Fall sprach nichts dafür, ein solch unnützes Dasein ewig zu verlängern. Er hatte sich offenbar bis vor kurzem gut ernähren können, da er in guter Verfassung war; aber der Zustand seiner Füße und seiner Kleider verriet, daß er arbeitslos war, und unter den gegenwärtigen Umständen würde er es wohl auch bleiben. Ich fand, daß er sich für meine Zwecke sehr gut eignete, und unverzüglich nahm ich an der Börse bestimmte Transaktionen vor, die ich schon im Kopf skizziert hatte. Die von dem Armenhausarzt erwähnten Reaktionen waren tatsächlich interessant, und ich beobachtete sie inzwischen sorgfältig und traf Vorsorge, daß der Tote ins Spital eingeliefert würde, sobald ich mit meinen Vorbereitungen fertig wäre.

Am Dienstag und Freitag dieser Woche traf ich mit verschiedenen Maklern private Vereinbarungen, die Aktien einer bestimmten peruanischen Ölgesellschaft zu kaufen, die fast Abfallpapier geworden waren. Dieser Teil meines Experiments kostete mich nicht viel; aber dadurch erweckte ich beträchtliche Neugier und auch eine leichte Aufregung. Ich achtete natürlich darauf, daß mein Name nicht genannt wurde. Am Samstag und Sonntag gab das Befinden meines Patienten zu der Sorge Anlaß, daß er sterben könnte, bevor ich soweit war; aber mittels Einspritzungen konnte ich ihn am Leben erhalten, und am Sonntagabend zeigte er sogar unliebsame Symptome einer

teilweisen Genesung.
Am Montagmorgen stiegen die peruanischen Aktien. Offenbar ging das Gerücht um, daß jemand etwas wußte, und an diesem Tage war ich nicht der einzige Käufer. Ich kaufte noch zweihundert Aktien auf meinen eigenen Namen und überließ der Sache ihren Lauf. Mittags sorgte ich dafür, daß ich Levy zufällig an der Ecke des Bürgermeisteramtes traf. Er drückte (wie ich erwartet hatte) seine Verwunderung darüber aus, mich in diesem Teil von London zu sehen. Ich heuchelte Verlegenheit und schlug ihm vor, mit mir zu essen. Ich schleppte ihn zu einem etwas abgelegenen Lokal, bestellte dort guten Wein und trank davon so viel, daß er es zur Herbeiführung einer vertrauensseligen Stimmung genügend finden mußte. Ich fragte ihn, wie die Börse stünde. »Oh, recht gut«, sagte er mir, aber er schien etwas zweiflerisch und fragte mich, ob ich damit irgendwie zu tun hätte. Ich erklärte, ich spekulierte manchmal ein wenig, und ich hätte tatsächlich etwas Gutes getroffen. Ich blickte mich vorsorglich um und rückte mit dem Stuhl näher zu ihm heran.
»Sie wissen wohl nichts von dem peruanischen Öl, oder doch?« fragte er.
Ich setzte zum Reden an und schaute mich wieder um, beugte mich dann zu ihm vor und sagte leise: »O doch, aber ich möchte nicht, daß es sich herumspricht. Ich will nämlich einen kleinen Schnitt damit machen.«
»Aber ich dachte, das sei eine hohle Sache«, sagte er. »Die Gesellschaft hat seit zwanzig Jahren keine Dividenden mehr bezahlt.«
»Nein, sie hat nicht«, erwiderte ich, »aber sie wird. Ich bin von zuständiger Stelle unterrichtet.« Er sah nicht gerade überzeugt aus; ich leerte mein Glas und rückte genau an sein Ohr. »Hören Sie«, sagte ich, »ich verrate es nicht jedem; aber Ihnen und Christine gönne ich etwas Glück. Wissen Sie, ich habe ihr immer in meinem Herzen ein Plätzchen bewahrt, seit der alten Zeit. Sie sind mir damals zuvorgekommen, und jetzt ist es an mir, für euch beide Kohlen aufs Feuer zu schaufeln.«
Ich war jetzt ein wenig aufgeregt, und er hielt mich für betrunken.
»Das ist sehr nett von Ihnen«, antwortete er; »aber ich bin ein vorsichtiger Mensch, wissen Sie, war ich von jeher. Ich hätte gern ein bißchen Beweise.« Er zog die Schultern in die

Höhe und sah aus wie ein Pfandleiher.
»Ich will sie Ihnen geben«, sagte ich; »aber hier sind wir nicht sicher. Kommen Sie heute abend nach dem Nachtessen zu mir, dann zeige ich Ihnen den Bericht.«
»Wie haben Sie ihn bekommen?« fragte er.
»Das erzähle ich Ihnen heute abend«, erwiderte ich. »Kommen Sie nach dem Essen – jederzeit nach neun Uhr.«
»In die Harley Street?« fragte er, und ich merkte, daß er wirklich kommen wollte.
»Nein«, entgegnete ich, »nach Battersea – Prince of Wales Road. Ich habe noch im Spital zu tun. Lassen Sie aber keine Seele wissen, daß Sie zu mir kommen. Ich habe heute auf meinen eigenen Namen zweihundert Aktien gekauft, und bestimmt haben die Leute davon Wind bekommen. Wenn es bekannt wird, daß wir beide zusammenstecken, wird man etwas merken. Es ist sogar gefährlich, daß wir hier beisammensitzen.«
»Gut«, stimmte er zu, »ich werde keinem etwas sagen. Ich komme gegen neun. Sind Sie sicher, daß es eine gute Sache ist?«
»Es kann nicht schiefgehen«, versicherte ich ihm. Und das war mir ernst.
Danach trennten wir uns, und ich ging zum Armenhaus. Mein Patient war gegen elf Uhr gestorben. Ich war kurz nach dem Frühstück bei ihm gewesen, und es überraschte mich nicht. Ich erledigte die üblichen Formalitäten mit der Armenhaus-Behörde und traf die Vereinbarung, daß die Leiche gegen sieben Uhr im Spital abgeliefert werden sollte.
Am Nachmittag hatte ich keine Sprechstunde in der Harley Street. Ich besuchte einen alten Freund, der in der Nähe vom Hyde Park wohnt. Er hatte im Sinn, eine Geschäftsreise nach Brighton zu machen. Ich trank mit ihm Tee und brachte ihn zum Victoria-Bahnhof, wo er um 17 Uhr 35 abfuhr. Als ich die Schranke verließ, kam mir der Gedanke, eine Abendzeitung zu kaufen, und mechanisch lenkte ich meine Schritte zum Kiosk. Die übliche Menge eilte zu den Vorortzügen, und ich geriet in einen Gegenstrom von Reisenden, die von der Untergrundbahn herkamen oder von allen Seiten zu dem 17 Uhr 45-Zug nach Battersea-Park und Wandsworth Common strebten. Unter einigen Püffen machte ich mich frei und fuhr in einem Taxi nach Hause, und erst als ich endlich im Wagen

saß, entdeckte ich, daß sich ein goldgeränderter Kneifer an dem Astrachankragen meines Mantels verfangen hatte. Die Zeit von Viertel nach sechs bis sieben verbrachte ich damit, einen Schwindelbericht für Sir Reuben zusammenzubrauen.

Um sieben ging ich ins Spital hinüber, wo der Lastwagen des Armenhauses gerade mein Objekt an der Seitentür ablieferte. Ich ließ es gleich in den Seziersaal bringen und teilte dem Wärter, William Watts, mit, daß ich hier die ganze Nacht zu arbeiten gedächte. Ich sagte ihm, ich wollte die Leiche selbst vorbereiten – die Injizierung eines Konservierungsmittels hätte eine höchst unliebsame Komplikation ergeben. Ich schickte ihn an seine Arbeit, ging dann nach Hause und aß zu Nacht. Ich sagte meinem Diener, daß ich noch im Spital zu tun hätte, und daß er wie gewöhnlich um halb elf zu Bett gehen sollte, da ich nicht wüßte, ob es bei mir spät werden würde oder nicht. Er ist an meinen unregelmäßigen Stundenplan gewöhnt. Ich habe nur zwei Dienstboten in meiner Privatwohnung – den Diener und seine Frau, die für mich kocht. Die gröbere Hausarbeit wird von einer Putzfrau besorgt, die auswärts schläft. Das Schlafzimmer der Dienstboten ist im obersten Stock; es geht auf die Prince of Wales Road hinaus.

Sobald ich gegessen hatte, installierte ich mich in der Halle mit einigen Papieren. Mein Diener hatte um Viertel nach acht abgeräumt, und ich trug ihm auf, mir den Bartisch zu bringen. Dann schickte ich ihn hinunter. Levy läutete um zwanzig nach neun, und ich machte ihm selbst auf. Mein Diener erschien am anderen Ende der Halle; aber ich rief ihm zu, ich brauchte ihn nicht, und er ging weg. Levy trug Smoking und Überzieher und hatte einen Schirm bei sich. »Oh, wie naß Sie sind!« sagte ich. »Wie sind Sie denn hergekommen?« – »Mit dem Omnibus«, sagte er, »und der dumme Schaffner vergaß, mich am Ende der Straße abzusetzen. Es regnete Katzen und Hunde, und es war stockdunkel – ich konnte nicht sehen, wo ich mich befand.« Ich war froh, daß er kein Taxi genommen hatte; aber eigentlich hatte ich damit gerechnet. »Ihre Sparsamkeit wird noch einmal Ihr Tod sein«, sagte ich. Damit hatte ich recht; doch ich ahnte nicht, daß sie auch mein Tod sein sollte. Ich wiederhole: Das konnte ich nicht voraussehen.

Ich ließ ihn beim Kamin Platz nehmen und gab ihm einen Whisky. Er war in gehobener Stimmung wegen irgendeines argentinischen Geschäftes, das er am nächsten Tage tätigen wollte. Wir sprachen eine Viertelstunde über Börsengeschäfte, und dann fragte er: »Also, wie steht es nun mit Ihrem peruanischen Schwindel?«

»Es ist kein Schwindel«, antwortete ich. »Kommen Sie und schauen Sie selbst.«

Ich führte ihn ins Arbeitszimmer hinauf und schaltete das Mittellicht und die Schreibtischlampe ein. Ich wies ihm einen Stuhl am Tisch mit dem Rücken zum Feuer an und holte die Papiere, die ich gefälscht hatte, aus dem Safe. Er nahm sie und begann sie auf seine kurzsichtige Weise zu lesen, während ich für das Feuer sorgte. Sobald ich sah, daß sein Kopf eine günstige Stellung einnahm, schlug ich ihn kräftig mit dem Feuerhaken genau auf den vierten Halswirbel. Es war heikle Arbeit, die richtige Kraft zu berechnen, die nötig war, ihn zu töten, ohne die Haut zu verletzen; aber meine berufliche Erfahrung war mir von Nutzen. Er keuchte einmal laut und fiel geräuschlos über den Tisch. Ich legte den Feuerhaken fort und untersuchte Levy. Sein Hals war gebrochen, und er war tot. Ich trug ihn in mein Schlafzimmer und entkleidete ihn. Um zehn Minuten vor zehn war ich fertig. Ich legte ihn unter mein Bett, das schon für die Nacht zurechtgemacht war, und verbrannte die Papiere im Arbeitszimmer. Dann ging ich hinunter, nahm Levys Regenschirm und verließ das Haus durch die Hallentür, wobei ich »Gute Nacht« rief, laut genug, daß die Dienstboten im Erdgeschoß es hören konnten, falls sie lauschten. Ich ging schnell die Straße entlang, betrat das Spital durch die Nebentür und kehrte leise durch den Privatgang ins Haus zurück. Es wäre unangenehm gewesen, wenn mich jemand gesehen hätte; aber ich lehnte mich über die Hintertreppe und hörte die Köchin und ihren Mann immer noch in der Küche reden. Ich schlüpfte in die Halle, stellte den Schirm wieder in den Ständer, räumte die Papiere weg, ging ins Arbeitszimmer hinauf und läutete. Als der Diener erschien, trug ich ihm auf, alles abzuschließen außer der Privattür zum Spital. Ich wartete im Arbeitszimmer, bis er das getan hatte, und gegen halb elf hörte ich beide Dienstboten zu Bett gehen. Ich wartete noch eine Viertelstunde und begab mich dann in den Seziersaal hinüber. Ich schob einen der Rolltische durch den Gang zu meinem Privateingang und ging dann Levy holen. Es war bemühend, ihn hinunterzutragen; aber ich hatte ihn nicht im Erdgeschoß töten wollen, für den Fall, daß mein Diener die

Neigung gehabt hätte, die Nase in die unteren Zimmer zu stecken, während ich aus dem Hause war. Zudem war das eine Kleinigkeit gegen das, was mir noch bevorstand. Ich legte Levy auf den Tisch, schob ihn ins Spital hinüber und vertauschte ihn mit meinem interessanten Armenhausinsassen. Es tat mir leid, daß ich darauf verzichten mußte, mir das Gehirn dieses Mannes anzusehen; aber ich konnte es mir nicht leisten, Verdacht zu erregen. Da es immer noch ziemlich früh war, schlug ich einige Minuten damit tot, Levy für die Sektion zu präparieren. Dann legte ich meinen Armenhäusler auf den Tisch und rollte ihn in die Wohnung hinüber. Es war jetzt fünf Minuten nach elf, und ich glaubte annehmen zu dürfen, daß die Dienstboten im Bett wären. Ich trug den Toten in mein Schlafzimmer. Er war ziemlich schwer, doch weniger als Levy, und durch meine Bergsteigerei wußte ich, wie man Menschenkörper trägt. Es ist eher eine Sache des richtigen Griffes als der Kraft, und ich bin auf jeden Fall für meine Größe sehr stark. Ich legte den Toten ins Bett – nicht etwa, daß ich dachte, es könnte jemand während meiner Anwesenheit hereinschauen; aber wenn es doch dazu käme, sollte man annehmen, ich läge schlafend im Bett. Ich zog ihm die Decken etwas über den Kopf, entkleidete mich und zog Levys Sachen an, die mir zum Glück etwas zu groß waren, wobei ich nicht vergaß, seine Brille, die Uhr und andere Kleinigkeiten an mich zu nehmen. Kurz vor halb zwölf stand ich auf der Straße und hielt nach einem Taxi Ausschau. Die Leute begannen gerade aus dem Theater zurückzukommen, und ich ergatterte mit Leichtigkeit einen Wagen an der Ecke der Prince of Wales Road. Ich wies den Chauffeur an, mich zum Hyde Park Corner zu fahren. Dort stieg ich aus, gab ihm ein gutes Trinkgeld und bat ihn, mich in einer Stunde an derselben Stelle abzuholen. Er sagte mit einem verständnisvollen Grinsen zu, und ich ging zum Park Lane. Ich hatte meine eigenen Kleider in einem Koffer bei mir und trug meinen eigenen Mantel und Levys Schirm am Arm. Als ich zu Nummer 9a gelangte, brannte bei einigen oberen Fenstern Licht. Ich wäre fast zu früh gekommen, da Levy die Dienstboten ins Theater geschickt hatte. Ich wartete ein paar Minuten und hörte es Viertel nach zwölf schlagen. Die Lichter wurden kurz darauf gelöscht, und ich schloß mit Levys Schlüssel die Haustür auf.

Ursprünglich hatte ich beim Aushecken dieses Mordplans die

Absicht gehabt, Levy aus dem Herren- oder dem Eßzimmer verschwinden zu lassen, wo nur seine Kleider vor dem Kamin zurückbleiben sollten. Aber der Zufall, daß ich von Lady Levys Abwesenheit von London erfahren hatte, machte eine noch irreführendere, wenn auch weniger angenehm phantastische Lösung möglich. Ich drehte in der Halle das Licht an, hängte Levys Mantel auf und stellte seinen Schirm in den Ständer. Mit lauten, schweren Schritten ging ich zum Schlafzimmer hinauf und schaltete oben das Licht aus. Ich kannte das Haus natürlich recht gut. Es bestand keine Aussicht, dem Diener in die Arme zu laufen. Levy war ein einfacher, altmodischer Mann, der gern alles selbst erledigte. Er machte seinem Diener wenig Arbeit und verlangte abends nie irgendwelche Dienste. Im Schlafzimmer zog ich Levys Handschuhe aus und streifte Gummihandschuhe über, um keine sogenannten Fingerabdrücke zu hinterlassen. Da ich den Eindruck hervorrufen wollte, als wäre Levy auf gewöhnliche Weise zu Bett gegangen, legte ich mich einfach zu Bett. Die sicherste und simpelste Art und Weise, einen Anschein zu erwecken, besteht darin, die betreffende Sache zu tun. Zum Beispiel sieht ein Bett, das man mit den Händen zerknüllt hat, nie so aus wie ein Bett, in dem man geschlafen hat. Levys Haarbürste wagte ich natürlich nicht zu benutzen, da ich eine andere Haarfarbe habe; aber ich tat alles übrige. Ich nahm an, daß ein ordentlicher älterer Mann wie Levy seinem Diener die Schuhe bereitstellte, und ich hätte daraus auch ableiten sollen, daß er seine Kleider adrett zusammenlegte. Das war ein Fehler, aber ein unbedeutender. Eingedenk der wohlüberlegten kleinen Arbeit Mr. Bentleys hatte ich Levys Mund nach falschen Zähnen untersucht; aber er hatte kein Gebiß. Ich vergaß also nicht, seine Zahnbürste zu befeuchten.

Um ein Uhr stand ich auf und zog beim Schein meiner Taschenlampe meine eigenen Kleider an. Das Licht im Schlafzimmer wagte ich nicht anzumachen, da die Fenster nur leichte Jalousien hatten. Meine Schuhe und ein Paar alte Gummischuhe zog ich vor der Türe an. Auf der Treppe und in der Halle lag ein dicker türkischer Teppich, und ich befürchtete nicht, Spuren zu hinterlassen. Ich zögerte, ob ich die Haustür zuschlagen lassen sollte, beschloß jedoch, lieber den Schlüssel zu benutzen. (Er liegt jetzt in der Themse. Am nächsten Tage warf ich ihn über die Battersea-Brücke hinein.) Ich schlich leise hinunter und lauschte eine Weile mit dem Ohr am Briefkasten. Ich hörte einen Polizisten vorbeistapfen. Sobald sich seine Schritte in der Ferne verloren hatten, schlüpfte ich hinaus und schloß die Haustür vorsichtig. Dann ging ich schnell zu meinem Taxi. Mein Mantel bestand fast aus dem gleichen Stoff wie Levys, und ich hatte die Umsicht gehabt, meinen Zylinder in den Koffer zu packen. Ich hoffte, daß dem Chauffeur das Fehlen des Schirmes nicht auffallen würde. Zum Glück regnete es viel weniger stark, und wenn er etwas merkte, so machte er jedenfalls keine Bemerkung. Ich bat ihn, bei Overstrand Mansions 50 zu halten; dort bezahlte ich ihn und stand unter dem Eingang, bis er weggefahren war. Dann eilte ich zu meiner eigenen Seitentür und ging hinein. Es war ungefähr Viertel vor zwei, und der schwierigere Teil meiner Aufgabe lag noch vor mir.

Als erstes machte ich mich daran, das Aussehen meines Objekts zu verändern, um jeden Hinweis auf Levy oder den Armenhäusler auszumerzen. Ich hielt nur eine oberflächliche Veränderung für nötig, da wenig Wahrscheinlichkeit bestand, daß nach dem Armenhäusler gefragt werden würde. Rasieren, Haarpflege und Maniküre schienen mir zu genügen, so daß mein stummer Helfershelfer als vornehme Persönlichkeit auftreten konnte. Seine Hände waren schon bei der Krankenpflege gewaschen worden; sie waren zwar schwielig, aber nicht verschmutzt. Ich war nicht imstande, die Arbeit so gründlich zu tun, wie ich gewollt hätte, weil die Zeit knapp wurde. Ich wußte, wie lange es dauern würde, ihn fortzuschaffen; ich befürchtete den Beginn der Totenstarre, die mir alles erschweren würde. Nachdem ich ihn zu meiner Zufriedenheit rasiert hatte, holte ich ein starkes Leintuch und zwei breite Bandagen, packte ihn sorgsam ein und stopfte ihn überall mit Watte aus, wo die Bandagen Schürfungen oder Quetschungen hervorrufen könnten.

Nun kam der kitzligste Punkt der ganzen Angelegenheit. Ich hatte mir schon gesagt, daß ich ihn am sichersten aus dem Hause schaffte, wenn ich den Weg übers Dach nahm. Wäre ich bei dem feuchten Wetter hinten durch den Garten hinausgegangen, so hätte ich eine katastrophale Spur hinterlassen. Mitten in der Nacht einen Toten über eine Vorstadtstraße zu tragen, lag wohl außerhalb des praktisch Möglichen. Auf dem Dach hingegen stand mir der auf dem Erdboden zu verräteri-

sche Regen als Freund bei.
Um zum Dach zu gelangen, mußte ich meine Last ins oberste Stockwerk hinauftragen, am Schlafzimmer meines Dienstehepaares vorbei, und ihn durch die Falltür im Dach des Abstellraumes hissen. Hätte es sich nur darum gehandelt, allein leise dort hinaufzugehen, so hätte ich keine Sorge gehabt, die Dienstboten zu wecken; aber mit einer schweren Bürde belastet war es schwieriger. Es mußte möglich sein, wenn der Diener und seine Frau fest schliefen; andernfalls bestand die Gefahr, daß sie meinen schweren Schritt auf der Treppe und das laute Öffnen der Falltür hörten. Auf den Zehenspitzen stieg ich die Treppe hinauf und lauschte an ihrer Tür. Zu meinem Ärger hörte ich den Mann knurren und etwas murmeln, als er sich im Bett umdrehte.

Ich blickte auf meine Uhr. Meine Vorbereitungen hatten fast eine Stunde in Anspruch genommen, und ich wagte nicht zu spät aufs Dach zu kommen. Ich beschloß, kühn zu sein und mir gleichzeitig ein Alibi zu verschaffen. Ohne Lärm zu vermeiden, ging ich ins Badezimmer, drehte das heiße und das kalte Wasser an und ließ es ablaufen.
Meine Angestellten hatten oft Gelegenheit gehabt, sich über meine Angewohnheit zu beklagen, daß ich zu allen möglichen Nachtstunden badete. Nicht nur stört die Nachfüllung der Zisterne alle Schläfer auf dieser Seite des Hauses, sondern die Wasserleitung gurgelt und ächzt auch infolge Altersschwäche. Zu meiner Freude machte sich das Leiden auch jetzt bemerkbar, und es gab ein Gedonner und Gezische wie in einem Bahnhof. Ich ließ dem Lärm fünf Minuten Zeit, und als ich ausgerechnet hatte, daß die Schläfer mich genügend verflucht und die Decke über den Kopf gezogen hätten, verminderte ich den Wasserstrom auf ein kleines Bächlein und verließ das Badezimmer, wobei ich darauf achtete, das Licht anzulassen und die Tür zu versperren. Dann holte ich meinen Armenhäusler und trug ihn so leise wie möglich hinauf.
Der Abstellraum ist eine kleine Mansarde gegenüber dem Dienstbotenzimmer und der Zisternenkammer. Er hat eine Falltür, zu der man über eine kurze Holzleiter gelangt. Ich stellte die Leiter auf, hob meinen Armenhäusler hinauf und kletterte ihm nach. Das Wasser strömte immer noch in die Zisterne mit einem Geräusch, als müßte sie eine Eisenkette ver-

dauen, und der verminderte Abfluß im Badezimmer ließ die Wasserleitung stöhnen. Ich brauchte nicht zu befürchten, daß andere Geräusche zu hören wären. Ich zog die Leiter nach mir aufs Dach heraus.

Zwischen meinem Haus und dem letzten in der Reihe der Queen Caroline Mansions ist nur knapp ein Meter Zwischenraum. Meine Leiter reichte längst hinüber. Ich band den Toten auf der Leiter fest und schob sie hinüber, bis das andere Ende auf dem Ausbau des Nachbarhauses ruhte. Dann nahm ich einen kurzen Anlauf auf dem Dach des Zisternenraumes und der Abstellkammer und landete sicher auf der anderen Seite. Das übrige war einfach. Ich trug meinen Armenhäusler über die flachen Dächer. Ich wollte ihn wie der Bucklige in der Geschichte durch einen Schornstein hinunterschicken. Auf halbem Wege fiel mir plötzlich ein, daß ich bei der Wohnung des kleinen Thipps sein mußte, und ich dachte an sein dummes Gesicht und sein albernes Gerede über Vivisektion. Ich stellte es mir lustig vor, mein Paket bei ihm abzuladen und zu schauen, was er damit anfangen würde. Ich legte mich nieder und spähte über die hintere Vormauer. Es war stockdunkel, und jetzt goß es auch wieder, und ich wagte es, meine Taschenlampe zu benutzen. Das war die einzige Unvorsichtigkeit, die ich beging, da ja die Möglichkeit bestand, von den gegenüberliegenden Häusern gesehen zu werden. Ein sekundenlanges Aufblitzen enthüllte mir, was ich kaum erhofft hatte – ein offenes Fenster gerade unter mir.

Ich kannte diese Wohnungen zur Genüge, um zu wissen, daß es entweder das Badezimmer oder die Küche war. Ich machte eine Schlinge in eine dritte Bandage, die ich mitgenommen hatte, und führte sie unter den Armen des Toten durch. Ich drehte die Bandage zu einem Seil zusammen und befestigte sie an dem Stützposten eines Schornsteins. Dann ließ ich unseren Freund baumeln. Mit Hilfe eines Abzugsrohres folgte ich ihm hinunter, und dann zog ich ihn bald durch Thipps' Badezimmerfenster.

Inzwischen hatte sich meine Eitelkeit gehoben, und ich gönnte mir einige Minuten, ihn hübsch hinzulegen und salonfähig zu machen. Ein plötzlicher Einfall ließ mich ihm den Kneifer verehren, den ich zufällig im Victoria-Bahnhof aufgelesen hatte. Ich fand ihn in meiner Tasche, als ich nach einem Messer kramte, um einen Knoten aufzuknüpfen, und ich fand, daß

der Kneifer seiner Erscheinung Vornehmheit verlieh, abgesehen davon, daß er noch mehr in die Irre führen mußte. Ich setzte ihm also den Kneifer auf, tilgte nach Möglichkeit alle Spuren meiner Anwesenheit und entfernte mich, wie ich gekommen war, mittels des Abzugsrohres und des Seiles.
Ich ging leise zurück, überquerte meine kleine Schlucht und trug meine Leiter und das Leintuch nach Hause. Mein lieber Helfershelfer begrüßte mich mit beruhigendem Gurgeln und Tosen. Ich machte auf der Treppe kein Geräusch. Da ich feststellte, daß ich nun dreiviertel Stunden gebadet hatte, stellte ich das Wasser ab und erlaubte meinen verdienstvollen Hausangestellten etwas Schlaf. Ich fand es auch an der Zeit, selbst zur Ruhe zu kommen.
Zuerst aber mußte ich noch ins Spital hinübergehen und dort alles sichern. Ich begann Levys Kopf zu präparieren. Zwanzig Minuten später hätte seine eigene Frau ihn nicht mehr erkannt. Ich kehrte zurück; meine nassen Gummischuhe und den Regenmantel ließ ich bei der Gartentür. Meine Hose trocknete ich am Gasofen in meinem Schlafzimmer und bürstete allen Schmutz und Ziegelsteinstaub ab. Den Bart meines Armenhäuslers verbrannte ich im Arbeitszimmer.
Ich schlief zwei Stunden, von fünf bis sieben; dann wurde ich wie üblich von meinem Diener geweckt. Ich entschuldigte mich, daß ich so spät und so lange gebadet hatte, und fügte hinzu, daß ich die Wasserleitung nachsehen lassen wollte.
Interessanterweise stellte ich fest, daß ich beim Frühstück besonders großen Hunger hatte, was beweist, daß die Nachtarbeit einen starken Kalorienverbrauch erfordert hatte. Danach ging ich hinüber, um meine Sektion fortzusetzen. Im Lauf des Vormittags erschien ein auffallend dickköpfiger Polizeiinspektor, um zu fragen, ob aus dem Spital eine Leiche geflüchtet sei. Ich ließ ihn zu mir in den Seziersaal kommen und hatte das Vergnügen, ihm die Arbeit zu zeigen, die ich gerade an Sir Reuben Levys Kopf vollführte. Hernach begab ich mich mit ihm zu Thipps' Wohnung und konnte zu meiner Befriedigung feststellen, daß mein Armenhäusler sehr überzeugend aussah.
Sowie die Börse geöffnet wurde, rief ich meine verschiedenen Makler an, und mit einiger Umsicht konnte ich den größeren Teil meiner peruanischen Aktien zu einem besseren Kurs verkaufen. Gegen Ende des Tages aber wurde der Kauf infolge

von Levys Tod etwas unbeständig, und zum Schluß hatte ich durch die Transaktion nicht mehr als zweihundert Pfund gewonnen.
In der Annahme, daß ich nun jeden Punkt klargestellt habe, der Ihnen vielleicht noch schleierhaft war, und mit Glückwünschen zu Ihrem Glück und Ihrem Scharfblick, die Sie in die Lage versetzten, mich zu schlagen, bin ich mit freundlichen Grüßen an Ihre Frau Mutter

Ihr ergebener
Julian Freke.

Nachschrift: Mein Testament ist gemacht; das St. Lukas-Spital wird mein Vermögen erhalten, desgleichen meinen Körper zur Sektion. Ich bin überzeugt, daß mein Gehirn für die wissenschaftliche Welt von Interesse sein wird. Da ich von eigener Hand sterben werde, wird es wohl in dieser Beziehung einige Schwierigkeiten geben. Wollen Sie mir den Gefallen tun und, wenn Sie können, dafür sorgen, daß mein Gehirn bei der Leichenschau für die gerichtliche Untersuchung nicht durch einen ungeschickten Arzt beschädigt wird und daß mein Körper meinem Wunsch gemäß der Sektion zur Verfügung gestellt wird?
Es wird Sie übrigens vielleicht interessieren, zu erfahren, daß ich mir über den Grund für Ihren heutigen Besuch in meiner Sprechstunde klar war. Er diente mir als Warnung, und ich handle dementsprechend. Obwohl es für mich katastrophale Folgen hat, freute es mich, zu merken, daß Sie meinen Mut und meine Intelligenz nicht unterschätzten, indem Sie die Injektion ablehnten. Hätten Sie sie zugelassen, so wären Sie natürlich nicht lebend nach Hause gekommen. In Ihrem Körper wäre keine Spur von der injizierten Lösung zurückgeblieben, die aus einem harmlosen Strychninpräparat besteht, vermischt mit einem fast unbekannten Gift, dessen Vorhandensein sich heutzutage noch nicht nachweisen läßt. Es ist eine konzentrierte Lösung von Sn . . .

An dieser Stelle brach der Brief ab.
»Na, nun ist alles klar«, brummte Parker.
»Ist es nicht sonderbar?« sagte Lord Peter. »So kaltblütig, so gescheit – und dann konnte er nicht widerstehen, ein schriftliches Geständnis zu machen, um zu zeigen, wie geschickt er war und wie es ihm gelang, den Kopf aus der Schlinge zu ziehen.«

»Für uns ist das sehr angenehm«, lächelte Inspektor Sugg. »Zum Glück sind alle Verbrecher gleich.«

»Frekes Grabschrift«, bemerkte Parker, nachdem der Inspektor gegangen war. »Was nun, Peter?«

»Ich werde jetzt ein Souper geben«, erklärte Lord Peter, »und Mr. John P. Milligan samt seinem Sekretär und die Herren Crimplesham und Wicks einladen. Ich finde, sie verdienen es, weil sie Levy nicht ermordet haben.«

»Vergessen Sie aber Thipps und seine Mutter nicht«, mahnte Parker.

»Auf keinen Fall«, sagte Lord Peter, »würde ich mich des Vergnügens berauben, einige Stunden in Mrs. Thipps' Gesellschaft zu verbringen. Bunter!«

»Mylord?«

»Bitte den Napoleon-Kognak.«

Leseprobe aus Scherz-classic-Krimi 951

DAS BESTE VOM BÖSEN

von Giorgio Scerbanenco

»Herr Direktor, Herr Direktor, sind Sie es, Herr Direktor?« Lili tauchte am Ende des trüb beleuchteten Korridors auf. Sie hatte den schwarzen Kittel abgelegt und trug ein kurzes, gelbes Kleid, das ihre zarten Rundungen noch mehr betonte.
»Ja, ich bin es. Komm her!« rief er. Im gleichen Augenblick wurde ihm seine Dummheit klar: Er hatte sich bluffen lassen. Während er durch Lili von rechts abgelenkt wurde, sprang ihn von links einer der Ganoven an und schlug ihm ein Bleirohr, das er mit beiden Händen hoch erhoben hatte, mit voller Kraft auf den Schädel. Der Elefant sah aus den Augenwinkeln, wie der Jäger zum Schlag ausholte, aber er hatte keine Zeit mehr auszuweichen. Ohnmächtig brach er zusammen.
Als er nach ein paar Minuten wieder zu sich kam, war er entwaffnet, nackt, und an Händen und Füßen gefesselt. Zwei Gangster richteten ihn auf und stützten ihn. Er schaute sich um: Er befand sich in der Stanzwerkstatt. Die Halle war nur notdürftig beleuchtet, ganz in seiner Nähe stand die größte und stärkste Presse der Fabrik, eine Davidson, die vier übereinandergelegte Stahlbleche mit einem Schlag in vierzigtausend kleine Reißnägel verwandelte. Er selbst hatte die Anschaffung dieser Maschine vorgeschlagen. Noch halb betäubt erkannte er dann das Gesicht des Pockennarbigen und hörte seine Stimme:
»Du bist ein Spitzel und wirst den Tod eines Spitzels sterben, damit alle, die versucht sein sollten, es dir nachzumachen, wissen, was sie erwartet. Die Presse hier, die größte in der Fabrik, wird dich plattdrücken wie eine Flunder, du häßlicher Kleiderschrank!«
Jetzt war dem Elefanten klar, warum sie ihn ausgerechnet in die Fabrik gelockt hatten. Der Elefant ist, wie bereits gesagt, ein neugieriges Tier, das alles genau verstehen will, auch seinen Tod. Aber er wollte auch dem Expeditionsleiter, der diese Safari so genial ausge-

heckt hatte, die ihm gebührende Antwort nicht vorenthalten: Er spuckte ihm in die narbige Visage.
»Du dreckiger Spitzel!« schrie der Pockennarbige und wischte sich das Gesicht ab. »Legt ihn unter die Presse!«
»Nein, das dürft ihr nicht!« schrie Lili aus einer dunklen Ecke der Werkhalle. »Bringt ihn von mir aus um, aber nicht so!«
Man hörte einen unterdrückten Aufschrei, und Lili schwieg, weil sie einen Faustschlag auf den Mund bekommen hatte.
»Legt ihn unter die Presse!« wiederholte der Boss.
Die beiden Gangster hoben ihn unter die Presse. Der Elefant fühlte die ölige Kälte des Metalls auf seinem nackten Bauch und dachte an Assunta. Arme, arme Assunta! Wenn sie die Nachricht von seinem Tod erhielt, würde sie den Verstand verlieren, davon war er überzeugt.
»Roberto, los, wirf die Maschine an!« befahl der Pockennarbige.
Roberto war der Elektrofachmann der Bande und ein echter Ganove. Aber es gibt eben doch Dinge, vor denen auch ein echter Ganove zurückschreckt. Einen Menschen so kaltblütig umzubringen, machte nicht nur Lili angst, sondern ihm auch.
»Ja«, sagte er.
Dem Pockennarbigen zu widersprechen, wagte so leicht niemand. Roberto drückte auf den roten Knopf, aber nichts geschah. Was Roberto übrigens von vornherein gewußt hatte. Um die schwere Davidson-Presse einzuschalten, mußte man vor dem roten Knopf auf den grünen Sperrknopf drücken und dann noch auf den blauen, damit die Schutzvorrichtung für den Arbeiter ausgefahren wurde.
»Was ist los?« fragte der Pockennarbige. »Warum funktioniert sie denn nicht? Laß mal sehen. Hier sind drei verschiedene Knöpfe . . .«

Bitte lesen Sie weiter in Band 951
der Scherz-classic-Krimis:
DAS BESTE VOM BÖSEN
von Giorgio Scerbanenco

Agatha Christie

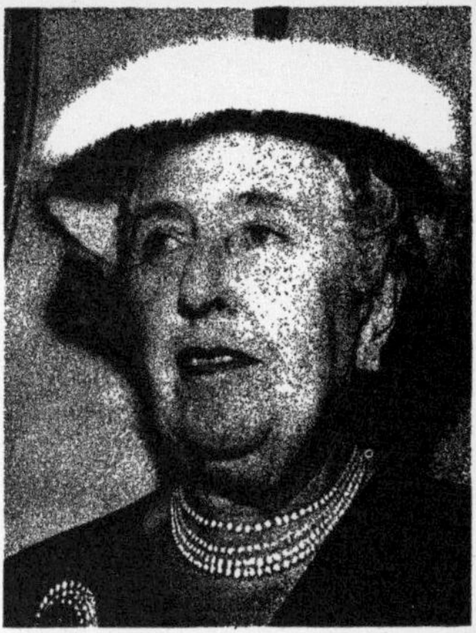

Agatha Mary Clarissa Miller, geboren am 15. September 1890 in Torquay, Devonshire, sollte nach dem Wunsch der Mutter Sängerin werden. 1914 heiratete sie Colonel Archibald Christie und arbeitete während des Krieges als Schwester in einem Lazarett. Hier entstand ihr erster Kriminalroman *Das fehlende Glied in der Kette.* Eine beträchtliche Menge Arsen war aus dem Giftschrank verschwunden – und die junge Agatha spann den Fall aus. Sie fand das unverwechselbare Christie-Krimi-Ambiente.
Gleich in ihrem ersten Werk taucht auch der belgische Detektiv mit den berühmten »kleinen grauen Zellen« auf: Hercule Poirot, der ebenso unsterblich werden sollte wie sein weibliches Pendant, die reizend altjüngferliche, jedoch scharf kombinierende Miss Marple (*Mord im Pfarrhaus*).
Im Lauf ihres Lebens schrieb die »Queen of Crime« 67 Kriminalromane, unzählige Kurzgeschichten, 7 Theaterstücke (darunter *Die Mausefalle*) und ihre Autobiographie.
1956 wurde Agatha Christie mit dem »Order of the British Empire« ausgezeichnet und damit zur »Dame Agatha«. Sie starb am 12. Januar 1976 in Wallingford bei Oxford.

Von Agatha Christie sind erschienen:

Das Agatha Christie Lesebuch
Alter schützt vor Scharfsinn nicht
Auch Pünktlichkeit kann töten
Auf doppelter Spur
Der ballspielende Hund
Bertrams Hotel
Der blaue Express
Blausäure
Das Böse unter der Sonne
oder Rätsel um Arlena
Die Büchse der Pandora
Der Dienstagabend-Club
Ein diplomatischer Zwischenfall
Elefanten vergessen nicht
Die ersten Arbeiten des Herkules
Das Eulenhaus

Das fahle Pferd
Fata Morgana
Das fehlende Glied in der Kette
Feuerprobe der Unschuld
Ein gefährlicher Gegner
Das Geheimnis der Goldmine
Das Geheimnis der Schnallenschuhe
Die großen Vier
Hercule Poirot's größte Trümpfe
Hercule Poirot schläft nie
Hercule Poirot's Weihnachten
Karibische Affaire
Die Katze im Taubenschlag
Die Kleptomanin
Das krumme Haus
Kurz vor Mitternacht
Lauter reizende alte Damen
Der letzte Joker
Die letzten Arbeiten des Herkules
Der Mann im braunen Anzug
Die Mausefalle und andere Fallen
Die Memoiren des Grafen
Mit offenen Karten
Mörderblumen
Mördergarn
Die Mörder-Maschen
Mord im Spiegel oder Dummheit ist gefährlich
Mord in Mesopotamien
Mord nach Maß
Ein Mord wird angekündigt
Die Morde des Herrn ABC
Morphium
Poirot rechnet ab
Rächende Geister
Rotkäppchen und der böse Wolf
Ruhe unsanft
Die Schattenhand
Das Schicksal in Person
Schneewittchen-Party
Der seltsame Mr. Quin
Sie kamen nach Bagdad
Das Sterben in Wychwood
Der Tod auf dem Nil
Der Tod wartet
Der Todeswirbel
Die Tote in der Bibliothek
Der Unfall und andere Fälle
Der unheimliche Weg
Das unvollendete Bildnis
Die vergeßliche Mörderin
Vier Frauen und ein Mord
Vorhang
Der Wachsblumenstrauß
Wiedersehen mit Mrs. Oliver
Zehn kleine Negerlein
Zeugin der Anklage
16 Uhr 50 ab Paddington

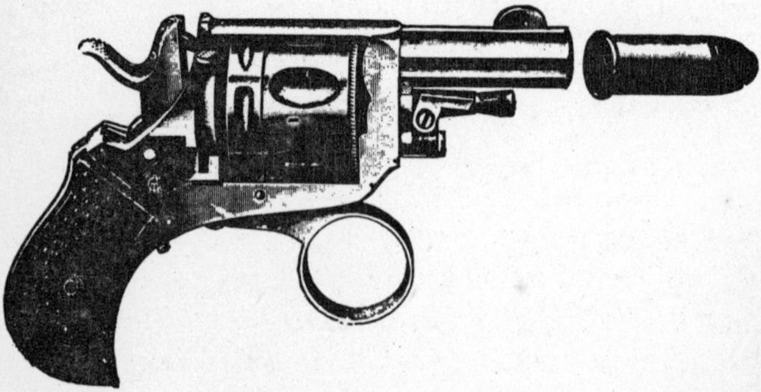